蜂鸟

无畏向前 勇于后退

时光记得告诉你

主编：唐朝晖

人民东方出版传媒

東方出版社

秦羽墨
身体里的动物
陈崇正
人民文学
朱强
周嘉宁
沈念
林培源
徐衎
郑小驴
甫跃辉
安娜的火车
赵志明
花城
萌芽
程琛
狩猎
对岸

目录 CONTENTS

行砖小史

文 / 朱强

发表于《人民文学》2015 年第 5 期

1

据博物馆的一个老馆长讲，赣州城中，现在能看到最早的铭文砖，来自“熙宁二年”（公元一〇六九年）。熙宁二年，江西老乡王安石已经光荣地活到了四十九岁，如果按照民间的说法，男人五十岁的生日，往往四十九过，人生已经过了半百，也该知天命了。知天命的意思，也就是做事好歹应有点自知之明，然而他却依然打了鸡血似的，和同僚们没日没夜地议行新法。又遣了刘彝等其他的几个得力助手，监察起南方诸路的农田水利以及赋役。赣州作为南方水患的重灾区，又是连接岭南中原腹地的重要关口，自然是把朝中改革家们的神经紧紧地牵动着。

若干年后。当我发现城上“熙宁 ××”的模糊字迹，班花熊佳的眼光被我的一声喊叫吸引了过来。

二〇〇四年秋天，我多么像一个“复辟分子”，从头到脚把自己打扮得古风郁郁，因为班主任肖华荣的一次心血来潮，结果全班倾巢而出，我们身穿校服与白板鞋，被他带到了城墙上。队伍稀稀拉拉，叽叽喳喳，男生们在城墙上边走边聊着“NBA”与“魔兽世界”，女生们为容祖儿、谢霆锋等明星的八卦消息喋喋不休。这些时髦的话题对我来说根本就无丝毫的兴趣。我被巨大的孤独笼罩着，为了消解人群里的这种尴尬局面，我有意地借砖上的铭文来吸引男女同学们的注意。没想到，这一招，很管用，此前大家乌七八糟的话题因此收了起来，一个个弓腰、蹲地上、爬上城垛开始寻寻觅觅，一次次为自己新发现的铭文大呼小叫。后来大家的所有活动都围绕着我的兴趣而开展。我突然就成了这个事件的焦点人物。

让我成为焦点人物的这一块砖，熙宁二年，它还只是普普通通的一抔土。它和盘古开天地诞生的所有黑土黄土红土一样，在黑暗里默默无闻了亿万斯年。最终让它和其他土彻底拉开距离的，是一个叫 ××× 的窑匠，首先它被这个

叫 ××× 的窑匠带往平地，风吹日晒了大半年，它被无聊折磨着，如按照李逵的话来说，嘴里都要淡出鸟来了。

后来，它又被这个窑匠砸碎了，在筛子里来去地荡了几遍，掺着沙砾、杂屑的土，就被随手打发掉了，纯净土留了下来。被水滋润，被水牛一遍遍踩，直到它炼成了堆让人生腻的稠泥，绞拌甩打密实，才被压进一块木制坯模。从此，土就被塑造成了有模有款光鲜挺括的一块砖坯子。砖坯子在屋檐下晾了十天半月，紧接着，它就被码进了窑炉。窑炉里，热，只有火热；光，只有火光。在热与光中，它被炼得一身筋骨烁亮。然后，被水一冷，叩一叩，清白通透，铿然有声。再等砖镌了上字，一时间，鸿蒙初开，砖被照亮。

紧接着，它将见到的是一个姓贾的泥水匠。

姓贾的泥水匠此时自己也没有想到，城上的豹脚花蚊子有那么毒，这一种蚊子，在两宋很流行，周密的《齐东野语》说它是咬人精，嘴儿尖，身子轻，扎一口，让人寝食难安。姓贾的在自己脖子上连拍了两下，连骂了两句，捣你娘的肠子。拍得满手的血，又接着砌。连砌了好几块，猛地打了四五个喷嚏，才总算把这一块长三十八厘米，宽二十三厘米，厚九厘米的砖平平整整地码上了城垣。

于是，砖安安心心地在城墙上做着春梦。砖与世界的关系，从此就是看与被看的关系。它看到一队蚂蚁，一丛白茅，几株桑、枣。穿黑衣服的里正、户长。优哉来去的散从官以及僧人。不过也有些东西在它看来似是而非，譬如阳街、斜街、横街的店招牌上用秃笔所写的“朱三顺□□理男妇儿科”“□□翁七伤□□□”“虔州□丸医肠□冷”——通常就只能连猜带蒙地看。当然，还有些东西，是它压根就看不见的。譬如州府里赵老爷大小老婆的三寸金莲以及丁香玉乳它就根本不知是什么模样了。

那时我同样没有机会被它发现。按照顺序，我这个做晚辈的，还没有这么快从家谱里出来。那时在我家的家谱里，只有浦公以前众多祖宗的名字。至于洵公、淮公、沅公、浩公、甑公、小四郎公以及朱强还需要用大把大把的时间一笔一画地写，直到一千多年的时光全部用光了为止。

2

那以后，琐碎无聊的时光，日复一日地在城上与我家的家谱里延续着。

时间消耗着春花秋月、英雄美人，消耗着窑匠甲、窑匠乙、窑匠丙、窑匠辛、窑户张三、城砖使张老五、督造官陈四和坚固的城垣。

直到建炎三年（公元一一二九年），这一块砖，才终于被撬开了一道小小的缝隙，光和蚂蚁终于可以自由地进入。这一年，金兀术渡江南侵，隆佑太后扯着潘贵妃袖子仓皇逃窜。他们不仅为赣州带来了金银、香囊、玉玺、锦衣华服，还带来了宫廷的虱子、头皮屑、臭虫、十分挑剔的味蕾与胃。贵妃朝臣整天在这里饮酒、沐浴、如厕、商榷国事。银两很快就用尽了，太后尽管已经五十多了，更年期早早已经过去，乳房松垂，子宫收缩，爱美之心却不减当年。南方的潮润空气与五光十色让她时时地春潮涌动，她真恨不得立马就回到做妃子的年纪。

听我远房的亲戚讲，事情最初，是她在横街的集市，相中了一匹本土纺的白苎布。与布店老板赊账，发生口角，一怒之下，太后索性纵火把布店烧得精光。周围的米店、柴店、瓷器店都因此受到影响，店主们纷纷反抗。老女人原本就惊魂未甫，经此一遭，更是三魂荡荡，六魄悠悠。随从的太医不知给她试了多少阙药，可病始终不见好转。最后，还是一个地方土医生王甫才说了个海上奇方：用老城墙砖上的糯米黄泥做药引，牛骨三钱，白术三钱加龙脑、麝香各少许煎水服，病才总算有了一点点缓解。

这个土医生收集药引子的手法特别老道，先是用水浸湿了城墙的砖缝，然后用铁刀刮，用凿子凿，用锉子铲，灰黄色的粉末迅速地就从砖缝中分离了出来，流到事先准备好的竹筒子里。于是这块砖，就一点点松动了。各种力都开始对它打起了主意，它们试图着从砖的左边、右边、上边、下边、前边、后边对它进行推、撞、拉、捶、撬。砖一次次地饱受折腾，早已经意志动摇；加上风吹日晒，热胀冷缩；蚯蚓、苔藓以及菌类植物——所有微乎其微，渐乎其渐的力量最终使它与上下四方的砖彻底地划清了界限。砖在城垛上像云朵漂浮在水里，像一颗坏死的牙齿在牙床里静静地躺着，任何一个微小的力量都有可能使它发生运动。

嘉定八年（公元一二一五年）八月的一场大风，终于让它从牙床里搬离了出来。这一晚，租住在荷包塘的客商徐百四的左眼皮不停跳舞。他每隔半个时辰就要起来小解一次。风，湍急得在外面形成了一个个旋涡，他几次三番地踱到门边又退了回去。其活跃的神经能明显地能感觉到屋子晃动以及外面的风声与石头摩擦的激烈程度。风声回荡到徐百四心里，心里的恐惧也一点点地往上涌。《县志》对于徐百四这个鸡毛蒜皮的人物，并没有给足过多的笔墨，他的身份仅仅是一个从帝都开封府过来的小小商贩。可他满脸的焦虑却暴露了他心里隐藏的某些秘密，他表面是贩卖一种叫“松栗”的食物，其真实目的，却是在走私一种名曰“驿马丸”的春药（这种春药曾记载于《图经本草》，因为效验极好，在王公贵族之间秘密流传）。徐百四老早就打算好了，先把货物运往赣州这一个中转站，然后设法将它转运到广州等新兴的城市。争取大赚一把。为了避免官府的层层盘查，他故意把这些货物隐藏在城墙根下的一株枯死的槐树之中。没想到这场突如其来的大风，却把他的所有精密的计划彻底地打乱了。次日大早，斜街、剑街、横街上的大多数商铺的顶上光秃秃的，屋盖都莫名其妙地搬走了。客商徐百四的神秘货物与“熙宁二年”的这一块砖也不知被大风搬运到了哪里。砖那么沉，它又能被搬运到哪里去呢？最终是徐百四在城墙底下的一条荒径寻找“驿马丸”的途中意外地将它发现。随手将它放进了牛车。车轮辘辘，砖随徐姓向南移动了五十六丈九尺，暂时被闲置在了荷包塘附近的一块平坦的荒地，后来又偷梁换柱地砌进了徐家的新舍。砖在城墙上留下的空当，很快就被烙有“嘉定八年修城砖官砖使”的某一块砖填补起来。

杨万里的儿子杨长孺是当时（嘉定八年）修城的州守。上任以后。他对子城城门进行了大规模的改造，不仅增高了女墙，加固了城垣的底座，还烧毁了城上的杂木野草，干掉了城墙周围乌七八糟的寮房棚户。一百多年里，不断萎缩坏死的城垛就在他的手上修葺一新。暮气沉沉的城郭，顿时就变得精神了起来。而我老祖宗朱城砖却因为这场突如其来“城改”，头上爆满青筋地跑到衙门口去申冤告状。这地方的人，因为刚正的秉性，渐渐培养出了一种健讼的风气。城里因此专有种替人代写状子的“珥笔之民”。在他们后脑勺，通常插一支笔，闹市中摆个桌子，将行头整成一个很有内涵的学究。当天，他所带去的这一封状子，从头到尾要表达的意思无非这么两层：家里之前养了条狗，一条爱狗；以前家在城墙底下，狗每天都有到城墙上去拉一次屎的习惯；因为官府修城征用民宅，住所变迁，狗就再不拉屎了。性格渐渐暴躁，日夜狂吠，拒绝吃喝，日渐羸弱，终于呜呼。另外的一件，要从他本人的名字朱城砖说起，卜卦先生当初说他脸上拥有着一种奇怪而复杂的命相。如他这种八字里同时缺土缺火又缺水的人，的确是十分少见。卜卦先生眉头耸动，说他的这一辈子，恐怕也只有城头的老砖能救得了了，经窑火煅烧的砖，融进了水火土。水使他顺，火使他旺，土使他安。以后谋生吃住就记得尽量挨着城墙。如果只是这，还并不足以使他的情绪波动。毕竟往事已矣，一切都消磨得只剩下了一层淡淡的剪影。事情的导火线是他搬家以来，牙疼脑涨腹泻不断——各种不请自来的毛病逐一造访。他一边呻吟一边将所有的乱麻清理了一遍，最终杨老爷成了这个事情的罪魁祸首。

刚开始，在城砖上落款，这完全是官府的某种特殊的考虑，只是为了将砖的质量更好地落实到责任人。就像在白纸上画了押，无论是监造官、提调官、烧窑匠、制砖人，一旦砖出了问题，责任即可层层追究而下。据史书上载，交砖的时候，标准可谓是相当地严格。检验官通常要挑两名身强力壮的兵，抱砖相击，如铿锵有声、清脆悦耳、没有破碎，才算及格。长此以往，因为种种严格的要求在人们意识里不断地深化，窳劣之砖基本上就没有了，而落款的目的逐渐地也就变了味。尤其嘉定年后，无论是姓王、姓孙、姓聂、姓姚、姓赵、姓陈、姓李的权知州、通判推官，走马上任都有在城砖上留下“到此一游”的嗜好。他们争先恐后地将自己大名烙进砖里，以求青史留名；这种做法渐渐也就成了做地方官的某种时尚。至于窑户张三、赵甲、孙乙、徐小五也都屁颠屁颠地跟在主子们身后，千方百计地把窑口与人名烙进城砖，以求把品牌推广。因此短短的几十年间，各种热乎乎的、见棱见角的砖，有的呢，就被烙上了“赣州嘉定拾柒年修城官□”、“淳佑乙巳修城砖使”，有的就被烙上了“林魁盛造城砖”“赣州府提调官同知朱敏司吏彭民安赣县提调官典史张大举”。铭文，被火凝固，被空气擦拭。露出娟秀、肥荡、内敛、高贵、张狂不羁的面孔。它们暴露在南方的光线里，神采奕奕。

因为砖上遗留的各种铭款，几百年后，导致我时常假意惺惺地陪我妈去菜场买菜。菜场我家附近就有，可我总喜欢怂恿她，说家旁边的菜不新鲜啊，并且都是些菜贩子，市侩得很，莫如多走点路到建春门。那时候，建春门附近的骑楼还没有拆，中山路繁华得很，路紧挨着江，江上又设有木质的浮桥，供两岸居民来往。久而久之这地方就成了集市。而我每每趁我妈在集市上东瞧西看讨价还价的间隙，偷偷地跑到城墙上，根据一本名为《国家历史文化名城——赣州》的书里的描述，在杂草丛中，寻觅那些年代久远的玩意。通常的情况是，我妈在后屋的厨房里开始洗衣做饭，我就一本正经地整理起各种铭款。我坐在左营背四十七号向阳的某个位置，将自己打扮成老学究的模样，脸一会儿注视着我的外公，若有所思，一会儿埋在了铭文里，一些细小的灰尘在明瓦底下的光柱中尽情飞舞，而我脑中装满了各种有关于砖的疑问。砖为什么要在这一年烧啊，是洪水还是因为兵燹，是应急还是年久失修？至于当时谁是这里的权知州、通判推官，这些疑惑既让我搔首踟蹰，也让我心中拥堵着无限的喜悦。此时，外公继续着他的讲述：徐百四在城墙根繁衍了四五代，祖辈们的开封口音在后辈们嘴里早已经变了味儿。南方的水土空气渗透到他们的发肤里，话也就软了下来。再没有以往那么硬了。

这样的静谧时光一直持续。忘记了从哪一年起，好像是元朝至元十七年（公元一二八〇年），元世祖忽必烈下令拆毁了南方诸城的城墙，且严禁重修。企图以此削弱南方的防御能力。这一年，城砖被各种的蛮横的力拉扯而下，如羊牛下山，大批地卷向市衢，世俗里满布着砖的味道、血的味道。

而我的祖宗爷惠公此时正好在新朝的衙门做个芝麻样的小吏，英气逼人，算得上是一个标准的美髯公，隳城运动的那股浪潮将他裹挟了进去，他用砖砌了几根砖柱，四面钉了杉板，顶上加了檩条，铺了瓦片，和他的女人何花花在被窝里巫山云雨尽享人间的逍遥快活。因为他们的风啊月啊云啊雨啊，风调雨顺地诞生了我的小四郎公朱景宏。这样一来，我与这个透明的世界的距离又近了一步。

至正六年，也就是公元一三四六年，家谱上载，那年春天，徐家的西墙根受雨水浸泡，基脚下沉；加上房子东面横梁被白蚁陆陆续续地蛀食，蛀出了一个个或大或小的窟窿。房子没能抵抗住倾覆的力，崩塌了。加上前面几次兵燹的影响，城墙根原本金贵的地，逐渐也空出来，掉价得一塌糊涂，徒剩下残砖瓦砾，荒烟蔓草。青蛙击鼓，蟋蟀弹琴。荒地经居民们开垦，被种上了荠菜、萝卜、蒜子与卷心菜……

3

让我在秋游的队伍里成为焦点人物的这一块砖，等它再次返迁到城墙上，时间已经是洪武三年（公元一三七〇年）。这一年，凝聚城砖的力再一次旋风般地来袭。

此刻时间的皱褶里，又多出了一个叫周颠的人物，因为他的几句玩笑，朱元璋一语成谶地坐上了龙骑。

朱元璋生来满脸异相，下巴奇凸，耳垂浑圆，嘴唇肥厚，眼睛正如算命先生常常说到的帝王相，好似“孤月浪中翻”。爷爷当初总喜欢攀龙附凤。说他是我家祖宗。我家的祖宗长相可没有那样奇崛，身份也没有那样显赫。至正年间，我祖辈尚是宋江似的一枚小吏。转眼间，他的后辈就落为农民，栽瓜种豆，养猪耕田。香火延续到念七郎公这里，身份却已是一个普通得不能再普通的挑夫。他骨头硕大，肌肉矫健，浓眉大眼，是家里的一根独苗，腰上还揿着一粒饱满的将军痣。若按照民间的说法：痣腰痣腰，骑马带刀。可时间证明了他的这一辈子并非做将军的命，他这一块肩膀，可以说，没有什么重量是不曾经历过的，无论是柴、谷、石头、珠宝、粪便，沉死人的重量都在他坚实的肩膀上发出过吱呀吱呀的悠长的响声。现在他每天的工作就像工蜂似的负责把城外窑里的砖、散落在张家李家的砖搜集起来——使它们再一次飞往城墙。侧壁与横头烙着种种铭款的砖，坐在我老祖宗的篓子里，颠颠簸簸，摇摇晃晃，嘻嘻哈哈，满面红光；它们穿过华美的牌楼（阳明路）、巍峨的天后宫（西津路）、狭窄的世臣坊（和平路），左转右拐，失散了多年的城砖又终于四世同堂。

那天我老祖宗念七郎公和往常一样把砖平平整整地码成了一个方块。人坐在上面，歇凉，看风景。太阳偏西，只听“哗”的一声，有什么东西从耳边呜呜地飞也过来；一团浓浓的黑影在他头上猛削了一下，接着又听见“哗”的一声，脑袋上又被什么东西猛削了一下，他拿手捂，伸手一看，大片的红，接着眼睛里是大片的黑。然后他就被这团重重的黑暗放倒在了地上。

削着他脑袋的，是两块铭款为“虔州于都县作头李成造”“徐小十一”的砖。这两块砖，是他五天前，在县岗坡的一株大樟树下弄到手的。它们分别是绍定五年（公元一二三二年）、德祐元年（公元一二七五年）被一个僧人和一个小文人带下城来的。僧人用砖砌了神龛，后来庙里发生内讧，长老遇刺，僧人们各奔去处。神龛废弃，砖又几经辗转，流落到了钱家。而小文人把砖捡来差点磨成了砖砚，结果砚没有磨成，小文人就随做官的舅舅去了杭州。砖在屋檐下待了数月，于是乎又开始了它漫长的旅行。最终它们在县岗坡的一株老樟树下会的面。这时候，时间转眼间就到了至正三年（公元一三四三年）。我的老祖宗念七郎公始终都没搞清楚当时是什么意外的力让两块砖在空中飞动起来，以至于把他那一颗结实的脑袋猛削了两下；幸好无甚大碍，没躺几天，他健猛得又像只下山的乳虎了。

这个事件对我来讲，至关重要。假如我家的香火突然中断了，那么祖宗十几代人的努力便全部打了水漂。而我历经艰难，处心积虑，所有的心血都将白费。幸好当时暗中有什么东西猛拉了我一把，让我逃过了此劫。我妈至今都不承想：一九八九年五月二十七日公鸡打鸣的时刻，她满脸幸福感地躺在了赣州市人民医院的产床上；紧握拳头，深吸了口气，把力气都集中在了子宫，然后狠狠地把我推向了世界，我想告诉她这绝非个人的力量。有许多的力，她始终是看不见的，出生漫漫，需要不断地被力推，一下下地推，从北宋推到南宋，然后一路推过来……直到我妈将最后一个力作用在我身上，将我推向世界为止。那一刹那，我才终于见到了光，世界晶莹剔透，像颗葡萄，比我想象的要美。我被年轻的护士小王放在了秤盘上，六斤六两，不知道这有没有一块砖重？我拳头紧握，好像要把来之不易的世界紧紧抓住。人出生走过的路，不知是不是比城砖浪迹的路还要漫长、艰难？不过生命因此却获取了两个无限端点：一千年前，你开始蠢蠢欲动，向这个光明的世界进发；一百年后，你又成了推动后面的生命与世界见面的力量。

那以后（至正三年），城砖依然是无所作为地动着，我家的香火依然在未知中日复一日地延续着，这期间，世界也跟着动。大河汹涌，山在长高，树在抽芽，宣明楼、青云坊、陈家巷、洪城巷、回笼阁、照磨衙也都相继地从土里升起，至于海上来的金银、犀象、百货、药材、珠宝、经卷，也都从这里由南向北滚滚推动。赵家的公狗挺着硕大的生殖器整天蠢蠢欲动。窑匠徐小五碾泥巴的手、县丞梁克礼啃肉骨头的嘴也都在有一下没一下地活动着。这期间，不断有新城砖砌上城垛，旧城砖弃墙垛而下。砖“绍熙二年四月造使砖”羞答答地下了城墙，砖“淳祐乙巳修城砖使”明晃晃地上了城墙，砖“虔州虔化县陈二”灰溜溜地下了城墙，砖“小甲许德钦”“赣州卫官砖”兴冲冲地上了城墙。砖，上上下下和城墙做了五六百年的游戏，人生代代无穷已，城墙年年望相似。

4

接下来，历史又开始了它的宏大叙事。

据顾城的《南明史》载：“顺治三年（公元一六四六年），十月初三，清军大举攻城。副将高进库攻了南门，副将刘伯禄、贾熊、白元裔攻了东门，副将徐启仁、崔国祥攻了西门……”

城砖们在火炮摧毁的力中，轰然坍塌，纷纷而下。

守将杨延麟眼看着整座城池及大明的江山都往下坠，他也被下沉的力牵扯着往下坠。亡国的痛与耻辱，使他唯想加快此时坠落的速度。于是他就随手抱了块砖，砖也紧紧地将他抱住。“扑通”一声，清水塘中荡起一圈巨大的水花，落在荷梗上的一只麻雀长鸣了一声，朝南惊飞而去，英雄与城砖一同沉落到了水里。

没有人知，和杨延麟一同落水的是哪一块砖了；也没人知，砖在水里藏匿的时间到底需要多久。但总有一天，砖又将带着坚硬的身躯回到光明的世界，继续它新的旅行。几经辗转，再一次卷入黑暗，再一次从黑暗里现身。也许，城砖的一生，就是不断地用来分散又不断地用来聚集，正如城墙的一生，既不断地用来制造废墟又不断地用来重建宏伟。在隐与显中，始终做着一种有趣的游戏——乾隆二年，乾隆八年，乾隆二十四年，乾隆五十一年，嘉庆甲戌年，道光十四年，道光丁未年，咸丰四年，咸丰七年，咸丰九年，光绪乙卯年，光绪甲申年，光绪辛丑年，民国四年。其中不断有新的砖、旧的砖、墓砖、城砖、宅砖、塔砖、残砖、断砖被修复的力感召、凝聚、黏结。如此，城砖继续，城墙继续，城也继续，我家的香火继续。

我家的香火柳暗花明了不知有多少朝，祖宗们换了多少个角。轮到我曾祖父朱文焌出场的时候，没想到角色竟然是一个屠夫。不过他掌握的可是全城的第一把刀。这刀子和杨志卖的刀不相上下。首先吹毛得过。那头发只在刀口上轻轻一吹，立马就分作了两段。其次呢，刀身上一年四季咄咄逼人地冒着寒光；那牲口一见了光，立马浑身就哆嗦起来。一九三四年春，西津门刚刚修好，黏结城砖的石灰都没有完全干透，城砖上闪烁着一行行新鲜的铭文。为图吉祥，讨城隍爷开心。开城门时，政府通常要拿牲口的血来祭。我的曾祖父光荣被唤去演开城门的这一场大戏。出家门他只带了这口宝刀和自己的一颗脑袋，如果这一刀没有弄好，那么这颗脑袋就得永远地留在城门下了。那样我的诞生又没有了指望。可是刀很争气，那时只听见刀把凝固的空气劈裂了，然后“嚎”的一声，空气中血雾弥漫。我的曾祖父带着自己的脑袋、宝刀、一百大洋扬长而去。而我，又一次地被力向前猛猛地推动了一下。接着，他走过繁华的西门大街，经万寿宫然后到坛子巷的快活楼里释放了身体里多余的荷尔蒙激素。彼时城墙的附近早已是屋舍森森。高高的瓦屋密不透风地围绕着城墙。城垣被世俗层层包裹，消失在了闹市声中。城墙的周围，此时有种名曰骑楼的建筑，上面住人，下面空出了长长的走廊，聚集着各种大型的商铺：左一个恒孚布店啦、聚兴恒丝店啦，右一个步青云鞋帽百货店啦、华利纸酒店啦，而住在二楼的张家、王家、李家从后屋里伸出长长的板条，搭城墙上。于是城墙就成了人家的阳台或者后花园，人们在城墙上种花、晾晒衣衫，蹲城墙上看日落、吃晚饭。夜深了，姑娘们在城墙临时搭的木棚子里哗哗地洗澡，洗澡水顺着高高的城墙流下来，好生优美；水弄湿了“熙宁二年”“徐小五”“咸丰甲寅”的城墙砖。

时间好快。眨眼就转到了民国。

易帜、换制、更衣、改礼的风潮一茬接着一茬，全国上下热火朝天地正开启着伟大而生气勃勃的现代社会，大烟囱、大机器、大汽车、大马路转眼就成了超级时髦的玩意。北京、广州、上海、南昌等地的城墙，因为拘囿了城的生长，很快就像裹脚布似的拆下来，比较起那些阔人家的千金小姐，那时候，赣州只是个土得掉渣的寒门闺秀。拆城墙这种时髦的运动，赣州根本就推动不了，首先拆城的费用并不菲，每拆一丈，就要耗银子十多两，加上城墙的周围拥挤了大量铺户民宅，拆迁的话，地方政府哪有那样的胆识与魄力？城砖也因此躲过了一劫，就像我外公外婆替我躲过了一劫。

那年春天，我外婆谢贤英在水西的某户窑匠家里呱呱坠地。那时在她的上面早已经安排好了六个姐姐两个哥哥。加上城砖窑里的火，烧到民国渐渐都已经冷了。不得已，她幼小的躯体只好从水西的某个黑暗的房间转移到花园塘。当时收养她的，是花园塘一个姓王的女人，这个姓王的女人，不仅爱美，而且好赌。在她的嘴上常年是叼着一袋长长的大烟。她依仗着自己大户人家千金小姐的身份，放逐着青春富贵，可第二年，这女人却因为丧了偶，改嫁到了左营背。花园塘去左营背，中间需经过宣明楼、四贤坊、白衣庵、南门大街，遵大路兮，然后穿过高高的镇南门再走三五里的荒地。烙着种种铭款的城砖被一千年的时间分散在沿途的各个角落，它们以一种老人家打量后生晚辈的眼光盯着我年幼的外婆，它们心里充满着一种十分复杂的情绪。

襁褓中，外婆不断转往陌生，时间像一种催化剂，作用在她的身上。她好不容易把眼睛长得又润又大，把头发长得又黑又滑。不料姓王的女人却因为气滞血亏，偶染风寒，躺在床上，没有几天匆匆地就走了。当天晚上，外婆梦见有个女人在扇窄小的窗口独自梳妆，头发越梳越长，最终成了黑色的流水。第二天，我外婆一个转身，就成了我外公家的童养媳。我外公邱德祥，那时瘦得只剩下了几根骨头，人们断言他如能养活，咸鱼干都要翻身。可是我的外公不但证实了咸鱼干都能翻身的寓言，而且活得很好。

如此。一千年里，我被外面的力一下一下推，躲过了一道道劫难，隐隐的就看见了光，看见了朦朦胧胧的世界。那时候，所有使我诞生的因素相继地都已经备齐。所有阻止我诞生的障碍都已经消失。我的外公外婆、爷爷奶奶他们隐藏在这个城市一个个黑暗的屋子里，好像是用来生产我的一具具机器。接下来，他们只要借助赣州城里——用来烧砖的土，烧砖的水，烧砖的空气，与烧砖的柴火，假以时间，再有一个把我向外推动的力，努力了近一千年的我，就可以与世界光荣地见面了。而烙着种种铭款的城砖，到时也都能清清楚楚地把我看见，看见我那优美的络腮胡，塌鼻子，短眉毛，青春的面容以及澄澈的双目。

安娜的火车

文 / 甫跃辉

发表于《青年作家》2015 年第 9 期

火车进站的时候，鹿安夹在一群乘客中间上了车。她想着，如果他没追上来，她就一个人去南京。她在通道里踽踽地走，经过自己的座位了，却未停下，一直朝前走，朝前走，走到车厢另一头。她怔了一下，回头看看，跨出车门。他没跟上来。时间一秒一秒流逝，终于，车缓缓开动了，驶出车站了。她的目光追随着火车，火车消失在站台尽头耀眼的阳光里。视线里，只剩下铁轨。铁轨空荡荡的。空荡荡的铁轨尽头，一树一树夹竹桃，红的花，白的花，开得正盛。

十来分钟后，又一辆车进站了。

忽然，鹿安瞥见不远处的他。他站在那儿，注视着她，似乎观察了她很久。她有些慌乱，扭头朝车厢里走去。她听到脚步声，他追上来了。她一直朝前走。走过了三节车厢，他终于拉住了她。她挣了一下，没甩开他的手。她仍旧朝前走，在车厢连接处，他从后面环抱住她，一下子把她压靠到车门上。“干什么？”她斥道。他呼呼的喘息撞击她的耳朵。她被他死死抱住了。她把脸贴到了车窗玻璃上。车外的夹竹桃、稻田、房屋、小河浜，在加速朝后奔去。落日将坠，远处是大片凝滞的粉红的云。

这是鹿安没有见过的南方初夏。

鹿安感到脸上一股热流。她想要忍住的。他一动不动地抱着她，脸贴着他的脸。泪水在两人紧挨的脸之间往下流。她想要甩开他，但他力气很大。“真恶心！恶心！”她咬牙切齿地低声说。“对不起。”不出所料，他还是这句话。干瘪瘪的。但她能指望他说什么呢？

列车员经过，要查票，他才放开她。“两张到南京的。”他说。她不吱声。列车员走了。她有些不知所措地站着。“对不起。”他再次说。她恨不得扪住他的嘴。

走出南京站，看到玄武湖时，差点儿没喊起来。

“我要到湖对面去！”她径自朝前走。他紧跟上她。

好不容易打到一辆出租车，她钻进后座，他也跟着她钻进去。她身子挺得直直的，很响亮地和师傅说话，师傅似乎被她感染了，热情地向她介绍南京的景点。

“玄武湖对面？那是鸡鸣寺啊，旁边就是明城墙。到明城墙上走走，包你喜欢上南京。”

“对，就到鸡鸣寺！”她两手抓住师傅的椅背，脸转向窗外。

师傅还在絮絮地介绍南京的景点。她却不再说话了，一直盯着窗外看。挺直的身子渐渐弯下去。他一直不说话。她希望他说点儿什么，又希望他一直沉默下去。

在鸡鸣寺门口，她站立着，看那些樱花，樱花早谢了，地上铺了浓厚的树荫。

踩着影子走过去，脚底似乎有些凉，又有些软。回头看他，他慌忙跟上。

“对不……”

“你就会这句吗？”她竟然笑了一下。

“那你不是生气嘛。”他的语气也轻松了，有一瞬间，他们仿佛又回到了一天前，那个女人没有出现前。但他很快又压低了嗓子，“我不知道自己怎么会这样，我也不想这样，可我就是这样了。我都不知道自己在做什么，确实够混蛋的……”

她看着他，这张脸曾经如此熟悉，此刻却如此陌生。不，仍然是熟悉的，可他是谁呢？他在她的注视下，越发语无伦次了。她忽然就笑了。多可怜的人啊！

“走吧。”她很轻松地说。

他们没进鸡鸣寺，直接朝明城墙走去。有人在卖冰糖葫芦。他们都走过去了，她忽然说：“你去给我买串冰糖葫芦吧。”

“要什么味的？”他脸上再没那种凝重的表情，似乎真的什么都没发生过。

“原味的。”她不知道自己该有怎样的表情。

她看着他颠颠地朝坡下走去，转瞬消失在门洞的暗影里。他站在那一大树糖葫芦前，身子略显单薄，仍然像个学生。他是谁呢？她又有些糊涂。不知过了多久，她看到他擎了两大串糖葫芦朝她走来，穿过阳光地带，再次隐进门洞的幽暗。两串泪珠毫无征兆地从她脸上滚落。她忙转过身，去看玄武湖。

一串是原味的，另一串也是原味的。

但并不好吃。外面甜得腻人的一层糖稀吃掉后，里面的山楂能酸倒牙齿。她很认真地一颗一颗吃掉了，恨不得把山楂核都咽下去。

城墙上还是那样，虽说是夏天了，草似乎并没有多一些、绿一些。三年前的初冬，他们第一次来——那也是她第一次到南方。人丁稀少的城墙上，枯草瑟瑟地在风中颤动，但放眼望去，仍然比她熟悉的北方有生机得多。他们装作各自靠近对方的一只脚瘸了，彼此搀扶着，一拐一拐地走，肩膀一次次撞在一起，便愈加跌跌撞撞的。他们的笑声在空荡荡的明城墙上不时响起，清冷的空气也变得暖和起来了。

他握住她的手，他们下意识地模仿去年的样子走，走了两步，她便止住了。

“小心糖葫芦弄脏了衣服。”她小声说。

他们不再说话，默默地往前走。左手边是湖，前面是山，夕阳把他们的影子拉得很长。她穿一条黑色长裙，裙裾不时被风撩起。她不时抬头看山，看湖，又低头看地上自己的影子。那曳动的裙影，让她有种隐秘的幻想——年岁渐长，她算是越来越少幻想了——影子才是真实的，那是轻的、可以飞举的自己，是如皮影一般，呈现在台前的自己。而这肉身呢？不过是皮影后面的可以忽略的躯体。她宁愿要那皮影，不愿顾及这躯体。小时候去看皮影戏，她总想去看皮影后面都有什么。为什么要去看呢？皮影的世界多精彩啊……在胡思乱想间，抬头一看，山就在前面了。

他不见了。

鹿安慌乱地环顾四周，原来他远远地站在后面，正望着自己。霎时间，羞愤，安稳，同时起伏在她内心。他是在试探她么？看到她找他，他脸上什么表情？她扭过头去，泪水又下来了。泪水里的山水落日，都显得那么遥远。她不知在城墙的垛口间站了多久，他总算是朝她走过来了。如果他一直不朝她走来呢？她会朝他走去吗？

“走吧。”他小声说。

他们找到南大旁的一家小旅馆，那是他们曾经住过的。地方还是那个地方，旅馆的名字和格局却都换了。要的双人间，进到房间后，他抱住她，她把他推开了。

她从行李中翻出睡衣，一言不发地到浴室去了。她慢腾腾地洗澡，水汽弥漫，弥漫进她的脑袋里。昨晚那女人……不，她不能去想。他们怎么又到南京来的，为什么要到南京？她捂住脸，长久地站在莲蓬头下。

她穿好睡衣，走出浴室，钻进被窝。

他穿着衣服进了浴室，出来时只穿了一条内裤。

两张白色的床，两条白色的被子，在这个初夏之夜。窗外是夜里十点的南京。车声，人声，隐约可闻。窗帘没拉严，有光透进来，是路灯光，还是月光？

窸窸窣窣的，她听见。他钻出自己的被窝，往她被窝里钻。他抱住她。她并没怎么反抗。他驾轻就熟地找到她的嘴巴，她躲了躲，还是被他噙住了。所有熟悉的动作，缓慢，又缓慢，她感觉得到他的愧疚，讨好，和仍然残存的欲望。所幸还有欲望。

事后，他从身后抱着她，两人仍然不知说什么好。

她侧身朝窗外看，窗帘间窄窄的一条缝，挤进了一个胖月亮。她盯着那月亮，思绪似乎飘到很远，又似乎被牢牢地拴在此时此地。不多时，月亮滑出缝隙，不见了。

“你明知道，我们那种小地方，和男人这样了，就很难嫁了。我跟你说过的，你大概一直不相信吧？你知道吗？我现在回去，别人会给我介绍怎样的人相亲？不是四十岁的老单身汉，就是离了婚带个娃的。你知道吗？我这辈子，都被你毁了。我当初为什么要跟你在一起啊，我就该认命，在那个小地方老实待着……”她的声音幽幽的，几乎不带任何感情。

他不说话，只是抱紧她。

翌日，他们去了总统府、紫金山、雨花台、明孝陵和梅花山。“两次到梅花山了，都没看到梅花，这辈子大概都看不到了！”她说这话时，满脸的笑。从紫霞湖出来，他们往火车站赶，误了公交，下错了站，走错了路。

“赶不上车，我就辞职，到南方来找你，怎样？”满头大汗的她，对满头大汗的他说。

“放心，一定赶得上的，快走！”他说。

赶到南京站时，她要乘坐的火车已经开走七分钟了。

“怎么样？”她气喘吁吁的。

“什么怎么样？”

“我说了，赶不上车，我就不走了，留在南方。”

“还是进去看看吧，没准还没开走呢。”

她看他拖了她的行李，快快地朝前走。

火车竟然真还没开走！火车在始发站耽搁了，这会儿还没进南京站呢！

不过两三分钟，火车进站了。车站巡视员朝他们又是吹笛子又是挥舞旗子。她赶忙朝后退了两步。他也朝后退了两步。

“你不用担心了。”她说。

“什么？”

“没什么。”她莞尔而笑。“你还记得安娜吗？安娜·卡列尼娜。她以为跟了渥伦斯基，就能到另一个开阔得多的世界去。可是，哪儿的世界不是一样呢？她没法跟火车到远方去，只能让火车在自己身上停留那么一瞬间……”

“鹿老师，你这是在给学生讲阅读理解吗？”他牢牢拽住她的一只手。

她微微一笑。

“你放心……”

“放心什么？”

鹿安盯着火车，车窗玻璃模模糊糊地映出她的影子和他的影子。一个接一个的人影，拎着包，扛着行李，无声地穿过他们。

随一群乘客上了火车，努力不朝窗外望。待她找到自己的床位，在窗边的椅子坐下后，再望向窗外时，火车已经缓缓开动了。没找到他。他走了吗？她慌乱地朝慢慢退却的人群里找，好一阵，目光被抓住了。他就站在那儿，镇定地看着她的火车驶出他的视线。很快，他也驶出了她的视线。身后是南京。前面是她的北方。

“一支蜡烛，她曾借着它的烛光浏览过充满了苦难、虚伪、悲哀和罪恶的书籍，比以往更加明亮地闪烁起来……”她闭上眼睛，低垂了头，两手捧住脸，低声默念着。

“嗨，你吃苹果吗？”有个声音撞到她耳边。

去洛阳，是苏苾昨晚做出的决定。那时候，她躺在床上辗转反侧，落地窗没拉窗帘，月光直直照进来，屋里的陈设朦朦胧胧的。她看看月亮，又看看屋里。忽然坐起，盘了腿，呆呆地看天。“算是和他最后一次吧。”她说。

她早上上班，和领导撒谎说家里有事，要请半天假。领导准了假，她又不走，在办公室磨磨蹭蹭的。领导问她，怎么还不走？她才慌忙离开单位。

她背个双肩包，包里装了几件换洗衣服。走在大街上，她不知道该去哪儿了。真要去洛阳吗？他看到她会什么反应？每次都是他到南京来找她的。她从未到洛阳去找过他，他也从未邀请过她。她几次说起回洛阳看牡丹，他都没多少热情。初夏了，洛阳还有没谢的牡丹吗？想到这儿，她拦下一辆出租车。

到了车站，来不及吃饭，只买了一袋水果和一桶方便面。

走在火车硬卧车厢，恍若回到了学生时代。大学毕业七年了，苏苾再没坐火车出过远门。

苏苾在下铺坐下，放下背包，脱了鞋子，两只脚搭在对面床沿，翻那一大包吃的。这也让她想起学生时代，如今，多少年没吃过方便面了。她拿出方便面，看了看，放到一边，剥了一根香蕉，慢慢咬着。

吃完了，香蕉皮往垃圾桶里一扔，朝后一倒，望着车窗外闪过的树木，心里空荡荡的，轻松得没有方向。十年前，也是一样的场景，只不过她的床铺在二层，他在三层。她也这么躺在床上，仰了头看。他中午上车后就蜷缩在被窝里，太阳快落山了，仍旧一动不动。她甚至怀疑，他是不是猝死了。有个人在车厢里死了，会如何乱作一团？转而又想，怎么能这么想呢。忽听得“啊”一声，是从头上传来的，他伸了个懒腰，探出头发蓬乱的脑袋朝下看。他们的目光碰了一下，他慌忙避开了。

“你睡得可够久的！还以为你死了！”她和他打了个招呼。

他不说话，把头缩回去了。

“哎，上铺的，和你说话哪！你不会真死了吧？”她嗔怪道，脸热热的——那时候，刚念大一的她，并没多少和男生搭讪的经验，这不过装装样子罢了。

“你和我说话？”那颗乱糟糟的脑袋又探出了被窝。

“这儿还有别人吗？”她笑。

苏苾笑了一声，直起身来，听旁边椅子上有人在啜泣。扭头看去，是个三十来岁的女人，皮肤异常白皙，及腰长发，一袭黑色连衣裙，一双黑色板鞋。女人靠窗坐着，窗外是和十年前一样的黄昏。夕阳恒久地照拂着她，把她的悲伤放大了很多倍似的。

苏苾一手抓了个苹果，走到女人对面的椅子坐下。

女人垂着头，两手捧着脸，渐渐停止了啜泣，在喃喃自语。女人是在祈祷吗？她不能确定。不管她是否在祈祷，她那站在苦厄的泥淖中喃喃自语的样子，让她怦然心动。火车是朝苏苾这个方向开的，苏苾瞥见车窗外的稻田、房屋、道路，从她身边飞驰而过，而她在一切飞逝的事物中间，凝然不动。西斜的太阳将光芒直直打到女人身上，她浑身都被静谧的光笼罩了。苏苾不禁朝后缩了缩，将自己半裹在窗帘里，眼里含了一汪热泪。

“嗨，你吃苹果吗？”苏苾又说了一遍。

女人终于抬起头来，脸色红润，表情平静，目光淡然。

“不用……谢谢你。”女人说。

“吃一个吧，我刚买的，你看，又红又大！”苏苾不觉笑了，把右手的苹果朝女人递过去。那苹果确实又红又大，在太阳下看，犹如蜡做的赝品。

女人似笑非笑，接过了苹果。

苏苾啃了一口苹果，一边嚼着，一边盯住女人，“你吃呀，这又不是玩具。”

女人看看她，看看苹果，又看看她，低下头，想要咬一口，忽然，她劈手夺过苹果，女人愕然地瞅着她。“真不好意思，”她说，“我忘记洗苹果了，我去洗了再给你吃啊。”

她朝洗手池走去，走出几步，回头看女人，女人正望着她，脸上露出笑意。

她们的聊天是从苹果开始的。

落日西沉，火车穿过一座山，又越过一条河。火车里的灯灭了，星星浮现了。她们在有节奏的“咔嚓”声中，靠近，又远离，远离，又更加靠近。

“我从来没跟人说过这些，也没个人能听我说这些，可是我想跟你说。”苏苾意识到自己那种决绝的赴死的姿态。“可你愿意听吗？”

“夜这么长，总得干点儿什么吧？”女人淡淡一笑。

“啊？”苏苾微微张大了嘴，转而又笑了，“你知道吗？我和他‘出事’那晚，他就是这么说的，夜这么长，总得干点儿什么吧。我喜欢他这么说，大笑着附和，总得干点儿什么吧！那是夜里十点多了，我们刚从朋友的婚宴出来，我和他一桌，那是我们第一次见面——对了，就叫他甲吧，路人甲。”她眯缝了眼睛笑。

“那天晚上，我和甲去了一家小饭店，其实吃不下什么东西了，就喝啤酒，说很多话，我和他认识不到三小时，怎么会说那么多话呢？他酒量不错，我的酒量也不差。啤酒瓶堆满了我们桌下，只要动一动脚，就一片响。老板看我们喝那么多，免费送了我们两瓶酒，到后来，老板不敢再给我们酒了，怕我们喝多不付钱啊！直到夜里两三点吧，我们才付钱走人。第二天，他发来短信，说昨晚真不好意思，喝多了，我没做什么不好的事吧？其实我酒量不如他，哪里记得头晚发生什么了，想他怎么会这么说呢？就回复他，你难道不记得你做什么了吗？他回复说，真不记得了，丢人啊。我说，你亲了我。他说，真的吗？怎么会那样？我说，你还当着饭店老板的面亲的！我越说越真。他说，他好像想起来了，又一个劲儿道歉。那个早就被忘掉的夜晚在我们的叙述中变得具体真切起来。”

苏苾摇摇头，笑，目光里闪烁着遥远岁月的光芒。

“我知道他有老婆，在朋友的婚宴上，就听他说过。可那阵子，我是着了魔了，根本不在乎这个。我们第一次过夜，夜里两点，电话响了，他爬起来，到卫生间去接了。出来后，他开始床上床下摸索衣服裤子，我拧亮了床头灯。他看着我，很不好意思地说，把你吵醒了，我得回去了，房钱我付了啊，你别再付了。我冲他点点头。他不看我，穿好了衣服，又说了一遍，房钱我付了啊。我说放心吧，你走吧。他欲言又止，走了。第二天，我把找补的押金，换成了啤酒，一个人醉了一场。

“常常在夜里，我喊他出来喝酒，他有时候出来，有时候说太晚了，睡下了。我知道，他没睡，只是他老婆在身边。只要他能出来，我们总会喝很多，有时候会做爱，有时候也不会。这么持续了一年吧，他老婆知道了。有一次上班，在公司门口，看到个女人。女人明显是精心打扮过的。她说，她一直在等我。我意识到她是谁了。并不紧张，还有些激动。我和她去了旁边的咖啡馆，各自要了一杯咖啡。我直直盯着她看，她的脸一阵红一阵白，都有点儿让人心疼了。她去了一趟卫生间，回来时，腮下沾着一粒水珠。咖啡上来了，她一圈一圈搅咖啡，下了很大决心似的，抬起头来，看着我说，你知道吗？他身体不大好的，你不要跟他喝那么多酒。我低下头，应了一声哦。我没想到她会说这个。又坐了会儿，她拎了包，说得赶去上班了，咖啡的钱她付了，让我再坐会儿。

“我把这事儿告诉甲，说他老婆是个好老婆。但很糟糕的是，之后我和他还睡了两次。我觉得再这样下去不行了，就跑到上海，胡乱找了份工作。半年后，我爸妈给我在南京老家找了个对象，是他们朋友的儿子，就叫他乙吧。我和乙在网上聊了一阵，感觉还行，就回南京结婚了。乙是做建筑的，一年至少半年不在家。我和甲也还见面，但再也没一起睡过。有一次，很晚了，他约我出去，喝了很多酒，我们去开了一间房，但什么都没做。之后，我们再没见过。他也没再找过我。”

朝窗外看，稀疏的灯火，稀疏的星星，不知道是哪儿。

“我想，日子无非就这样吧，我和乙开始为要孩子的事儿做计划。然而，就在一年前的——那时候，乙有半个月没回家了。是个下午吧，我躺在沙发上，头朝后垂，可以看到落地窗外的天。偌大的家，真够安静的。我用手机上网，竟找到一个人，一个十年前在火车上偶然认识的人，就叫他丙吧——对，就是在我们这趟车。十年了，这趟车越开越快了。我和丙都是南京人，都在洛阳念大一。毕业后，他留在洛阳，我回到南京。

“和丙再次联系上，我们都有很多话要说，简直是争抢着要说。他变化很大。十年前，他多羞涩啊。可现在，他那么活络，什么话都敢说。很快，我们就聊到了各自的情感，言语难免有些挑逗。多久了啊，我不知道心动和欲望是什么了。这两件事，只要一件，就是致命的，那个下午，我竟同时置身两件之中。我们的聊天越来越赤裸，终于，丙说，他想要我，马上就要。我握着手机，感到浑身发颤。看着地板上的一角夕光，我差点儿流下泪来。

“我们聊得越来越直露，简直有团火，要把身子烧着了。一天接一天，这欲望都没消下去。我受不了了，说他只想睡我，根本不爱我。我有老公，他有女朋友，要他死了这条心。可没用，才过了一天，那股要命的火又不知从哪儿烧起来了。我们甚至互传私照，多少羞人的姿势啊，我从来没想过我竟然那么浪。我明白，我是逃不掉了。终于有一天，丙回南京，我们睡了。那以后，我们的联系更频繁了。唉，我竟然跟个陌生人说这些，你是不是很看不起我？”

女人摇一摇头，“我只是不敢像你这样……”

“这有什么好呢？不正常，有病！我一次又一次陷入的，都是错误的关系。更要命的是，这些关系都让我难以自拔。你知道我为什么在这趟火车上吗？我要去洛阳。我毕业后再没回过洛阳，你去过洛阳吗？去洛阳看牡丹吧！”

“我没去过洛阳，现在夏天了，牡丹都谢了吧？”

“我总得去一趟。”苏苾若有所思，“丙说，他要结婚了。我知道总有这么一天，也说不上难过。但我还是想再见他一次，希望是最后一次。过去一年，都是他回南京见我，这次我去洛阳找他吧。洛阳，那是他的世界，曾经也是我的世界。我想去看看。我也说不上来，我这是为了什么，是舍不得吗？好像不是。那是什么呢？我想，我是怕过了这段，今后再也不知道心动和欲望是怎么回事儿了吧。”

窗外的灯火越来越少了，星光也黯淡了。

她们刚躺下不久，苏苾听到对面床铺的手机响了。女人摸出手机看了好一阵，坐起接了电话。“龙昔？怎么是你啊。这些年你都到哪儿去了？啊？我也在火车上啊，也是明天到。你怎么也不提前说一声啊……不好意思，之前手机没电了，刚充上……你应该比我早到个把小时吧，那你在火车站等我。”

火车到洛阳了。苏苾朝女人挥了挥手，也不知道女人有没有看见，她便背了包，下了火车。站在半夜的洛阳车站，苏苾又不知道该去哪儿了。在她身后，火车越跑越快，跑向她不知道的远方。

龙昔总算打通了大学同学鹿安的手机。电话里鹿安的声音没变，温和，慵懒，有点儿无所谓。那是她听了七年的声音。本科那会儿，她们几乎形影不离；到研究生，仍然是一个班，奇怪的是，她们已疏远很多。毕业后，更是几乎不联系。她知道鹿安毕业后回到老家邻县的一所高中教书，果然，三年过去了，她仍在那儿。

硬座车厢挤满了人和臭味。她一夜似睡非睡，彻底醒来时，已是中午。她不洗漱，也不吃东西，就歪着头，朝窗外看。窗外的风景完全变了，满眼苍黄，沟壑丛生，树木变成了可怜的一丛丛。下午三点，龙昔挤在乘客中间下了火车。站台很空大，比外面的街市高出两层楼。出了车站，在站前的小广场看到个破败的花坛，龙昔便坐那儿，盯着出站口的人。

阳光耀眼。柳树上知了叫得厉害。四围的人说着她不大听得懂的方言。一辆一辆火车，从远远的地方开来，停在需要她仰望的地方，半分钟、一分钟后再开走，到远远的地方去。出站口吐出一拨一拨满脸倦怠的旅人。小站喧嚣一阵，又渐渐安静。等得久了，她有点儿恍惚，难道不是她在等朋友的到来？假如撇开一切，到这儿生活，那会是怎样的人生？这想法让她兴奋，沉进去想，又叫她惊恐。

龙昔一眼认出了在出站口张望的鹿安，她愈发瘦了，冷冷的气质，和周围的环境格格不入。她举起手朝鹿安挥动，大叫着："这儿！这儿！"

鹿安拖着行李箱，快速朝她走来。她抓了背包，不知道是待在原地不动，还是跑上去。犹豫间，鹿安已走到她跟前。

"你比读书时候好看多了！会打扮了！"龙昔笑。

"我该说你这是好话呢还是坏话呢？"她笑。

龙昔细细打量鹿安，她没变什么，只是眉宇间，有种读书时没有的哀愁。

“你还是那么酷酷的，像个假小子。”鹿安淡淡一笑，“大热天的，你还穿皮靴，不热吗？走，带你吃我们大西北最好的羊肉去！”

“我都没刷牙呢！怎么吃东西啊？”

到鹿安学校里的宿舍放下行李，待龙昔洗漱了，两人到近旁的菜市场买了羊肉，买了萝卜、大葱、土豆等两大袋蔬菜，又买了一袋枣子。“你来早了，九月以后来，新枣那才叫好吃！”鹿安连连点头，“这就很好了，很好了！”

两人折腾到傍晚，总算做好了饭，各自坐个蒲团，围着地上的电磁炉吃火锅。气温虽降下了许多，屋里还有空调，两人吃吃又歇歇，仍然满头大汗。

“也就跟你，才会干夏天吃火锅这么愚蠢的事儿。”鹿安用一本书给自己扇着风，坐到床上去了。床紧挨着墙，墙当中开了两扇窗，窗外是一株高大的榆树。

“多过瘾哪！”龙昔还在吃。

“说吧，大老远跑来找我有什么事？”

“没事就不能找你？”

“我还不知道你？典型的无事不登三宝殿性格。”

“嘁……”龙昔放下筷子，歪头想了想，“不过让你说中了，我还真有要紧的事。”

“你能有什么要紧事？”

“大事！”

鹿安扇着书，哈哈大笑。

“真是大事，终身大事。”

“哟，那说来听听！”

“那我可说了，我这么大老远跑来，就是想跟你说说这事儿，再不跟人说，我要憋死了。你可不能笑话我呀。”龙昔盘腿坐蒲团上，“哎，可真不好意思说啊。”

“你还有不好意思说的？我可记得读本科时，你每天都跟我说些什么。”

“是啊，那时候我什么都敢说，你一定觉得我很放荡吧。哈哈，还记得你叫我唐朝豪放女。可你知道吗？直到研究生毕业，我都没跟男人搞过。”

“不会吧你！”鹿安抛下书，“你不是三天两头说，哪个男的活好哪个男的活差吗？”鹿安的脸一阵热。她从没跟龙昔这么说过话。什么时候，她变成这样的？她忽然有些难过，黯然地低下了头。龙昔并未注意到这些。

“那些啊，都是骗人的。”龙昔无声地笑，“那时候，是有很多男的追我。我常和他们到学校外面吃饭，唱歌，喝酒。我觉得那样的生活才过瘾。我知道，他们好几个都想和我睡。我也知道，他们只想和我睡。他们把我当作那种放荡的女人了。其实啊，我也想变成他们想象的那种女人。可是，我暗暗试了好多次，我都没法变成那样的女人。每次都是，要开房了，我就说，我他妈干吗跟你睡啊，老娘睡了那么多男人，哪个不比你强！男的也不示弱，说你他妈以为自己谁啊，谁上你不是上！……每次都是类似的对话，然后，不欢而散。一个人回学校的路上，我就在想，为什么不行啊？龙昔你不是就想做个放荡的女人吗？那才自由，才过瘾啊。你怕什么？我并不怕什么。有一天我忽然意识到，我大概是一直在等什么吧。等那么一个人，能让我变得放荡的人。可这个人呀，怎么迟迟不出现？！”

龙昔又无声地笑笑。

“研究生毕业后，我回到老家的省会城市读博，算是成了第三种人。入学前夕，爸妈和我谈了一次，无非是问我有没有男朋友。我告诉他们没有，但总会有的。他们的女儿怎么可能嫁不掉呢？没想到，我十一假期回家，家里多了个比我大四五岁的年轻人。他看到我，很害羞的样子。我很快就明白怎么回事儿了，故意大声说脏话。他瞟了我几眼，没说什么。饭桌上，父母告诉我，他是他们同事的同事的儿子，学机械工程的，在省城工作三四年了。我点了点头，定定地看他，他和我对视一会儿，败下阵去，低了头扒饭。这让我觉得，他也不是那么讨厌吧。这之后，他不时到学校找我，约我出去吃饭。我也去，有点儿想要捉弄他，故意满嘴脏话地和他瞎聊，还带他去酒吧，去迪厅，去参加诗歌朗诵会，去听三流摇滚歌手的演唱会。半年后的一个晚上，他在出租车上抓住了我的手，告诉我，他几乎没文科生朋友，想不到文科生是这样的，又说，我是他遇到过的最特别的人。我想抽出手，抽不出。我知道他接下去要说什么，我不想出租车司机听到，就说，我们下车吧。才出出租车，他就抱住了我，对我说了那句无数人对我说过的话。

“这方面的经验我太丰富了，我看着他，忽然觉得可怜，他可怜，我也可怜。半年了，他一直想说这句话，终于说了。而我呢？不也在等他这句话么？虽然他并不是我喜欢的人。我们刚好走到一家宾馆门口，他要进去。我想对他说，我干吗跟你睡啊！可我只是想想而已。我顺从地和他进了宾馆。电梯坏掉了，走楼梯，他走前面，我走后面，看他穿着皮鞋，西装裤子，呼哧呼哧地爬楼梯，我感觉自己正走在‘就义’的光辉大道上。进屋后，自然要做那事。他永远都不会知道，那是我的初夜。”

龙昔望向窗外，那棵夕光中的榆树有着难以言喻的美。她等着鹿安说点儿什么，但鹿安什么都没说。鹿安盘腿坐床上，机械地扇着手中的书。

“那之后，我们的关系算是稳定下来了。他人确实不错，老实，踏实，是结婚的好对象。我家里有事儿，都是他帮着处理。我家里人都很喜欢他，几次催促我们结婚。我一直说，还在读书呢，怎么结啊。他们说，可以先领证啊，等毕业了再办婚礼，然后再考虑生孩子的事儿。我还是不答应。我还在等什么呢？还能等什么呢？我也不知道。可就是不甘心啊。”

“现在，你等到那个人了？”

“你怎么知道？”龙昔抬头盯着鹿安。

“这不是最烂俗的电视剧情节么？”

“是啊，是够烂俗的……”龙昔无声地笑，“那有什么办法呢？我的生活就是这么烂俗啊。我是去年遇见他的，他到我的城市参加一个学术会议。我和他认识两三年了，在网上聊过几次，那次是我们第一次在现实中见面。他下飞机后，我去酒店找他，想带他到处逛逛。他那间房有很大的窗，窗外也是一棵大树，不是榆树，是香樟。我和他坐在窗前，阳光刚好照在我们身上。初见时的拘谨很快就过去了，他和我讲起在来时飞机上看的一部小说，是个爱情故事。起初，我以为那样的故事很烂俗，可听他讲啊讲，那样一个爱情故事，把整整一代中国人的命运都囊括进去了。听他讲完，我看他的目光，就全然变了。我和他离开宾馆，在城市里转悠，黄昏时，带他到了一家我经常去的咖啡店。我们在室外坐下，喝着咖啡，继续聊啊聊，忽然，我看着他，不说话了。他也看着我，不说话了。我们就那么对视着。不知过了多久，我败下阵来，仰了头往天上看。几株快要落光叶子的法桐，法桐之上是粉红的云，云上面是湛蓝的天。那样的天，那样的云，还有那样的法桐，让我那么感动。我第一次那么确定，我爱一个人；也第一次能够如此确认，这个人爱我。爱多么让人感动啊。

“第二天一大早，他和别的朋友到城郊玩儿去。那天，我和他发了上百条短信。他本该在傍晚回到城里的，在高速上给堵住了。那真是我经历的最难熬的堵车。他发短信来说，他想我。我的心跳啊跳，回复他说，我也想他。他回到市区的宾馆，我已经在他楼下等了两小时了。我从后面跑过去使劲儿拍了他肩膀一把，他转身拉住了我的手。

“你别用那样的眼神看我，那晚，我和他什么都没做。我是去了他屋里，是和他躺到了床上，可我们都穿着衣服。他要脱我的衣服。我没答应。我说你知道的，我有男朋友，我们快结婚了。他说，你也知道的，我有女朋友的。对了，忘了告诉你了，我和他女朋友还认识。但刚说完这些，他就说，他喜欢我。我说，我知道，我也喜欢你。他说他知道。他再要脱我的衣服，我还是没答应。我说那样太对不起他们了，但我又忍不住，怎么办？他说那怎么办？没办法，我们只能接吻。我们搏命似的接吻。我从来没那么渴望过一个男的。

“但那一夜，我们终究什么都没做。

“第二天下午，他走了。他再到我的城市，是冬天了。我们一见面，就忍不住像情侣那样拉着手到处走，又怕遇见熟人，越是怕，越舍不得把手松开。到了夜里，我们就在人迹罕至的小路上抱着接吻，走几步就停下来接吻。他再要我跟他回宾馆，我不答应，我说这次我肯定忍不住的。我们这样太对不起他们了。他也说，我们太对不起他们了。就这么拉拉扯扯的，我还是和他进了宾馆。一进屋他就拉上了窗帘。我知道，要发生的事到底要发生了。

“过不多久，我就知道，他和女朋友分手了。事实上，在我们见面前，他们就在闹分手了。但我总觉得，这事儿和我有关。他一直说，想和我在一起，但他从未说过，要我和男朋友分手。我想过分手，可我怎么分手啊？快三年了，我家早就把我男朋友当成自家人了，我男朋友也早把我当成自家人了。分手的话我怎么说得出口？我该怎么办呢？就在一个星期前，我给他打电话，他把声音压得很低。后来，隐约听见机场的广播声，我说你在哪儿？他不得不告诉我，他在机场，要去见前女友，又说，那是他们最后一次见了，他们什么都不会做的。我知道他没骗我，可我就像抓住了一根救命稻草，非说他是个骗子，彻头彻尾的骗子！不管他怎么解释，我都不听，并且告诉他，我要结婚了，我们从此没必要再联系了。我不想这样的，可是我又能怎样呢？我知道，这辈子大概再也碰不到他这样的了。他也是这么说的。”

“你来，不会是要我给你分手的勇气吧？”鹿安语气里带着讥诮。

“你说呢，我该跟谁？”

“你早就决定了，又何必再问我？”

“你是不是觉得我很俗？”

“还记得我们本科时一起读《安娜·卡列尼娜》吗？你说，生活要么是卡列尼式，要么是渥伦斯基式，而你哪种都不要，你只要龙昔式。可你一直也说不清楚，龙昔式是什么样的。”

灯，忽地灭了。

“停电了。”鹿安说。

稍许，一支红蜡烛在写字桌上点燃了。

“什么年代了，竟然还有停电这种事儿！”

“好几个月了，每天晚上都这样。”

昏暗的光把她们的身影投到墙上。夜真静啊。轰隆轰隆的声音从远处传来。“是火车。”鹿安说，“每天晚上，会有七趟火车经过这儿。”

“我这辈子，就这样了吧。不是我不想，是我不能。我没法走另一条路了。你要笑话我，就笑话吧。”龙昔幽幽地说。

轰隆轰隆。夜那么静。

她们一齐静静地听，想象着一列火车穿破夜色，从远方来到远方去。

睡觉时，龙昔从背后抱着鹿安，喃喃道，“你这么小小的……”鹿安轻声地笑了笑。三年前，他第一次在这张床上这么抱着她时，也说过同样的话。大半年前，他最后一次在这张床上抱着她时，还是说了同样的话。

“我说了那么多，你也说说你的故事吧。”龙昔说。

“我能有什么故事呢？学生一拨一拨走了，到各个城市的各个大学去了，我哪儿都去不了。我这辈子，就一直待在这儿，这儿没有故事……”

她还没说完，龙昔已经睡着了。她吹灭了蜡烛，忽然涌入的夜是那么庞大而又温柔。在龙昔均匀的呼吸声中，她听到了深夜的那趟火车。那是开往南方的。大半年前，他就是坐这趟火车离开的。那晚的雨真大啊。她生怕他路上挨饿，给他准备了各种吃的不说，还给他做了丰盛的饭菜，让他吃了再走。她要送他去火车站的，他不让。她只能站在宿舍门口，看他背了鼓鼓囊囊的双肩包，撑着伞，呼隆呼隆地蹚水朝学校外走，突然，他一趔趄，整个人差点儿摔倒。她顾不得他的阻挠，跑上去把他拽回屋，重新给他换上一套干净衣服。可这不过是徒劳，他再次走入雨中，很快又全湿了。那晚的雨真大啊，她一直没听到那趟火车是什么时候进站又是什么时候离开的。

龙昔只待了一天，就走了。

鹿安要带她去看野长城，她说，等以后吧。鹿安知道，没有以后了。送走了龙昔，鹿安回到宿舍才发现桌上的苹果，那是火车上的女人给她的。她攥了苹果，绕了很远的路，去老榆树那儿。老榆树虽在她窗外，却不在学校里。在老榆树下，她怔怔地看了一会儿自己的屋子，书架、书桌、椅子、床，干净得酸楚，整洁得刻板。很近，又很远，是别人的生活。

她蹲下来，给他写一封信：

……“榆钱是什么样子的，小安？”想起这话来，我蹲在树下哭了很久，把手里的红苹果掐破了。这树上榆钱很繁，很繁呢，树干粗拉拉的。请不要回信，谢谢。我不想知道你的任何事，我知道你很好。生日不再另外问好。要吃长寿面，这样你才能活成老妖怪，很老的那种。也不要寄书和杂志，我不要。祝你的月亮和我的月亮都好。祝安娜好。

月亮升起来了。仰头看了一会儿榆树间的月亮，再低头，纸上的字漫漶了。哗啦哗啦，她把信揉成一团。回去的路上，她轻声默念：“一支蜡烛，她曾借着它的烛光浏览过充满了苦难、虚伪、悲哀和罪恶的书籍，比以往更加明亮地闪烁起来，为她照亮了以前笼罩在黑暗中的一切，哔剥响起来，开始昏暗下去，永远熄灭了。”

你是浪子，别泊岸

文 / 周嘉宁

发表于《上海文学》2015 年第 7 期

在我还没见过小元之前，便听说了她许多事情，那是很多年前，七年，八年。那会儿，我们的朋友大雄沉浸在对她单方面的热恋中，在多次集体大醉的排档上，他说起小元，甚至为她写了一本书。这本书在前年无声无息地出版了，我没有买，我想其他人应该也是。一方面是因为他才华的有限性显而易见，另一方面，二十七岁新年过后我便去了北京，渐渐和他们所有人断了联络，他们彼此之间应该也是。随着时间的推移，我们没有如期望中那样，成为什么真正出色的人。大部分人遵循规矩，混得不错，但是与出色绝对不沾边。但是我们并不愚蠢，纷纷接受了自己作为平庸小人物的存在，没有苟延残喘，也没有滞留在任何灰色地带。大雄是个典型人物，当他把有限的才华投入电视剧本的撰写时，赚到很多钱。

我一度怀疑小元是被杜撰出来的，因为她被描述得像个梦。哦，或者说，更像是一个理想，一个不管是谁都想要成为的人。那会儿她十七岁，高中时作为交换生去了荷兰，之后依然是以交换生的身份去了法国和西班牙，通晓英文和法文，能用西班牙语做日常对话。她的语言天赋有赖于超群的智力和记忆力，因此只要她愿意，她几乎可以在任何有望改变人类现状的领域有所建树，但是她偏爱文学，试图与普通人一样从悲伤的文字中寻得意义。高中毕业以后她回国念大学，浙江大学中文系。完全是一种浪费，哪怕念哲学都对她的头脑更有益，天赋异禀的人却最不把才华当回事。这给了大雄不切实际的希望。那段时间他频繁往返于杭州和上海，包里装着博尔赫斯的小说和卡瓦菲斯的诗集。我敢说，不管是他还是小元对于这两个人都从未产生过真正的兴趣。

但是小元在一个学期后便退学了。大雄认为她是出于对规则的挑衅以及少年心气，但当我认识小元以后，便觉得这样的决定多半是出于对整部人生过早的洞察，接下来她对外部世界的抛弃也变得更加直接。

之后大雄提起过她两次，一次说她去非洲参加了一个人道主义援救项目，一次说她在大西洋的船上采集标本，三个月后上岸。很难说这里面是否有杜撰的成分，他对她的描述一定有主观臆断，然而小元的经历又在大雄以及我们所有人的经验之外，他不可能凭空捏造出一个非洲人道主义项目，我怀疑他对非洲的全部认识来自海明威描写的乞力马扎罗山。所以他应该只是省略了一部分。为什么她可以那么潇洒？实际点来说，她是如何赚钱的，如何解决生计问题？毕竟她还是个孩子，为什么她竟然可以随意地在世界版图上移动（而我们却都被困在这里）？

直到他们分手，我们才终于感觉松了口气，世界的齿轮仿佛终于卡对了地方，不会再发出刺耳的声响。

“她啊，真是一个流浪儿。”我们劝慰他。

“为什么这么说？”

“因为她就是那种人，浪子。你比我们更明白。”

“你们怎么会这么想。”他几乎倒退了一步，露出非常吃惊的表情，继而是冷冷的嫌恶。

大雄最后一次找我，我已经在北京住了两年。他在电话里说小元申请了美国的学校，要从武汉到北京来办签证，想要找个落脚的地方。几天，最多一个星期就够了。问题在于，那段时间我的状况非常不好，租住的房间很小，三十平方米的一间被房东用一排柜子隔出客厅来。窗户底下便是垃圾场，终日无法开窗。四周偏僻，荒凉。而且我正在交往一个男朋友，为了维持这段事后想起来糟糕透顶的关系，我几乎每晚都去他家过夜，完全没有意识到我们的关系濒临结束，无可挽救。但是我除了一张靠墙的小床外，确实还多出一张沙发床。

不管怎么说，一个星期以后我便见到了小元。

她非常瘦小，戴着一副眼镜，背着容积很大的登山包，风尘仆仆。像是花费了很多时间，从很远的地方来。她给人的印象非常模糊，不美，甚至有些过分平常，没有任何可被留意的特征。时间已经很晚了，她比说好的时间晚到两个小时，虽然没有解释，但是很礼貌地道歉，接着从包里掏出一只快要熟透了的木瓜递给我，外面包着一张旧报纸。

“刚刚在楼下看到有人推着板车在卖，只要十块钱。”她几乎快乐地说，“姐姐。”

她的话轻松打破了初次见面尴尬的寒暄，接着我告诉她网络密码，教她如何使用热水器，给了她一把备用钥匙。我并不打算留下来与她一起过夜（两年的独居令我一时无法适应近距离的陪伴），便把床留给了她。等我从柜子里拿出一套床单来，转身的工夫，她已经迅速在房间里找到一个角落，打开登山包，井井有条地摆好了自己的东西，像在荒蛮的野地里扎起一只小小的帐篷，再点亮一盏浅浅的灯。

后来，当我偶尔不自觉想念起小元时，才意识到她身上有种天生的消除距离感的气息，但那并不意味着亲密。她的存在感很微弱，像是寒冬到来前森林里的小鸟和松鼠，为了保存体力歇息着活下去，只在积雪上留下一点点痕迹。

第二天早晨我回到家里时，多打包了一份外卖，但是她不在家。我在茶几上做了一会儿案头工作，时间过得很快，傍晚时分我在床上和衣睡了一会儿，因为记挂着她什么时候回来，睡得很浅。翻身时感到枕头底下压着什么，是小元带在身边的书，于是干脆翻到她折角的那一页，读了一会儿，很快天就暗了，到了差不多要出门开会的时候——那段时间接了一个展会的工作，时间过得颠三倒四。临走的时候我把她前一天送我的木瓜切开。吃完一半，剩下的一半连同外卖一起放在冰箱里。后来隔天再次回家取东西时，打开冰箱，发现木瓜吃完了，而饭盒里的食物被拦腰截断，饭和菜各自被整整齐齐地吃掉一半，剩下的像是特意为我留着。

接下来的几天，我们都没有遇见。白天她在外面办事，我则连续几天住在男友家里。我原本以为她会在这儿待三天或者四天，但是她始终没有提起这件事。

到了周末，小元发消息问我说晚上是否在家里吃饭，因为她收到一张外卖单。是附近新开的一间小饭馆，她很想试试沸腾鱼，但是担心分量很大，一个人无法吃完。

“姐姐你能吃辣吗，突然特别想吃辣。”

我觉得一起吃饭的请求无法推却，不过应该请她吃顿好的，但她坚持只想待在家里吃沸腾鱼，配一碗大白饭。而且她对这个愿望有种热乎的执念，让人不忍心拒绝。

结果外卖送来的时候，真的是非常大份的鱼，装在一只比脸盆还大的瓷碗里直接端了过来。我在家里找了半天可以盛放的器皿，就连最大的炒菜锅都装不下，只好把整个瓷碗都收下。这样折腾了一番，送外卖的中年人站在楼道里尴尬地说，哎呀，忘记带米饭了。以往碰到这种情况我一定是算了，为了一块钱的米饭让别人再跑一次在我看来完全是不讲道理，但是站在身边的小元却认真地解释起来。

“真的不行啊，不能将就，沸腾鱼一定要配上白米饭。”

我们三个人在楼道里站了一会儿，感应灯亮了一次又暗了一次。小元认真起来便有些委屈，我正在思忖该如何应对僵持的气氛，中年人却突然转身消失在楼道里，热忱地大声招呼，你们先吃起来，米饭十分钟以后就送到，十分钟。

小元吃了两碗米饭，我吃了一碗，最后她耐心地把花椒粒挑了出来，吃完了浸在红油里的豆芽菜。

接着我们谈论起各自的生活，主要是我在发问（因为我的生活看起来平庸且一目了然）。但她并非不善交谈，也没有给人谈话无以为继的尴尬感，相反，她的经历奇特，表达方式有趣、准确，我不知不觉被她吸引，问题不断往外冒。她确实去过非洲，也见过乞力马扎罗山，那不是一个人道救援项目，她在内罗毕的中学里为当地小孩上代数课。她用轻盈的口吻叙述，像游戏机里的小人般在各块大陆间跳跃，轻巧地避开任何涉及孤独或者迷惘的拐点。她对细枝末节毫无兴趣，也不像普通女孩那样热衷谈论恋爱。她对世界也好，人生也好，或者具体的人也好，都抱有一种宽容而笼统的认知。

她说起一些故事，却很少提及故事的发生地，主人公也面目模糊。她对于自己的经历既不夸耀，也不遮蔽。语焉不详是因为她对其他的大部分细节根本不感兴趣，也或许，她对成年世界过分锐利的观察反而蒙蔽了她的眼睛。她说不定正在经历旁人无法理解的迷失和挣扎呢。

我思忖着她来自什么样的家庭，绝非富裕优越。我认识一些那样的女孩，聪明些的，中学时便是耀眼的明星，早早学会在肆无忌惮和小心翼翼间仔细拿捏分寸，唯恐伤及旁人的自尊心。可是小元对自己的独特性没有知觉，却有着对贫穷和困顿的体察，不是同情或者怜悯，而是出于体察而产生的思考。这使得她的性格中怀有感恩和分享的基调。

这样一来，我就更加不好意思谈论自己的生活，仿佛一旦提及，我们的谈话就会终止。我的生活与其说是乏善可陈，不如说它因为过分具象而显得沉重，它在小元跟前丧失轻盈，只会像秤砣一样把原本低空飞行着的我们拽回到——拽回到我的房间。

“其实我之前见过你一次。”小元突然说。

“诶？”

“有一回新年我去上海，大雄和我约在一个咖啡馆见面，我去找他，你们都在，很大一群热热闹闹的人。也有你。但是我不好意思来和你们打招呼。”

“为什么不好意思，那都是些和气的人。”

“我明白。但是你们看起来很快乐，开怀畅谈，不是我能够加入的。”

“怎么会呢？”

“朋友是什么呢，我也不太懂。我总是刚刚熟悉了一个地方就不得不走了，一辈子都在做转校生。”

“你觉得大雄是什么样的人？”其实我更想问的是，你觉得我们是怎么样的人。

“值得信赖的人。他对他人的事情都能做出冷静的判断，也常常能提供很好的建议，却把自己的人生搞成泥潭。”

（但是小元你不正是那个泥潭的始作俑者吗？）不知道是什么力量牵制住我，无法说出任何会拉近我们距离的话。但是我们挨着沙发床，坐得很近，膝盖碰到一起，还喝了一点黄酒。

“什么是泥潭啊？”

“他总是高估善良的意义。他以善良为准则在生活。”

“不是挺好吗，大部分人都不再把善良当回事了。”

“你呢，你不觉得善良都有些假惺惺吗？说到底人都是自私的啊，怎么能够以此为准则生活呢？”

“就没有例外吗？”

“姐姐，你看过霍桑的小说吗？霍桑有一个小说叫《韦克菲尔德》，讲的是一个男人突然离家出走，很多年，大概二十年。没有任何的原因，甚至都很难说是出于恶意。然后他在家附近租了一间屋子，自己独自住着。小说里没有提及他的生活状况，所以不知道他这二十年到底在做什么。直到有一天，他回到了自己的家。”

“然后呢？”

“这不是最重要的，我是说那个结局并不重要。你得看看才知道。这个小说我看过太多遍了，但是总有不确定的地方，像是那些句子会在记忆里发生变化。比如他离家出走前，曾经回头看了妻子一眼，作者通过他妻子的视角描写了他的表情。但是那个表情在我的记忆中不断发生变化，确实有一种自私的邪恶的基调，但是除此之外，又有一些其他东西，有的时候我觉得那是对世界的放弃，有的时候我觉得那是被放弃而已。就像作者在结尾说的，每个人在世界都有一个位置，个体和整体之间也被协调得十分微妙和妥帖，以至于个体离开自己的位置片刻，就有永远失去位置的危险。所以最后作者给这些人起了一个名字——宇宙的弃儿。”

“你是说他和大雄有相似的地方？”

“不，不。当然不是。只是我们刚刚谈起了善良。”她突然沉默起来。

这天晚上我睡在沙发上，小元睡在床上，我们之间隔着一面柜子。凌晨我被她睡梦中的呜咽声惊醒，并不太确定那是否是哭泣，也不知道应不应该唤醒她，尽管如此，依然觉得黑暗中的小元，哪怕身处噩梦，也有微弱的光晕持久地浮动在她周围。

接下来的两三天我们相处的时间多了一些。我们坐公交车去雍和宫转了一圈，回来的时候去逛了书店，还吃了一顿涮羊肉。她带着我去另外两个朋友家里，我们喝了不少酒，玩了一种有趣的纸牌游戏。甚至有一天早晨我们一起去逛了楼下的菜市场。然后我看着小元把剁碎的香菇、牛肉、豆腐干炒香，倒入一罐豆瓣酱，加水，慢慢用小火熬出一大锅酱来。接着她耐心地切了黄瓜丝，炒了鸡蛋，下了面条。我在面条里舀了一大勺酱，她笑着说这种酱很咸，北方人吃面条的时候只舀小小一勺，这样一大锅可以存着吃很久。

“到底可以吃多久呢？”

“一个月，两个月。”她笑嘻嘻地说，“然后我再过来给你做。”

第二天白天我出门办事，收到小元发来的消息。她说她突然发生了些意外情况，或许得要赶紧离开了。我诧异地问等不到我回家吗？她礼貌地表示非常非常抱歉。又过了一个小时，她问我备用钥匙应该放在什么地方，我告诉她放在门口的电表箱里就行。等我再给她发去消息的时候，她便没有再回复。可能正忙着赶往火车站、机场，或者其他某个地方。我不由替她开脱。

回家时已经是晚上。我从电表箱里取了钥匙，感应灯不知道什么时候坏了，黑乎乎的，我伸手摸了好一会儿。打开房门以后，家里被恢复成之前的样子，沙发床收了起来，床单拆下来洗过，平平整整地摊在晾衣架上。我陆陆续续在房间里发现一些小元留下的痕迹。洗脸台上的一小块印度肥皂，床和墙壁缝隙里的一本书，一盒剩下两三根的薄荷香烟。尽管如此，却感觉有种无以描述的东西，已经把小元的痕迹确凿地抹去了。

之后我几乎没有再和小元联络过，但是偶尔会从 Facebook 上看到她的一些消息，直到 Facebook 被封锁。

有一年夏天她在伦敦实习，我正好有一个出差的机会，便约好了要在那里见一面。她回消息的时候非常欢喜，并且告诉我说她正在交往一个男朋友。“我和他说起你，他问我你是一个什么样的人，我告诉他说小姐姐是一颗糖。”我不知道这是否真的是我给她留下的印象，接着她又告诉我，她非常期待能够见到我，她很想念和我一起度过的那段时间，并且提议说如果我愿意的话，可以住在她家里。“我可以带你到处走走，而且我的男友做得一手好菜。他从没见过我从国内来的朋友，他觉得我没有家人，是个孤儿。”

临出发的一周前，我的行程被推迟了，等我再次联络小元时，她已经离开伦敦，回到了纽约。她并没有在邮件里表示遗憾，倒是详细向我描述了一个在跳蚤市场旁边的炸鱼店，说那儿的炸鱼是世界上最好吃的。由于没有详细地址，她在邮件里细心地附了一张手绘的地图和一张她的照片。照片里的她站在一栋房子门口，穿着一件宽大的黄色 T 恤，光着两条腿，更瘦了，皮肤晒成棕色。她笑嘻嘻地踮着脚，从门里探出身体，像是正在和拍照的人说着什么高兴的事情。

后来我倒是真的按照她的指示去了跳蚤市场，沿着轻轨走了一段路，没有找到炸鱼店，也没有买到任何东西。

接下来的很长一段时间，至少有两年，我丝毫没有小元的消息，我想我几乎把她忘记了。两年前我搬回了上海，告诉关心我的朋友说，我厌倦了北方的天气，以及没完没了的饭局。然而实际上，我只是对自己心灰意冷。所追求的东西全部没有实现。挫败、无聊和孤独彻底击溃了我。回到上海以后，事情当然也没有变好，甚至谈不上有任何起色。不过从根本上来说，我已经做出了妥协，当我接受了理想破灭的现实以后，日子便也不至于过分难熬。

有一天我收到小元写来的邮件，说她已经回到北京，在法国大使馆找到一份工作，想要见见我。我告诉她我已经离开了。接着我们来来回回通了一些邮件，大多在讨论租房的事情。她对我当年租住的房子念念不忘，问我那间卖沸腾鱼的小饭馆还在不在。但是房租已经翻了个倍，而且我离开时，旁边开始挖地铁，据说会持续几年。于是她自己又在东四那边看了几处四合院，询问我的意见。尽管北京已经不复几年前的美，冬季雾霾带来的绝望感非常强烈，但是她说她很庆幸能够在极夜到来前离开欧洲。

等我们再次见面，已经是夏天了，这大概是她成年以后在国内停留最长的一段时间。小元来上海出差，只待两天。虽然大部分时间她都必须工作，但还是找出两个小时的空当来。

“姐姐，有件事情想和你聊聊。”之前收到她这样的消息。

我们约在她酒店旁边的商场见面。我出门的时候，天气还是晴好，半途下起雨来，我为了躲雨在地道里耽误了很多时间，到商场的时候她已经在二楼找了间啤酒屋坐下，点好了两杯扎啤。尽管是下午，啤酒屋里却有不少人，两个中年人占据了台球桌。我们坐在露天雨篷底下，天色就和室内的灯光一样昏暗。

这是我最近一次见她。对我来说时间已经过去很久，而小元依然只有二十四岁，长生不老。她自然发生了些变化，但是她从来没有从相貌上给人留下强烈印象，与其说她不事打扮，不如说她故意做了些什么，像是在雪地上行走的小鸟，只在世界的林子里留下浅浅的脚印，为的是让人更迅速地将她遗忘。如果不是因为多年前的铺垫，现在我多半觉得这个坐在跟前的女孩过分沉默，毫无特征，是个任由他人支配的人。

我们接着说起房子的事情。小元现在和一个朋友一起租住在东四的胡同里，从四合院里隔出来的一间，带院子。她形容给我听，厕所竟然是蹲坑的，但是独用，打扫得很干净。院子里有棵香椿树，发芽的时候可以直接用竹竿去够。

“前段时间看到新闻里说有一个女孩在一间四合院的屋顶上搭了个蒙古包。她在蒙古包里度过了一个冬天。看到这个新闻的时候就想到你，还想要来问问你，因为也是一个从美国念书回来的女孩。”我告诉她。

“蒙古包里那么暖和吗？”

“听说是专门从蒙古运来，真的是那种大草原上的蒙古包。”

“上厕所怎么办呢？”

“底下四合院里住着的就是她的朋友。”

“真像一种小动物啊，她还在那儿吗，我应该去找她，说不定是我的邻居呢，我可以从屋顶爬过去找她。”

“新闻登出来以后，很多人去采访她，她躲了一阵子，但是后来大事不好，被人检举了。几个星期前已经被当成违章建筑拆除了。”

“真是一个可爱的女孩。但是——但是我现在却被美好宁静的生活折磨得疲惫不堪。”

“怎么会有这样的想法。而且哪里有什么美好宁静的生活呢？”

“唔。”

我思忖着她想要找我聊些什么呢。不管是什么，此刻沉默变得那么清晰，成为需要解决的问题。我才意识到她想要说些什么，倾诉，正是倾诉让她变得局促。她的身上发生了什么重大的事情，一种必须通过倾诉才能解决的困境。这对她来说无疑是一个新难题。她还在犹豫，而我突然紧张起来，这次或许能跟着她浅浅的脚印，回到她栖居的山洞里看看。有了这样的念头，我屏住了呼吸，连思索都变得轻轻的。

“是想和你聊聊，但因为不是什么大事，反而有点不好意思起来。”她隔了一会儿说，“上个星期呀，我见到了爸爸。”

“爸爸？”

“是啊，爸爸。我没有告诉过你吗？三岁的时候，爸爸便和妈妈离婚了，所以我是跟着妈妈长大的。”

“好像是听你说起过。但是——”

“就是这样一件小事。不过你大概还是会想要听下去，因为爸爸是一个非常奇怪的人。我算是遇见过特别多的怪人了，但是爸爸依然是他们中间最怪的一个。”她说着掏出手机来，手指在屏幕上飞快地滑动，翻到一条短消息，小声地念了起来，“范晓元您好。本周我到北京出差，想于今晚六点拜访您，不知您是否能拨冗见面。范志明。哈哈哈哈，就是这样一个怪人啊，根本不会使用敬语，却还要这样乱说一通，要不是因为他署了名，我差点以为是骗钱的家伙。”

“你没有存你爸的手机号码？”

“没有。三岁以后，我只见过他三次啊！这是我第三次见他。”

“什么！”

“所以才说他是非常奇怪的人。他在我三岁的时候就离家出走了。但是他倒不是那种别人描述的浪子。如果你见过他就会明白。没有任何嗜好，始终过着按部就班的人生，连相貌也平淡无奇。要说有什么特征的话，那大概就是聪明。对一般人来说，聪明不是一种显而易见的东西，但是就连我妈妈在说起他的时候，都忍不住赞叹他是个少见的聪明人。所以这整件事情要细究起来的话，没有丝毫背叛和欺骗的成分，他可能是一个混蛋，但绝没有要浪迹天涯的野心。恰恰相反，他对人间毫无留恋，却出于一种严肃的责任心，认真地生存着。”

“爸爸是做什么的？”

“地质学家。我小学二三年级那段时间，妈妈去外地做生意了，我住在奶奶家，睡他的房间。他的房间一直保持着他走之前的样子，床架上摆着他从各地带回来的石头，积着很厚的灰。我非常小心，从来不去动它们。在我的心中，这些石头和他的模样联系在一起。稳固，稳固到试图消失。他离家以后就待在地质队，再也没有回来过。不是仅仅没有回到我们家，就连自己父母的家也没有回过。但他绝对不是文学作品里那种献身工作的人，他怎么会对那些事情感兴趣呢，但是工作维持着他日常生活的运转，也给他一个容身之所。”

“所以他无法忍受的到底是什么？”

“这是一个我从小到大都在思索的问题。起初是疑惑，试图找到一个解释，大概非常痛苦。现在回想起来，作为一个小孩就整天思索这样的问题，难怪后来变成了这样的大人。之后每次遇见人生中重要事件的时候，也会把这个问题再拿出来想一想。如果你去年问起我，我大概会说是日常生活，那个支撑着精神世界的日常生活。但是就在刚刚，我再次想起那些石头，突然想到，在精神世界中的他，或许也栖息于一个不怎么样的地方。他像是一个早早放弃了的人，只是有时候我想不清楚，到底是他放弃了世界，还是世界放弃了他。”

“你从来没有恨过他吗？”

“我第一次见到他，就是三年级在奶奶家。放学以后我在他的房间里做作业，他突然出现，也不和我说话，就坐在我旁边看我写作业。我对‘爸爸’这个词语没有概念，觉得他是一位温和的叔叔，有点像妈妈单位里某位关系不错的同事。他教我做了两道题，然后我们和奶奶一起吃了晚饭。这天晚上唯一的不同是我睡在了奶奶的房间里，他和奶奶在外面说话。不是很激烈的交谈，他们讨论了一会儿家里房子的事情，非常平静，琐碎，所以我很快就睡着了。早上起床的时候，他已经走了。奇怪的是，我从来没有过被抛弃的感觉，相反，他一定比我更孤独，这种感觉折磨着我，对他那份模棱两可的痛苦偶尔会感同身受，想要帮助他。对，折磨着我的其实是这种想要帮助他的念头。”

“唉，你不应该让这种念头影响到你，你又怎么帮得了他呢，人和人之间的距离大概始终是一座山头和另一座山头，哪怕是亲人也没什么两样。”

“你也是这样想的吗？”

“不然呢？”

“在北京的时候，睡在你的床上，觉得床都是香喷喷的，心里特别羡慕你。你每天晚上都出门，像是有很多朋友，我觉得这真是一个潇洒的姐姐，想成为像你这样的人。”

（唔，怎么会，竟然想要成为像我这样的人——潇洒的人。）

“第二次见到爸爸，是我十七岁那年。就是高中毕业的那年夏天，我从法国回来，陷入一种前所未有的沮丧。尽管已经被大学录取，但在当时，世界上竟然没有一个我想去的地方，也不想待在武汉。虽然家在这儿，却感觉和自己没有关联，对于读大学这件事情也完全提不起兴致。经历着这样的低潮期，找不到原因，便想起了爸爸。”

“你觉得自己身上有爸爸的遗传吗？”

“确实在我人生的某个阶段，因为感觉到自己或许是一个和爸爸相同的人，而感觉既担忧，又欣慰。我和他，像是茫茫宇宙中两颗微不足道的星星，黯淡，但是确凿地知道彼此的存在。但是如果能够简单地把问题都归咎于血缘就好了。反正那回是我主动联系到了他，他为了这次见面，专门回了一趟武汉。他没有回家，我们约在家里附近的商场吃了一顿午饭，地方是我选的。他真是一个聪明人，在我开口前便知道我想说什么。他告诉我，别以为长大成人以后事情会有任何的转机，不会，不要相信其他任何人安慰的话，不要抱以希望。”

“唔。”

“他说他在很年轻的时候就已经对人生失望，之后试图用最平常的方法来解决问题。结婚，生育。不过显然他的努力全都失败了。他大概忘记了我是这个解决办法的产物。他完全把我当作一个成年人，谈吐非常礼貌，甚至带着谦和的尊重。但是他不知道这种尊重让我痛苦极了。接下来的几年都非常痛苦，一方面想要摆脱与他之间血缘的羁绊，另一方面又渴望得到它带来的安慰。”

“那你的妈妈呢，她也原谅他吗？”

“她吗，她的人生像是始终被蒙在鼓里的。我想起初她是不理解的，当时她也很年轻。但是她并没有对突然转弯的命运做出任何抗争，随波逐流的天真拯救了她。她最厉害的地方在于，她彻底放弃了对意义的思索，却也没有像其他妇女一样投入生活。”

“她没有再交往其他男人？”

“哦，有一位叔叔。叔叔是家里的邻居，和我们家住在同一幢楼里，所以他算是真正看着我长大的。从某种意义上来说，他确实担当了部分父亲的角色。他对我们相当不错，奶奶家的人也默认了这件事。但是他有家庭，非常完整的家庭。他们一家住在楼下，他的母亲、老婆，还有儿子。”

“一直相安无事？”

“是啊。大概持续了十五年，直到我快要回国的前一年，叔叔家的老奶奶因为老年痴呆症跳楼了，他们的关系也突然告一段落。中间没有外人想象的难堪的情节，最后他们分开得也很自然，像是深秋死去的虫子。我身边的大人，他们都生活在一种持续而平稳的不快乐中，既具有弃儿的气质，又具有根深蒂固的意志力。”

“但是你相信他吗？”

“谁？”

“你的爸爸，相信他曾经做出过努力吗？”

“是啊，毫无疑问。没法不相信他，甚至没法责备他，没法觉得他是个无情的人。”

小元说着，我突然有些动了情。

“所以他上个星期来找我，尽管我觉得糟糕透顶，但还是去见了他，不知道为什么，心里有种不好的感觉，担心他病了，出了什么严重的事情，担心他突然死掉，或者打算从此消失。有很多事情我觉得他没有勇气做，但是谁知道呢。”

“嗯。”

“反正我们后来见了一面，真的是书面意义上的见了一面。他六点准时到我楼下，我又磨蹭了二十分钟下楼见他。他没有什么变化，两手空空，穿着一件旧衬衫。一时没什么可说的，他便说我们走走吧。便开始步行。从一个地铁站走到下一个地铁站，走得很慢，所以花了大概二十分钟。”

“你们聊了些什么？”

“没什么特别的，工作啊，奶奶的身体状况啊。他告诉我说晚上他还有其他饭局，但是我觉得他其实没什么地方要去。不过我们还是在地铁站门口告别了，临走的时候他从口袋里掏出一张公交卡来，郑重其事地交给我。我后来坐地铁的时候用了，里面有两百块钱。”

说完她松了口气，喝了一口啤酒，然后鼓着腮帮子慢慢地望向远处。这种时候该说些什么呢，我也不知道。小元总是可以在叙述中找到分寸和边界，她始终有能力消解一切严肃悲伤的话题，连带听者和她一起，站在旁观者的角度，轻松理智地审视。偶尔她会流露出一些零星的情绪，却如同微弱的火花，轻盈的，还没有来得及落地便已经被空气扑灭。

临走的时候，雨还是没有停。小元撑着伞在路边陪我喊车。接近傍晚，天提前擦黑，沿街都是绝望的等车的人。小元把伞塞进我手里，两三次冲进雨里替我拦车，又徒劳地折返回来。最终我们都放弃了努力，挨得紧紧的，站在雨伞下。

“好怀念那天吃的沸腾鱼呀，配上一大碗白米饭。”她说。

“下回我可以去北京找你。”

“姐姐，你真的觉得人和人之间的距离就是一座山头和另外一座山头的距离吗？”

“是啊。”

“那我和你之间呢，是两座很远很远的山头？”

“倒也无所谓远近，谁会爬下自己的山头呢。不过就是站在各自的山头上挥挥手吧。”

“果然所有人都这样想啊。”她说。

“嗯？”

“我大概就是想要打破这种时代的无聊。想要站在一个山头，站在界限的一侧。”

我扭头看她。她朗朗说完，侧着脑袋，刘海儿上的雨水顺着额头淌到了鼻尖，像是在认真地确认某件事情。

这时一辆出租车溅着水花停在我们两三步之外，亮起顶灯，小元灵巧地跃过去，我跟在她身后，从黑色的雨伞底下，看到周围三三两两等车的人也焦躁地涌来。小元拉开车门，几乎推搡着把我塞进车里，对着司机嚷嚷了句什么，砰地关上车门。司机低声咒骂着，慌乱地踩下油门，踉跄着摆脱了连同小元在内的人群。

小元站在下街沿，探着身体，大概想要说句告别的话。

我也是，谢谢，再见，保持联系。但是其实，我只是轻轻地，动了动手指。

邮差

文 / 林培源

发表于《花城》2015 年第 5 期

一

邮差醒来时发现自己躺在一堆石灰旁，他的左边是堵矮墙，右边是个邮包，邮包翻落在地，一摞邮件和报纸被雨水淋皱。邮差的手动不了，那条瘸腿也动不了。他睁开眼，雨水滴落到脸上。他动了动嘴，喉咙和鼻腔涌进来一股燥热的味道。石灰在烧，像火舌舔舐着他的皮肤，从指甲，到手臂，一点点蔓延。奇怪的是，他感觉不到一点痛。

邮差躺的地方是一块斜坡，斜坡连着公路，距离路基大概四五米。他看不到那辆漆绿色的自行车，只闻到皮肤烧焦的气味，没有血，也许血凝固了，也许渗到了沙里。他像一截被人砍倒的树墩，横陈在斜坡上。他试着爬起来，身体却使不上劲。矮墙和斜坡形成夹角，如一具天然灵柩。耳边响过汽车驰在路面的声音，他想，还有邮件没送，这可怎么办。

这时，他听见一个孩子在喊，那边有个人！接着另一个孩子问，他摔倒了吗？邮差动弹不了，没法看清孩子长什么样，只能凭着说话声来判断：其中一个孩子正处于变声期，嗓子嘶哑，呱呱呱地像鸭叫；另一个说话软软的，像个女孩。邮差想喊救命，喉咙却像堵住了发不出声音。他成了哑巴，从前大嗓门的邮差现在成了个哑巴。

孩子从斜坡上走过来，朝着邮差躺的地方一步步靠近。嗓子像鸭叫的孩子说，他是不是死了？另一个声音答，不会吧？嗓子像鸭叫的孩子说，你过去看看。对方说，不去。你去，弹珠就归你。沉默一阵，另一个声音犹豫道，去就去！

邮差察觉到松软的石灰滑落下来，石灰将孩子说话的声音吸进去了。他想，要是再不爬起来，身体就要烂了，他就会像石灰一样被人抹到墙上。

孩子不知从哪里找来一根木棍，他拿着木棍捅过去，木棍的一端，穿过洒落的石灰，顶在邮差手臂上。邮差血管中流动的液体阻断了，他感到有什么东西从身体里渗出来，染湿了雪白的石灰。石灰在冒烟，孩子吓得扔掉木棍，拔腿跑开。孩子发出的叫声撕开沉闷的空气，他们都被吓坏了，两人一前一后，朝着倾斜的路基往上爬。

孩子奔跑的声音渐渐远去了，邮差的身体变轻了，轻得像一根羽毛。血液混着石灰，沿着斜坡的纹路向上流。邮差闻到泥土的腥味，蚯蚓在他身下蠕动着，它们钻透土壤，贪婪地吸食从他身上淌出来的血。邮差成了一个血袋，血袋破开一道口。邮差悲哀地想，这一回，我真的要死了。

石灰厂的工人发现了邮差。负责烧石灰的那个蹲下来，小心地伸出手探一探邮差的鼻息，他分辨不出那是体温还是石灰的热度。他惊恐不安地想，这个人会不会死了？过了片刻，他跑去叫来另一个工人。两人惴惴不安地走来，低声说着什么，站定之后，不敢再靠近半步。最先发现邮差的工人掏出手机报了警。过了不久，邮差出事的消息就在乡里传开了，附近的人从不同方向赶来；胆子大的凑近去看，胆子小的，就站在路基上好奇地观望。

邮差感知到雨后空气的湿度，他的脸擦伤了，凝结起来的血块呈紫色，看起来就像溃烂的玫瑰花瓣。石灰洒落在他身上，斑斑点点的，制服上被血染到的地方颜色很深，好像刚在水里浸泡过。

下过雨的斜坡是潮湿的，他的手掌沾着泥土。嘈杂的说话声从四面八方涌进来，灌进他的耳朵，但他听不见人们在说什么。一块乌云遮住了天空，投下淡薄的阴影，这时，奇怪的事情发生了，邮差发现自己可以动了。他伸直手脚，尝试站起来。他的视线由平行的，慢慢变成直立的。就像分解动作那样，他先坐直身板，再调整身体的角度，借助双臂的推力，像个刚刚学步的婴孩那样，使劲撑住地面，用完好的那只脚先稳定重心，另一只脚抬起来，身子晃了晃，终于费尽力气站住了。这个动作几乎耗尽他的气力，他大口地喘息，石灰的味道始终萦绕在旁。他惶惑地朝周围看了看，除了一张张模糊的面孔之外，世界和他倒下之前没有什么区别。他拍拍制服上的灰尘，像往常一样，整理衣领，捡起地上的邮包，将一摞信件和报纸装好。

此刻他迈开步子，朝斜坡上端爬。他患过小儿麻痹症，左脚是“坏”的，脚掌歪向左侧，比右脚脚掌短了一截。走起路来，一脚高一脚低。他长得偏瘦，如此一来，看上去就像个上下滑动的活塞。奇怪的是，这丝毫不影响他骑车，除了上车要费点劲外，一旦双脚踩到脚踏板，他就运动自如了。因此邮差喜欢骑车，只有骑车送邮件时，他与别人之间才看不出太大的差别。

他爬上路基。身后的石灰厂，此刻像一座巨大的坟冢。他从未在这个角度看过石灰厂。他刚才躺着的地方，露出的沙土是黑色的，像赫然揭开的一道疮疤。他的眼睛突然一阵刺痛，有液体流下来。邮差不知道他是哭了，还是被石灰给熏的，他认为这两者都不是，他只是不舍得离开自己的身体。他回过头，朝下望去。围在那里的人背影臃肿，面目模糊。日头从云层后面钻出来，日光落在石灰厂，围观的人笼罩在灰色的烟雾中，像蒙了一层白纱。邮差赫然看见自己躺在地上，遭众人围观。他揉了揉眼，没错，是他，他还躺在那里。这个场景令他惊骇，他皱了皱眉头想，好像我已经死了，可是我还能动，或许我没有死。

这个困惑谜一样将他绕住了。死人是不可能有思维和意识的，他凭什么来判断呢？如果他已经死了，就不可能“知道”自己的死。死了就是没了，没了的东西总归是看不见的，明白了这个道理，邮差十分沮丧，他不清楚站在这里的是谁，这个人究竟是死了还是活着。

他只是凭着惯性，从路基上抬起那辆自行车，轮胎撞坏了，前轮的钢条断了好几根，由侧面望过去，断了钢条的轮胎，像个被人踩扁的蘑菇。邮差想，真奇怪，硬的东西和软的东西竟然统一在了一起。他决定试试，看看这辆车还能不能骑。

二

邮差的自行车在日头照耀下沿着水泥路行进。车轮咔嗒咔嗒朝前滚动着。那只脏兮兮的帆布邮包拴在车后座，摇摇晃晃地往下坠着，他的心情和邮包一样沉重。

骑过小学门口，他停了下来。这时候儿子应该还在上课，和平时一样，他下班后会准时来接儿子。邮差想，活还没干完，这才开始了一半呢。每次邮差都会掐准时间，从邮局出发，绕大半个小镇，送完一上午的信件和报纸，要花去一个多钟头。幸好地方小，他骑车快，门牌号都摸熟了，闭着眼就能绘出一幅完整的地图。他手上戴的石英表没有走漏过一分钟，他会在晚上新闻联播开始时对一下时间。金属表面的指针悄无声息地走，他的生活也按部就班。新闻联播开始时，儿子坐在矮凳上写作业。儿子不关心新闻，他只想着做完作业，早点爬上床睡觉。

在这个镇上，邮差已经生活了几十年。从二十岁算起，他干这一行也二十来年了。邮差不清楚时日是怎么过的，好像一眨眼，他就变成了现在这副模样。他三十几岁才娶了老婆，然后生了个儿子。现在儿子读小学了。儿子一点也不像他（可千万不能像他），他多话，儿子寡言，他脾性急躁，儿子却温驯得像只绵羊。

这些年里，邮差经常想换工作，这个念头反反复复冒出来，又反反复复消下去。和他同龄的人，要么做生意，要么当教师、公务员，或者搞长途运输，都挣得比他多，只有他庸庸碌碌。因为腿脚不方便，很多工作他无法胜任，有时他觉得自己就像一块沉在井底的石头，也许从患病的那天起，一切就注定了，他一辈子要困在这个小镇直到老死。

妻子经常抱怨说，什么时候换台海尔的全自动洗衣机，家中那台总是漏电，好几次不小心触到。这样的日子她过够了。邮差愤愤地说，有什么办法呢？不想过就别过啊！邮差这么说时一脸不耐烦，他觉得，谁家过日子不是在忍受？没钱要忍受，吵架要忍受，病了要忍受，活着就是忍受。妻子沉下脸，咬紧嘴唇，嘟囔了一句，上辈子作孽才会嫁给你。邮差回嘴道，嫁给我这个瘸脚的算好了，有人还嫁给没腿的呢。他的话带刺，但表面上仍旧笑嘻嘻的，从小到大，他已经练就了一身本领，面对任何诘难和嘲讽，都能面不改色，将它们嚼碎咽下去，再吐出来。洗衣机坏了，邮差也不找人来修，他亲自动手，找到说明书，仔细研读，自己捣鼓。洗衣机的零部件和内部构造以及电路图，和他脑海中的小镇地图出奇的像，他看着说明书入神，心想，改天要绘一张地图，有地图的小镇，才是真正的小镇。

这天与往常太不一样，自行车和他的脚一样坏了，动起来一瘸一拐的。邮差想，送完这一趟，要骑去车铺修一修。车轮胎瘪了，一高一低，他的视线也因此起伏不定。他想起小时候在田间放牛，水牛浑身是毛，黑不溜秋的。那时他的脚早就瘸了，可他是那么喜欢骑在水牛身上，一骑上去就比别人高一截。那时他常替父亲去田间放牛。父亲几年前才去世，活了七十多岁。这个老人年轻时被关过牛棚，四十岁上下才生了儿子。邮差在家中排行最小。这个最小的孩子并没有继承父亲的鸿鹄大志，而是浑浑噩噩地过日子，中专毕业，谋了份邮局的差事，一直干到现在。他开始想坐柜台，但领导嫌他做事不够利索，最后他被摊派到最前线送邮件，风里来雨里去，日子水一般流过。

邮差骑车经过煤气铺，顺手从车后座的邮包里捡出一份晚报丢过去。晚报落在煤气铺的柜台上。玻璃柜台后面，摆弄煤气炉的老头头也没抬。以往这时候，他一听到落在玻璃柜台的“啪嗒”声，一定会抬起头打招呼。他和邮差是老相熟了，邮差什么时候到，他一清二楚。可是这一次，老头却像个聋子，头也没抬，招呼也没打。邮差赶着离开，也没太在意。丢在柜台的晚报沾着雨水，起了皱纹。邮差用好的那只脚蹬车离开，暗暗诅咒这可恶的天气。

离开煤气铺，要经过小学门口的水泥路。邮差看到紧挨路边的那家送快递站点，店门大开，两个背影蹲在地上分拣包裹，动作粗暴，邮包随手一丢，在地上扬起灰尘。自从快递行业进驻到镇上，到邮局寄东西的人比以往少了。邮差看不惯那些业余的快递员粗暴的工作态度。他当了十年邮差，即使分拣最简单的信件，也从来不会丢三落四。乡里人都认识这位瘸脚的邮差，他们私下都喊他“老瘸”。他们经常看“老瘸”骑着他那辆漆绿色的自行车穿街过巷。他按片区和街道，将要分发的报纸和邮件整理好，一叠叠放入邮包，将它们送达目的地。邮差想，邮递的差事从古至今都是体力活，古时候靠马送，现在靠车靠飞机送，但最终，还是要靠人，没了人，这行当就死了。

他想起前几日局里几个女孩在讨论网购。她们叽叽喳喳地说，现在什么都能在网上买，化妆品、衣服、鞋子、吃的用的，连死人用的物件也有。邮差一脸诧异，死人的物件也能上网买？她们说，怎么不行？网上下单，快递就给你送到。邮差又问，棺材和骨灰盒也行？她们回答，上网搜不就知道了？邮差“噢”了一声。原来现在丧葬用品也能上网买了，他暗自琢磨，要是什么时候邮局不存在了呢？所有人不看报不写信，什么都在网上搞，那么他现在做的这份工作，还有存在的必要吗？

从前可不是这样的，从前日子过得很慢，现在怎么变得这么快呢，他觉得自己老了。

想起这些零碎的往事，一阵失落袭来，他用力蹬脚踏板，自行车左右摇晃，加速向前行。

三

邮差低头一看，看到手臂竟像是透明的，日头照在他身上，皮肤和血管现了形，他看到血在青色的血管中流动，手臂皮肤颜色渐淡，泛起红点。邮差不知道这是怎么了，他和活着没太大区别啊。他看不清前面的车辆和人，用手揉一揉眼，一辆货车疾驰而来，他吓呆了，赶紧刹车。他没想到刹车坏了，整个人被惯性带着向货车冲过去。他吓得喊起来——就在他闭上眼准备“赴死”时，货车竟然穿过他的身体，或者说，他从货车身上穿过去了。

邮差惊魂未定，脚抻地，依靠鞋底和路面的摩擦力减速，停下来——他吓得满头大汗，用手一抹，汗珠黏在手心，像会动的珠子，滚一滚，渗进皮肤里去了。

邮差回头看着远去的货车，拍了拍胸脯，自言自语道，“老天保佑，老天保佑。”这时，他看到了“老友茶铺”。他想起昨天茶铺老板吩咐过，要是有美国来的邮件，帮他注意一下。茶铺老板是他老同学的儿子，初中没毕业，把邻乡姿娘仔的肚子搞大了，姿娘仔不肯做掉孩子，坚持生下来，两家人谈妥了，在祠堂摆酒席，像模像样地结了婚（他还被请去吃了一顿喜酒）。邮差看到年轻的老板娘坐在店里，挺着个大肚子。“又有了。”邮差摇摇头，叹了口气。

以往经过茶铺，不忙的话，他都会进去喝杯茶，聊几句再走。现在邮差停下来，将自行车靠在墙边，一瘸一拐走进茶铺。茶铺除了这对年轻的夫妻外，还有三个人，三个人邮差都不认识。茶铺老板坐在沙发上，叼根牙签。茶盘上码了三个茶杯，一股清香弥漫开来。邮差对这个后生仔说，没有美国来的邮件。可是，茶铺老板好像聋了，一点反应也没有。邮差在他面前挥手，他也看不见。邮差困惑不解，走到坐在沙发上的那三个人跟前，将身子杵在茶几前，挡住他们——没有人叫他走开。邮差越想越气，他们怎么可以把他当透明？他伸出手，碰到那套紫砂茶具，捏起一个茶杯，放开手，茶杯翻了个跟头，又稳稳当当落在了茶盘上。洒出来的茶，一滴滴回到了茶杯里。邮差吓得后退几步，他不明白，为什么会这样？

茶铺一切照旧，喝茶的喝茶，看电视的看电视，没有发生任何异常。

邮差想，今天到底怎么了？你们是不是故意耍我？

这么想着，他转过身，看到半躺在摇椅上的大肚婆，她穿一件孕妇裙，肚子圆滚滚的，像个即将破开的西瓜。她闭上眼，沉浸在某种遐想中，眉目间透出柔和的光晕。邮差盯着她圆滚滚的肚子看，他好像看到了胎儿在动，挣扎着要爬出来。他走过去，站在女人面前，低声说：“对不住了。”说完，他握住了拳头。有那么一刻，时间静止了，他的身体在颤。一股看不见的力量在他身体里横冲直撞。他看见大肚婆睁开眼，像是感知到危险的降临。邮差的心狂跳起来——最终，拳头并没有落下。他泄了气。大肚婆不耐烦地呻吟一下，打了个喷嚏，调整坐姿，继续斜靠在摇椅上。邮差暗暗骂自己，接着他走到柜台后，拉开抽屉。抽屉里都是钱，邮差顾不得什么，他胡乱抓起一把钱塞入口袋，心跳得更厉害了。

邮差捂着鼓鼓的口袋往外走。他从来没拿过这么多钱，他快速走了几步，又故意放慢速度。他等着茶铺的人追出来。可是，没有动静。他胸口堵得厉害，大腿一侧突然灼痛不已。他一低头，看到口袋冒出白烟，吓得他直跺脚，伸手进去，将钱掏出来甩在地上。那沓厚厚的纸币即刻烧成灰，风一吹，呼呼飞了起来。

邮差望着在半空打旋的黑色灰烬，绝望到极点。他双腿无力，像个漏风的气球一样蹲坐在地上。这一次，他不但死了，还变成鬼了。

这个事实差点将他击溃，太阳的余温炙烤着他，他的身体在颤抖，眼泪止不住淌下来。不，他不能变成鬼，他还有妻子儿子要养，还有一个家在等他回，他必须证明自己还活着，跟常人一样行动和思考，他必须让所有人知道，他并没有死，他和他们一样还活在世上。

四

邮差从未如此惶恐，恐惧如同利刃刺穿他的脊椎。这种被忽视的感觉，比起年幼时被人嘲笑还要难受。他丢下自行车和邮包，踯躅在小镇的大街上。周遭一切变得如此陌生。他每天穿遍大街小巷，看惯了日升日落，人来人往，却从来没有好好审视过这里。小镇不大，好歹是他活着的地方，可活着到底是多无奈的一件事呵！

如今他被裹挟在恐惧之中，他“死”了，反倒念起“活着”的好处来。

街上行人越来越多，骑摩托的，开汽车的，从他身边经过，谁也没有留意到邮差的存在。即便这个瘸脚的人活着，对他们而言也没有什么意义。没有他，照样有人代替他干活。邮差不过是一个送信送报的，他没有活生生的性灵，他只不过借助“邮差”这个躯壳活着——褪去这身制服，他什么也不是。

街边那家“兄弟牛肉火锅”人声鼎沸，火锅散发的香味提醒着邮差，中午了，要回家吃饭了。在回家吃饭前，他要先去接儿子。邮差这才意识到，自行车还丢在茶铺门口，于是他折返回去，捡起邮包，骑上车，往小学的方向骑去。

日头越来越猛，路面的湿气都被蒸发殆尽，邮差用手背抹眼睛，他的眼泪和汗珠一样晶莹，只是这一次，泪珠附在了手背上，附在手背的泪珠，跳一跳，也渗进皮肤表层了。邮差想，也许是皮肤渴了，想要喝水。

小学门口热闹得很，放学的孩子蜂拥着从教室出来。邮差没有挤进人群，而是将自行车停在几米开外的木棉树下，等着儿子出来。这已经成了他们之间的一个契约：他尽量“躲”得远一点，不让儿子的同学看见他有一个瘸脚的父亲。地上落满了木棉花，橙红的花朵被车轮碾过，踩碎了，水泥地面印着潮湿的斑渍，看起来黏糊糊的。邮差挪开步子，生怕花瓣沾到鞋底。

他半眯着眼，在人潮中努力辨认儿子。儿子剃板寸头，红领巾总是洗得干干净净，上学前总要自己系好，还要戴上校章。儿子说，不戴校章就不能进校门。现在，邮差站在小学门口，和其他家长一样，伸长脖子张望着。过了片刻，他看到儿子了，儿子双手掖紧书包背带，从花圃后面钻出来，接着，穿过人群，朝校门口走来。儿子一直低头看路面，生怕踩到别人的脚，或者被别人的脚踩到。邮差第一次认真地察看这所学校的学生，这么多的孩子，像极了泥鳅，一尾尾从学校这个瓮罐中溜出来。

邮差朝儿子来的方向走过去时，儿子恰好抬起了头。有那么一瞬间，他们的目光撞在了一起。他喊了儿子一声，可是，一秒钟不到，儿子眼底的光便黯淡下去了。儿子像在寻找什么，移开了视线。邮差张了张嘴，眼睁睁看儿子从身边走过。

他追了上去，这时，他看到一个熟悉的身影。那是妻子，平时都是邮差来接儿子，妻子几乎从不替手。她在镇上的编织袋厂上班，每天起早贪黑，忙死忙活，厂里规矩严，不到下班时间，不会放人。她怎么会在这时候出现？邮差看到她穿着厂里的绿色制服（一件短袖T恤衫）。这家镇上最大的民营企业，靠做环保袋发家，现在管理越来越规范了，他们让所有的工人统一穿制服。邮差不喜欢妻子在那里上班（工时长，工资又不高）。想到这些，他厌恶起自己身穿的绿色，因为它和妻子的制服是同样的颜色。

邮差走到妻子和儿子身边，他想喊他们，嘴巴动了动，便作罢了。他伸出手拍妻子的肩膀，不知怎么却落空了。这时他看见妻子双眼红红的。趁儿子没注意时，她转过头擦泪，接着她抱住儿子的头，趴在他耳边轻声说着什么。

周遭的人用异样的目光注视着这对母子，他们被这个母亲脸上的悲伤吸引住了。

片刻后，她把儿子抱上车后座，离开了。

邮差骑着车跟在身后。他看到儿子的手紧紧抓住车后座的铁条，身体往前倾，贴在他母亲背上。邮差奋力一蹬，骑到与妻子平齐的位置。他看到妻子一边骑车，一边淌泪，泪顺着脸颊流下来，她也不去擦，任由它们滴落。

邮差知道，她准是得知自己的“死讯”了，才提前下班来接儿子。

他为没能阻止自己死讯的传开深感愧疚，他猜想，很快儿子也会知道了。

出乎他意料，妻子并没有朝家的方向骑去，而是骑往另一处地方。他看到妻子骑一段土路，拐个弯，进入一条巷子，在有水井的地方停下来。这条路邮差再熟悉不过了。这是妻子娘家。他站在巷口，看到时间从身上流过，他看到妻子的容颜恍惚间年轻了，又恍惚间老起来。他有多久没有好好地看过她了？每日朝夕相对，柴米油盐，有时甚至会厌恶这个女人的存在。邮差应该感激妻子的，年轻时他相亲，一次又一次，总被人嫌弃，他的婚姻大事因此一拖再拖。直到遇见了她。那时妻子肯嫁给他，大概是觉得他老实可靠，有一份稳定的工作，就算腿脚不灵便，又有什么关系呢？谁身上没个缺陷呢？只是日子久了，邮差才发现，也许他们之间并没有那么相爱，只是因为习惯了，所以才没分开。对邮差来说，婚姻就是一道绳子，将双方手脚绑一起，你挪一步，她也挪一步，不然，只有互相拉扯和羁绊。

邮差想，我们结婚才多久啊，为什么会老成这样？

这时，他看到妻子吩咐儿子坐在车后座等，兀自掀开老母亲家的门帘，走进去，又很快出来。他看见丈母娘走出来牵孙子的手，一老一小两个背影，消失在门帘后。

邮差忽然觉得一阵心寒，她在得知消息后表现出来的理性和克制，令他感到沮丧。

妻子望一望身后，好像那里有人在看她，她的眉目蒙上一层雾气。接着，她骑上车。

邮差知道，这一次，她是真的要回家了。

五

邮差被家门口的场景吓坏了。因为他几乎和妻子同时看见“自己”的“尸体”。

尸体搁在一张席子上，停放在门口，上面覆盖一张薄毯。街坊邻里围在邮差家门前，叽叽喳喳说着什么。帮忙运送尸体的两个石灰厂工人正在和警察说话，一个速记员捧着本子，低头做笔录。这些人身上没有任何凝重的表情，围观的人除了好奇和惊叹，并没有表现出真正的同情。大家看到邮差的妻子出现，自觉地避开一条道。这个受了惊吓的女人脸色苍白，她已经预料到了最坏的结局，但是在面对结局时，她还是无法抑制，悲痛一点点地从四面八方袭来。她努力稳住重心，不让自己晕倒。邻家的女人过来扶住她，她摆摆手。她一步步走过去，胸口像被千斤重压顶住，她从未觉得，回家这段路如此漫长。

一个警察掀开薄毯的一角。为了防止女人情绪失控，另一个警察紧跟着，一旦女人做出极端行为，他会在第一时间拉住她。

这个悲伤的女人半跪下来，伸出手，哆哆嗦嗦地放在邮差脸上，他的脸像是发烧，散发出骇人的温度。她一下子将手往回缩。邮差已经彻底失去了生命迹象：双眼紧闭着，嘴唇绛紫，身上的制服落满石灰，看上去如同一具腐朽的木乃伊。她不相信躺在面前的是她的丈夫，是每日和她朝夕相对的男人。当她的目光落在邮差左脚上，她这才确定是他。邮差左脚穿的鞋比右脚小两码，她帮他买鞋时总要买两对尺码不一样的鞋。从她跪着的地方可以看到，丈夫那只脚显得更扭曲了。她觉得背上担负着千斤重，停顿了片刻之后，她终于将手落下来，落在丈夫干冷的皮肤上。这个一辈子都失去平衡的人，此时躺着，却如此安稳。

邮差像被磁铁吸住了，这是他第二次看见自己的尸体，他呆站着，不相信那就是他自己。和他以往照镜子见到的那个人完全不一样，邮差看到“他”身上有血迹，好几处皮肤都擦伤了，头发耷拉着贴在额头，脸色像纸一样白。他已经死了，这具肉体已经死了。邮差不想见到这样的自己，但他无法回避。他看到妻子的肩膀在抖，她捧住脸在哭，喉咙里发出嘤嘤的哭声，她趴在地上，喊他的名字，好像灵魂也被这突如其来的死亡抽走了。

邮差从未见妻子如此歇斯底里，她瘦削身体中掩藏的悲戚涌成一道水流。

邮差感到羞愧难当。以前不管怎么吵架怎么闹，妻子从来不会这样情绪崩溃，现在悲伤压得她直不起身子，她向他显露出脆弱的一面。邮差从未见过这样的她。是他害了妻子，害她独自承受因他死去而带来的悲伤。邮差的心像被钝器重击了一下，他单膝跪下来，胸口起伏，他的眼泪，也和妻子一起流了下来。

邮差跪在妻子身边，伸手搂住她的肩膀。然而，他做出的动作却是虚的，看不见的，他无法给妻子任何安慰，他大声地哭喊着，但是妻子什么也听不到，好像她身边的空气被抽走了，形成巨大的真空带，声音无法传递，更无法被感知。

围观的人和警察，都被邮差妻子的哭泣镇住了，没有人上前，也没有人说话。

悲恸的涟漪，一圈圈扩散开来。

没有人想到，就在这一刻，死去的人和活着的人跪在一起恸哭。

待邮差妻子情绪稍微稳定了，领队的警察告诉她，她丈夫是被车撞的，从公路上翻落下去，司机肇事逃逸了。警察说他们正在找交警部门协查，出事那段国道有电子探头，他们一定尽最大努力抓到肇事者。邮差妻子仿佛没有听见他说话，她愣愣地盯着警察看，警察的话就像那辆肇事的货车从她身上轧过，她的五脏六腑还有四肢，都被沉重的车轮碾碎了。她无法接受丈夫就这样走了，他才四十岁啊，今早出门还抱怨她煮的白粥太稠了，为什么会这样？为什么被撞的不是别人而是他？

邮差出殡的这天，他的亲人（母亲是在父亲去世的隔年走的）和朋友都来了。邮差的死，将这些分散居住在镇上的人聚到一起。平日鲜少往来的人，听闻邮差出事也都赶来了。这些吊唁的人，遵照镇上习俗，将钱塞进红包，带给邮差的妻儿。

邮差看着前来吊唁的人当中有他的两个姐姐，以及他们各自的子女。邮差看到他们的眼睛红红的，他的两个姐姐，一进门就哭个不停，他们谁也想不到，弟弟会以这样的方式离开。邮差自幼就活在一种被保护的状态下，姐姐处处护他，大概是觉得上天对他太不公平，小小年纪就瘸了脚。为了弥补上天的不公，她们总是想方设法对他好一些。吃的用的，总是让着他。家里穷，他读中专所需的学费，还是她们一点点凑齐的。邮差上前抹她们脸上的泪，手一伸，就从她们脸上穿过去了。

原来死人是无法替人抹眼泪的。邮差总算明白了这一点。

这个小镇没有殡仪馆，丧事只能在镇上的“公厅”举行。

邮差看到妻子哭得不成人形，他站在她身旁，挨着她。儿子第一次直面死亡，而且还是和他生命系得如此之紧的一个人，他像只迷路的羔羊，一脸惶惑又惧怕的神情跟在母亲身边。邮差看到儿子穿了件白衬衣，左手胳膊系着黑色的袖圈（母亲最终不得不向他坦白：“你阿爸死了。”）。邮差想起父亲去世时，镇上还没有筹建公厅，丧事只能在家中举行，他们也是这样披麻戴孝，但那时的气氛并没有如此凝重，守灵的夜里，亲人们喝粥，吃花生，聊着闲话，挨过漫漫长夜，好像父亲并不是真的走了，只是到另一个世界去了。邮差想，现在我也要去那个地方了，我会见到父亲吗？

邮差看着熟悉的、陌生的面孔出现在公厅，他们分别是邮差的亲戚、街坊邻居和邮局的同事。邮局领导带着几个同事，给邮差妻子送来慰问金。领导深深地鞠了一躬，对邮差的意外死亡，邮局上上下下都感到无比惋惜，他递过去装在信封里的厚厚一沓慰问金。

一切仪式从简。邮差在公厅的角落里站着，公厅光线昏暗，蜡烛摇曳着火光，照在他的遗像上。他看见照片上的自己表情静默，好像所有事情都与己无关。吊唁的人来了一拨，又走了一拨。邮差站在儿子身边，伸出手搂着他。看着吊唁的人来了又去。他从未想过，人这一辈子会和这么多人有联系，或牢固，或脆弱，每个人都活在一张密集的关系网中，生老病死，无一能挣脱。

邮差没有看到他的尸体进入焚化间，也没有看到妻子捧着骨灰盒回来。看不看都与己无关了，那具肉体早已不属于他了，他不过是借助这具肉身生活罢了，现在因为某些原因（对邮差来说是一场车祸），这具肉身完成使命，离他而去了。邮差曾经最厌恶的就是自己残缺的身体，如今倒好了，残缺的身体离开他了，也没有必要感到厌恶了，他甚至觉得自己其实也挺帅的，一对浓黑的眉，嵌在双目之上，煞是好看。

尸体被运到殡仪馆那段时间，邮差独自坐在家中。他从未像现在这样孤独。房子很空旷，以前妻子经常抱怨，说房子太小了，赚了钱要盖多一层。他当时不以为意，说房子够住就好，要那么大做什么？现在他却怅然地发现，房子像一块橡皮泥，被瞬间拉扯大了，而他则变小了，缩成皱皱的一团影子贴在地上。他看着日头从窗口照下来，沿墙壁一点点移动，再一点点消失。儿子也去了殡仪馆，如果他现在在这里，邮差真想摸一摸他的脸蛋，告诉他，爸爸没死，爸爸还在。可是现在，儿子也接受了他死去的事实，想到这里，邮差不禁悲从中来。

这个家此刻令他既眷恋又恐惧，这两种矛盾的情绪在他身体里拉锯着。眷恋告诉他说，你要留下，恐惧告诉他说，你必须离开。邮差不知自己应该离开还是留下：要是离开，能去哪里？如果留下，就必须面对这个残缺的家，就会继续被愧疚和苦痛所折磨。邮差从未发现“活着”如此难以忍受，他夹在一道越来越紧的墙缝中，进也不是，退也不是。“活着”将他逼到没有逃离的余地，他快窒息了。

六

一天过去，又一天过去。丧事过后，这个家始终笼罩在挥不去的阴影中。

邮差再也没有去过邮局了，他被死亡剥夺了寄送邮件和报纸的权利，他变成了游荡在人间的看不见的人。他不再骑车，再也没有人会注意他的瘸脚了。

这个小镇再也不存在一位瘸脚的邮差，很快就会有人来代替他，新的邮差也许比他更能干，比他更有效率，而且新的邮差的脚一定不是瘸的。

几个月过去了。妻子将邮差生前穿过的衣物、用过的东西，一样样清理出来，舍不得扔的就封存进箱子锁起来，其余的拿到屋后空地上，能烧的烧掉，烧不掉的，就拉到水利渠旁的垃圾堆扔了。

邮差无法阻止妻子抹掉他在这个家生活过的印迹，妻子舍不得他走，他懂。但他不想妻子因为这些旧物而伤心，更不想儿子因为他的死而闷闷不乐。儿子原本就不是话多的人，如今家中出了这样的事，他就更不愿说话了。开头几日，学校老师允许他请假，等到丧事结束，他却不愿意回学校了。邮差妻子知道，儿子怕到了学校被同学指指点点。他因为有一个瘸脚的父亲而被同学嘲笑过，现在他不愿再次卷入嘲笑中。邮差妻子劝他说，回去好好上课，她强忍着泪说："你要好好读书，才对得住你爸。"儿子沉默一阵，眼底噙泪，他低着头，小小的身体积聚着情绪，忽然，这个羔羊一般的孩子大声吼道："阿爸死了，我不要读书！"

邮差没想到儿子的反应会如此强烈。他以为儿子会默默地承受他的离世，然后按部就班地长大，直到父亲的死留下的阴影从心头抹去为止。这样的话，邮差就能看到儿子读高中，上大学，直到毕业、工作、成家。可是这一刻，这个九岁的孩子目露凶光，恶狠狠盯着母亲，仿佛父亲的死是母亲造成的。邮差看到妻子扬起的手掌就要落在儿子脸上，赶忙横到中间挡住她。妻子的身体颤抖着，最终心一软，手放了下来。她不忍心，她哭了，她抱住儿子的头，哭着跟儿子道歉："妈妈对不起你，妈妈也不想这样。"儿子似乎也意识到自己的错误了，他被自己刚才的举动吓着了。母子抱在一起，儿子的脸埋在母亲怀里，就像他从小到大那样，只是这一次，他闻到的不是母亲的奶香，而是眼泪的味道。

邮差不忍心看下去，他跌坐在地上，拼命地捶打着自己胸口，他觉得自己就要被撕裂了，有什么东西正血淋淋地从身上淌出来。

接下来的几个月，邮差一直徘徊在家中不肯离去。儿子日渐恢复过来了，只是有时候，他做完作业，会习惯性抬起头来望向电视，现在，再也没有《新闻联播》的声音了，父亲再也不会盯着手表校对时间了。

时间对邮差来说，早就失去了意义。夜间他躺在妻子身边，看着她入睡。她脸上的愁苦，即便在睡梦中也没有丝毫减弱；清早，他看着妻子起床，给儿子做早餐，送孩子上学，再骑车去上班。日子好像还是和以前一样，但是邮差知道，日子和以前不一样了。这样过了一天又一天，邮差看到妻子恢复以往的样子，却怎么也高兴不起来。儿子每天放学回来，独自坐在门槛上发呆，他没了以往那种天真的神情，一想到父亲，他的睫毛扑闪扑闪，就湿了。

路边车来人往，小镇忙碌一天，即将归于平静。夕照隐匿在房屋的轮廓后面，邮差忽然觉得他老了，老得走不动了，他的皮肤和血肉，像一个发霉的苹果那样一点点烂掉了。

邮差知道，他在这个人间飘荡的时日不多了。

这天下午，儿子放假去了外婆家，家中只有妻子一人（邮差不知道她为什么没去上班）。她坐在沙发上，拿出针线，给儿子缝衬衣上脱线的纽扣。邮差坐在她身边，看着她低头做针线活。过了没多久，她缝好了扣子，似乎意识到什么，弯下腰，在茶几下的收纳盒里翻捡着。邮差蹙眉，觉得妻子今日有些反常。很快，他看到妻子从收纳盒里找出一包五叶神，他认出来，这包烟是上次领导送的，他嫌味道重，抽了没几根就放起来了。他不知道妻子究竟要做什么。就在这时，他看见妻子好奇地掀开烟盒盖，抽出一根，捏在手里，仔细地打量着。接着，她拿起茶几上的打火机，“咔嗒咔嗒”，按了几次才点着火，微弱的火光一闪一闪，她捏着香烟凑近去，那簇火苗舔舐着，末端的烟丝燃起来，她这才意识到应该马上将烟含在嘴里。她学着男人的样子，手夹着烟，用力吸一口，没承想会呛得咳嗽起来，差点就把烟扔在地上。原来烟的味道是这样的，呛鼻，辛辣，还有一点苦。为什么男人就这么喜欢呢？每天都要抽？邮差看见妻子这样，吓了一跳，她以前从来不会干这种事，每次他在家里抽烟，都会被她唠叨，现在她怎么反倒抽起烟来了？邮差上前，伸手扯掉她手中的烟，但是无济于事，妻子手指夹着烟，盯着它冒烟的末端，再一次鼓足了勇气，吸了一口。这次，她流着泪吐出烟雾来。

邮差颓然地靠在沙发上，脸色苍白地想着什么。妻子并没有把烟抽完，她将半截烟按熄在烟灰缸里，捧住脸，哭了起来。他从未见过这样的妻子，她就像变了一个人。邮差害怕这种改变带来的不安，烟还在燃着，他不甘心，他必须和妻子说说话。

这天夜里，邮差躺到床上。待妻子躲进被窝，他还是像往常一样，习惯性地伸出手臂让她枕靠。妻子拉了一角被子盖在身上，头发散下来，遮住了一半的脸。直到今天下午看见妻子抽烟，邮差才发现，原来他有两个妻子，一个在白天，一个在夜晚，白天的妻子看不出异常，夜里的妻子却像丢盔弃甲的将士，露出软肋来。

妻子在低声抽泣，肩膀一抖一抖的。邮差伸出手替她抹泪，但他忽然意识到，死人是没法替别人抹泪的，想到这一点，他无比沮丧，将手放下来。你别哭了，邮差说。他明知妻子听不见，听不见就听不见吧，我话要说。

他兀自讲下去，讲了不到几句，突然看到妻子张了张嘴，从黑暗中坐起来，她四处张望，像被什么东西摇晃了一下，嘴唇抖动着，开口道，你还是走吧，不要再回来了。

邮差愕然，他大声喊：你听见我说话了吗？

妻子双目圆睁，她抽泣着，声音颤抖问道，你是不是在这里？你走啊，别来了！我不想每天晚上都梦见你，梦见你，醒来就惊得一身汗。算命阿娘说，要给你烧纸钱，请你出去，可是，我烧了香烛烧了纸钱，你为什么还不走啊！你走了多好啊，走了一了百了，走了就什么也不用牵挂了……

妻子的话，敲得他脑袋一阵嗡鸣，他摇晃妻子的身体，试图将精神恍惚的她摇醒，可是，妻子非但没有清醒，反而越说越激动，她哆哆嗦嗦，前言不搭后语。

他原来从未想到，虽然他死了，但他的意识还时常侵入妻子的梦境，可为什么他一点也没有察觉到？他跪在妻子面前，哭着问她为什么。

妻子的眼睛睁得更圆更大了，她似乎在回应他，她说，嫁给你这么多年，我没过过一天好日子，我承认自己命不好才嫁给你，现在好了，你死了，这个家就不齐全了，吃饭剩一双筷子，我什么都做不了，但是就算一双筷子也要活下去啊，还有儿子，对，还有儿子……如果你听见我说话，就安心走吧，再这样下去，连筷子也要断了……

妻子的话一字一句戳到邮差心底。他问自己，对啊，为什么？我也想知道为什么。邮差的话没了回应，妻子仰着头，大口大口地喘气，肩膀剧烈地抖动着，似乎要把内心积郁的不快倾吐出来。邮差看到她胸口起伏，眼神空洞。他从未见过这样的妻子，也从未觉得他们之间隔得这么远。以前他想错了，他以为妻子离不开他，但是现在他明白了，原来是他离不开妻子。死将所有事倒了过来。他回想这些年来走过的路，从和妻子相识，到结婚，再到生孩子，每日这样柴米油盐地过，他从未觉得有什么不好，他甘于平凡，但从未料到，这份甘于平凡，最后不但折煞了他，还折煞了妻子。

邮差哭了，他现在真的成了一个死人。

妻子扯过被子捂在脸上，夜安静极了，她怕哭声被儿子听到，拼命地压抑着。起初声音不大，渐渐地，哭声扭曲成一阵凄厉的哀号，她用手堵住嘴，却堵不住声音，哭泣声穿透黏稠的空气，从被子里涌出来，撞在了邮差心口，撞得那里生出一个洞来。

邮差看着哭泣的妻子，将脸贴在她脸上，尝到了一阵苦涩的味道。

他茫然无措，艰难地爬下床。他的身体太虚弱了，一落地，人就瘫软下去，跌倒在地板上。他看着黑压压的天花板朝他压下来，咬住牙，用尽最后一点力气，支撑着爬起来。他看到妻子的脸已经哭得扭曲了。她直愣愣地看着什么，邮差从她脸上看到绝望、悲恸和疲倦，它们变成一道墙，隔开邮差，也隔开他和这个人世最后的那点关联。

邮差低下头，看见自己的手脚彻底透明了，皮肤像油漆剥落般，正一块块掉下来。

邮差不敢直视妻子那双眼，他觉得有一股力量，正将他一点点吸走。他胸口一阵痛，双脚哆嗦不停，终于，他迈开沉重的步子，仓皇地朝门口走去。

他看见妻子和儿子的脸在他眼前消散。每走一步都如此沉重。他不敢回头，只能一直往前走。黑夜中不见一丝光亮，整个小镇像浮在大海中的孤岛。很远的地方传来狗吠声，一声声，叫得夜寒碜，叫得人发慌。邮差深一脚浅一脚地朝未知的方向走去。他不知道究竟走了多远，也不知道时间过去多久。时间对他来说已经没有意义了。在这个荒芜的人世间，他抬头望不见星光，低头也看不到泥土，天地间只有脚步拖过地面的摩擦声。

邮差控制不住自己的意识，也无法记住发生在他生命里的一切，妻子的脸渐渐模糊了，儿子也渐渐看不见了。他像个被风卷走的塑料袋，轻飘飘地拐上一道公路。他瘸了的脚掌一阵发痛，黑黢黢的夜色中闪过一道光，空缺的记忆被忽然照亮：邮差看见骑自行车的自己，就在这段国道和镇道交接的地方，被来不及刹住的货车撞倒。他的自行车被掀翻了，人在空中画出一道抛物线，准确地滚落在路基下方。货车越驰越近，他站在原地，刺眼的灯光晃得他睁不开眼。货车司机似乎发现了什么，拼命地按喇叭，喇叭声催生出一股幻觉，邮差知道，司机根本不可能看到他，怎么可能还按喇叭，他来不及思考了，货车像一头巨兽，咆哮着冲过来，冲过来，将他撞翻在地。

秦淮河里的美人鱼

文 / 赵志明

发表于《青春》2015 年第 7 期

木头和石头，一个男一个女，无论是在现实生活中，还是在虚拟的网络世界，他们之间不管发生不发生关系，发生什么样的关系，都再正常不过。

比如木头走在街上，看到突然起风了，就把衣服的领子竖起来，叹息道，哎呀呀，起风了，真是好伤感人也么哥，好伤感人也么哥。

这时候，石头很有可能也感受到了风，甚至她和木头的距离在方圆五十米之内。更形象直观的说法是，石头和木头相对而行，他们越走越近，越走越近。

这时候起风了，木头心里本来想的是，秋风起，黄叶落，可到了嘴边就变成了，秋风起……裙绽开。

石头穿了一件秋裙，那风来得正好，让她恰到好处地呈现出美人感，美感，自我感，好感，风尘感，孤独感，遗弃感，冷感，伤感，距离感，飘感。

石头“噔噔噔”几步就和木头错肩而过，她知道一个男的在垂涎她，她在乎她在乎的，不在乎她不在乎的，她有必要知道这个木头却原来是想做一个伤感的人吗？

木头也许还会驻足停留，赠送给石头一个长长的回头率点数，心想，如果能有机会和这样的女人亲近，岂不是神仙了，那我会放过吗？

现在，风继续起着，并没有停息下来的意思。木头和石头，随着他们的行走，他们之间的距离扩大了，可以依次填得下如下词语：背靠背，一只脚，一个行人，一辆自行车，一辆小轿车，一辆公车，一幢大楼，一条街道，一个行政区，一个城市，一个国家，一颗星球，宇宙，宇宙的平方，三次方，n 次方，n 是一个无穷数。

其实我想说的是，男女之间，隔开他们的只是一个念头，最多也就是很多个念头。这个（些）念头膨胀开来就是宇宙，宇宙提供的陌生感和想象感；我们也期待它的盈缩，盈缩的极致就是他们相爱了。看似大喜，其实大悲，男女相爱，这是可能的事情。

男和女，他们应该相爱吧，可他们知道怎么相爱吗，用身体的一个部分还是整个的身体？用身体加上灵魂，空间加上时间，活着加上死去，我们有足够的能量来为相爱而燃烧吗？我燃烧了我，为的是照亮你的眼睛，你燃烧了你，只照亮了我的冷却。你迅速接近我，你也冷却了，但我感觉不到你。我们再感觉不到温热，都那么冷，冷，冷。

起风了，让我们继续木头的抒情：秋风起，黄叶落，大雁度假去了，我要添寒衣。仅此一念，冷意重生。好个冷呵。

人这么个冷法是不对的，人这么个冷法是和身体有关的，也许还和情感有关。

木头遥想当年，大冬天的，也就一外套，一衬衫而已，且外套是全敞的，衬衫是解开上两个纽扣的，外套的袖子是捋上胳膊肘的，衬衫的袖口是卷起两道箍的。那时候也冷，但也就是冷啊，那时候年轻气盛，身体还能和冷相抗衡，现在怎么说不行就不行了，人字火焰微弱不说，好像还是冷火。真是内外交困，冷无可冷无须再冷了。

这是题外话。（如果你觉得有什么不好，你想怎么删就怎么删，这个小说就是写给你看的。）

还是回头说石头和木头。

石头和木头，一个男一个女，他们难道不应该有第二次相遇吗？他们还应该有第三次相遇，第四次，第五次。每次见过后他们仍然还是陌生人，这是可能的；但也有可能他们在某一次遇见后，突然走到了一起。他们走在一起，一开始还摆脱不了陌生人的拘谨，后来他们就走近了，走成近人了。他们没有走成亲人，而是走成近人，这是一件让人高兴的事情，他们像恋人那样走着，像发生了性关系之后的男女那样走着，走着走着两具身体就融合了。他们就这样走着，有的人说，他们在走向夫妻；也有的人说，他们走成了情人；还有的人说，他们没有彼此结婚也没有和另外的一男一女结婚，他们甚至没有过任何亲热的举动，他们就这样走成了孩子。他们在山坡上采花，唱山歌，扮家家，既是父母也是孩子，是兄妹，是爱人。他们走向了童话。

人的相遇就是这样充满偶然性，这个偶然性完全是用耐心等来的。

在现实中，木头完全可以通过耐心等来他的偶然性，等来他的石头，但实施起来可能工程浩大并且持久，不比在网上这般方便快捷。事实上，木头（网名，男性）和石头（网名，女性），就是通过名字和名字的反复相遇，名字和名字的反复问好，名字和名字的反复聊天，然后再通过名字和名字走在一起，才有了想见一面的想法。也许，网上情缘就止步于一面之交。

谁知道他们往各自的网名里注入了多少真实的成分？撇开心照不宣的欲望和孤单不说，他们内心的真实想法是多么的游离和莫测。也许，他们就剩下欲望和孤单了。他们把烦躁和疲累撂在现实中，只身赴网，随身携带的也许就只能是欲望和孤单了。网络，给人创造了一个开放的语言宣泄的空间。多少人游荡在网络，很孤单很欲望的样子，很脆弱很需要温暖，有时候仅仅是一句话，在现实中沉重关闭的阀门就被轻而易举地打开了，就遇到知己了，就遇到天敌了，就许心了，就许身了。

偶然性带来多大的戏剧性。

戏剧性也许就是事与愿违。

在网上交往了一段时间之后，木头和石头决定是时候把交往延续伸展到现实生活中，他们见面了。

你知道有多少正当年的男女在生命的空闲时分去茶室，去酒店，去一个这样那样的场所，聊天或者聊天加干点别的。

这一次，木头和西瓜发展到了见面，他们选择在一间茶吧见面。木头本来想，如果西瓜和他想象差不离，就进包间。结果西瓜让他略感失望了。西瓜让他略感失望并不表示网络让他失望，否则木头和石头的故事就失去了可能性。他们坐在茶吧外间靠窗处喝酒，有一搭没一搭地聊天，很多时候在没话找话，一点不像网上的口无遮拦。现实的阳光照在西瓜的脸上，西瓜就成了苦瓜。这是一件有趣的事情。

在他们谈话的间隙，不时有一对对的男女，从里面包间的幽深处像两尾鱼游出来。

西瓜问，他们在里面会做些什么呢?

木头答，当然是喝茶了，聊天喝茶，午休时间嘛。

有时出来的男女都上年纪了，像是爷爷奶奶了。

西瓜说，看看，看看，这么大年纪竟然还有刚需。

木头反驳，你脑袋瓜子里都想些什么呢。

有的男女又非常低龄幼齿，年纪虽然小，发育得却很好。

西瓜说，这么小就学会啦，这个世界真是变了。

木头不同意。木头觉得虽然个人的幸福感越来越不真实可知，小而虚假，但这个世界却是往好里发展的。个人被忽略，这是大势所趋，既然个人被忽略，那么个人更应该关心的是自我，而非世界。一百年前的世界跟现在，现在和一百年后的世界，肯定变化很大，可是人的活法还是本质的，吃喝拉撒日，生老病死过。在这个层面上，世界是没有责任心的，个人承载了历史沉重的尸体。

还有的男女，像是公司老总和情人秘书，白发教授和大学女孩，机关干部和女实习生。他们有的是步行来的，有的骑自行车。他们出去时，有的出去拦一辆的士就走了，有的还要把停在路边的汽车发动起来。

每出来一对，西瓜就评论一番。木头不知道一个不起眼的小茶室里面到底有多少隔开的包间，很是吃惊。就算西瓜说的是对的，这些从包间出来的人都像刚亲热过一样：有的还沉浸在肉体的欢愉中，搂抱着出来；有的已经羞涩了，故意留下前后的差距；有的很茫然，好像方向感都辨不清，绕了几圈才走出门外；还有的好像突然惊醒过来，一下子冲出门去。

木头把眼光移到对面的西瓜身上。他一看她，她就假装用吸管喝啤酒。她知道他在打量她。西瓜年纪不大，但看上去很显老了。木头想想还是算了，他喜欢把年纪藏得很好的女人，这样的女人才是有味道的。

从茶吧出来，此时经过的行人又拿他们看别人的眼神来看他们。都是一样的，我们都是一样的，我们的身体是一样的，我们的想法是一样的，照耀我们的阳光是一样的，吹着我们的风是一样的，包围我们的喧嚣是一样的，我们的内分泌是一样的。一样的呵一样的。

西瓜说，木头你和网上给人的感觉一点都不一样，你人很好，很让人放心。木头觉得有点羞愧，但他没说西瓜和西瓜不一样的话，想象总是有差距的。他陪着西瓜走了一段路，后来在一个路口两人分手了，木头往南西瓜往东。木头觉得他刚才把西瓜又送回网络世界去了。他现在又能回想起在网上骚扰西瓜的那些话来了。

如果之前木头没有和其他女网友见面的经验，那他初见到石头，肯定会手足无措，肯定会像前面文本所演示的一样，如坐针毡地期待分别的那一刻。但现在不会了，哪怕石头从各方面看上去都不尽如人意。他像一个很有把握的人，他高兴地意识到石头也是一个有把握的人。他们一见面就很亲近，尽管有勉强的意味，说话像多年的老朋友。

关于即将到来的夜晚，木头一点也不急，虽然时间会很慢很慢地流逝。

木头和石头在大街上行走，那背影不就是很普通的在一起走着的一男一女吗？一男一女走在一起，我们总会留意他们之间的缝隙，他们之间的节奏和呼应，这是不断调和与改善的关系，会越来越舒服，越来越自然，然后再和其他会动不会动的事物相呼应，那时候他们是作为一个整体加入进来。我们知道他们是走在人群中，走在天空下，走在大地上，可他们并不和人群走在一起，他们是和人群分离的。他们清晰地感觉到他们两个人是走在一个其他什么也没有的环境里，他们有时候走得靠近一些，有时候离得远一些，他们不能走得更近，也不想离得太远。他们是心存欲望的人，是在白天等待夜晚的人。他们保持小心和耐心，他们不即不离，他们慢慢开始起飞。

你看着真舒服。木头说。

这句话你已经说了有一千遍啦。有没有新鲜的呀。石头说。

我很喜欢你。木头说。

这句话你也说太多遍了，一点不真诚。石头说。

之前在大街上，他们每说会儿话，就会适时插入这几句对白。现在在房间里，他们依然重复着这几句话。好像这几句话是一件道具，经过被反复使用，具有了特殊的表达力。他们不敢说别的，比如，他们的交往仅仅局限于网上，他们的陌生是真实的，他们的熟悉是虚幻的。还有，他们的孤单被他们见面的光亮掩盖了，他们的欲望却欲盖弥彰。

我们睡觉吧。木头说。

好啊，让我们睡觉吧。石头说。

房间里的灯被一一关掉，接着电视机也关掉了，窗帘那儿好像有层淡淡的光影，但其实没有。窗帘被拉上了。窗帘很厚，挡光，何况现在是晚上了。

不行。石头突然说，我们还没有结婚呢。

木头说，什么结婚？结婚和睡觉有什么关系啊？

只有结婚了，男人和女人才能睡在一起的。

不结婚也能。

不。我想跟你结婚了再睡在一起。我们结婚好不好？

好吧，那我们就结婚好了。

嗯，让我们结婚吧。我们先去民政局。你身份证带在身边了吗？

在包里呢。

你把它拿出来，我也把我的身份证拿出来。

可是民政局在哪呢？

就在这了，这张桌子，嗯，就当是民政局结婚登记处啦。我们把我们的身份证给他们看一下，就可以登记结婚啦。

你为什么把你的身份证反着放？

我身份证上的照片丑死啦。不给你看。不许抢和偷看。你也反着放吧。

现在好了吗？

好了。现在我们是合法夫妻了。喏，这是结婚证明，你拿一份，我也拿一份，丢了可不带补的，后悔死你。

这样就是合法夫妻啦，那你找老公不是很容易？

我不告诉你。反正便宜你白捡了个老婆。

那，老婆大人我们现在可以睡觉了吗？

还早着呢。我们还没有举行婚礼呢。

举行完婚礼就能洞房了吧。

举行完婚礼再说。

还要再说啊。

很快的。你结过婚没有？看你也不像结婚过的。我也没结过婚。你参加过婚礼吗？

我参加过好多次啦。

那你觉得结婚给你印象最深的是什么？

我觉得新郎和新娘给我的印象最深。新娘很漂亮。新郎很英俊。

自惭形秽了你？

也没有，我就是对自己当新郎很不自信。不知道自己做新郎是什么样。

你也很帅的呀。你看你旁边的新娘也很漂亮。

那是，新娘比新郎漂亮多了。

喜欢吗？

什么喜欢？

喜欢我当你的新娘吗？

喜欢。我更自惭形秽了。

我们现在就是新郎和新娘，我们现在在举行婚礼，我们等在酒店门口，好多朋友都来了，他们夸你说你今天真帅。

他们也夸你说新娘今天真漂亮。他们还说要把你抢走。

你要打败他们。要记住我可是你的妻子啊。结了婚，我就是你的妻子了，你要保护我，珍惜我，你要有个当丈夫的样。

我现在就来做个当丈夫的样。

不行，我们还在举行婚礼呢。

那现在该是什么节目了？

现在该入席了。司仪说，有请新郎新娘上台。我们现在就是站在台上了。他要我们向宾客介绍一下我们的相爱历程。

我叫木头。

我叫石头。

我们在 BBS 上认识，渐渐地互相有了好感，经过一段时间的网上交往，我特想和她在现实中生活在一起。

是他先表达的。他经常在网上骚扰我，胆子越来越大，胃口越来越大，脸皮也越来越厚。不对不对。哪有这样说自己丈夫的。让我想想，你想听什么样的？

我随便。

我认识他的时候，是在前年三月份，离现在快有两年了。不知道为什么，一见到他我就心慌，见不到他我就想念他。是那种发疯的想念。我知道他身边从来不缺少优秀的女人，我想我不能再这样坐等，那样他将永远不可能是我的。于是，我就想方设法接近他。我知道他是喜欢女人的，也知道他不会永远珍惜一个轻易就到手的女人。可是，我没有办法不把自己给他，即使这样我还是一点把握也没有，可是如果不这样做我就更没有把握了。有一段时间我们相处得很好，很温暖。我很容易就习惯他了，他很容易就让我习惯了他。太矫情啦，我说不下去了，再说下去，婚礼就进行不下去了，我会哭的。

婚礼就是这样的。司仪说的话就很矫情，好在他们基本都是扯开嗓门大声说的，他们的脸皮也够厚。如果声音不粗犷，参加婚礼的宾客我担心都会因鸡皮疙瘩而死。

那我们就跳过这段，现在来交换戒指。

可是我们没有戒指。

我会折纸戒指。那边服务簿里有便笺。好了，折好啦，好看吗？

好看。

现在请新郎新娘交换戒指。哎呀，我们好像忘了行交拜礼。

戒指都戴上了，那就不交拜吧。我们可以采取西式婚礼吗？

这个主意挺好的。木头，你爱石头吗？

爱。

你愿意一生一世，无论贫富贵贱，做她的丈夫，照顾她吗？

我愿意。

我不知道后面怎么说了，反正意思就这样。现在该轮到你问我啦。

石头，你爱木头吗？

爱。

你愿意一生一世，无论贫富贵贱，做他的妻子，忠贞于他吗？

我愿意。

阿门，现在祝福你们，你们在主的面前结为夫妻。你们要保证婚姻的圣洁，做到不奸淫邻人的妻子和丈夫，只为对方生育孩子，阿门。

阿门。

好啦，现在我们来拉钩。

好吗？

拉钩上吊，一百年，谁反悔，是小狗。敬酒的时候，一般会怎么捉弄新郎新娘？

一般会让新郎抱着新娘，然后给一个站在椅子上的亲朋好友点烟。站在椅子上的人会尽量不让新娘顺利地把火点上，而起哄的人会尽量把新娘打火机的火苗吹灭。这个主要是整新郎的，新郎会很累。

那新郎不是很惨？

要想不累也很简单，提前做好准备就行了。

怎么准备？

找一个赵飞燕结婚；预先准备一个防风打火机；让新娘骑在自己的脖子上，那样就和站在椅子上的人差不多高了，再一伸手，就不用够着手去点烟了。

还好，我体型还好。

那我要抱抱你。

还有什么有趣的没有？

一般都很没趣，一场婚礼除了给新郎新娘留下一生一世的印象，跟其他人有什么关系呢？对了，有一次参加我一个同学的婚礼，有一个节目很好玩。

是蛮有意思的，我要你表演给我看。你今天可是新郎。

好吧，可是我们没有铜锅和铲子。

这好办。果盘可以当挂在胸前的锅子，铲子就用梳子代替，烟灰缸正好顶在头顶，你再爬上椅子，不就可以了吗？好啦，预备，开始。

噹。我今天结婚了。噹。我今天做老公了。噹。我今天洞房了。噹。我从今天起是大人了。

重来。你口中的“我”是什么人还没有讲出来，“我”“我”“我”的谁晓得是什么人结婚做大人了。

噹。我木头今天结婚了。噹。我木头今天做老公了。噹。我木头今天洞房了。噹。我木头从今天起是大人了。

重来一遍。你同什么人结婚了，做什么人老公了，都没讲清楚。

噔。我木头今天跟石头结婚了。噔。我木头今天做石头老公了。噔。我木头今天和石头洞房了。噔。我木头从今天起是大人了。

哈哈。

现在我们该入洞房了吧。

嗯。今天我已经很累了，我要睡着啦我要睡着啦我真的要睡着啦。

喂，你就这样睡着啦，我怎么办啊。

你也睡觉啊。

可是我睡不着。我想抱着你睡。

不行，这样我会睡不着的。

那我们就不睡好了。

不行。我真的困死了，刚才我已经很累啦。结婚结得很累啦。

不会吧，结婚还会结累啊，应该很亢奋才是。你是新娘子啊。新娘子新，两个奶奶十八斤。

不准乱动。要听话。

我一点都不想听话，怎么办?

那你去洗手间。

我不去。

嗯，你说个故事给我听吧，听着听着我就睡着啦。

那好，我就给你说个故事听吧。从前啊……

从前，在中国的古代，一个小乡村里，住着一个勤劳善良的年轻农民，他是一个孤儿，没有人照顾他，为他洗衣做饭。所有的事情都要他自己来，日子过得很辛苦。他父母离世得早，什么也没有为他留下，周围有姑娘的人家虽然知道小伙子是个好人，但谁也不想把姑娘嫁给他，就是因为他穷，怕姑娘跟了他后会受苦，而宁愿把姑娘嫁给有点资产的、人品虽不如这个小伙子但也说得过去的人。小伙子太善良了，很多人跟他在一起都会有压力，都疏远了他，渐渐地，原来还是一个小村子的地方，就只剩下小伙子一个人住了，别人都迁走了，在别处一个新的小乡村出现了。有一天，小伙子田间干活回来的路上，捡到一个又大又美丽的田螺。他觉得很好看，就带回自己家里，养在自家的大水缸里。小伙子不知道这其实是个田螺精。

石头，你睡着了吗？

我睡着啦。

骗人，睡着了还会应话啊。我马上就要睡着啦。你的田螺姑娘的故事怎么听着像你自己的版本啊。

嗯，那是个田螺精。她知道小伙子是个好人，就来可怜他，帮助他，趁小伙子去地里干活的时候就幻化成一个姑娘，帮他洗衣做饭，打扫房间。等小伙子快要回来了，田螺姑娘就又变回去，又住回田螺里面。小伙子觉得奇了怪了，怎么突然有人帮他不声不响地就把饭也煮了，衣也洗了呢。下意识里，他希望这是个女人。他是想跟一个女人生活在一起的，然后再生儿育女。

石头。石头。（木头把手指伸到石头脸的上方，摇了摇；然后用手指探石头的呼吸，石头的呼吸平稳；木头摸了下石头的乳房，石头就醒了，使劲掰住木头的手，两人的手抓在一起，放置在两个身体中间。）

他一个人住的时间久了，肯定有失落感，表现在他晚上觉少了，心思多了。他想繁衍子孙，一个大家族住在一起，蔚然如大树，形成一个同姓大村，那是一件多么让人激动的事情。现在，他开始把注意力集中在家里发生的奇怪的事情上。有一天他提前从田头回来了。远远的，他看到他自己的小破房子的烟囱在冒着烟，等他推开门的时候，他听到“咕咚”一声，好像是谁往水缸里扔了块瓦片，他来得迟了，只看到缸里的水面涟漪渐渐平息。他觉得这是声东击西，做好事的人故意把他引到水缸处，本人却从另一个方向跑了。他又走到屋外，极目远眺，希望能看到可疑的人影，可是没有发现，他多少有点闷闷不乐地回到屋里，一切跟以前一样，饭菜做好了，衣服也已洗好晾挂。小伙子想，下次一定要把那个人找出来，好好言谢一番。第二天，他更早回到家里，可是，并没有人为他做饭洗衣；第三天，他就躲在屋子里，等候做好事的人出现，却没有等到。也许，那个人根本不想暴露自己的身份，受惊了一次，就不想再来了。小伙子怅然若失。这样，他又要自己打点一切了。加上琢磨神秘人物，小伙子开始为伊消得人憔悴了。更关键的是，小伙子自己做的饭菜根本比不上那人做的饭菜，小伙子吃了几顿别人做的饭菜，自己做的饭菜就难以下咽了。俗话说，人靠饭养，靠睡补，小伙子吃饭不香，晚上失眠，身体不几日就精瘦精瘦的。躲在水缸里的田螺，看在眼里，急在心里，暗想这不成了自己害了一个善良小伙吗。实在按捺不住了，田螺姑娘就又从壳里面钻出来，为小伙子洗衣做饭。小伙子人虽在田里干活，却心系家中。干一会儿活就要往家的方位眺望一下。看到自家烟囱又冒烟了，晓得神秘人又出现了。

石头，你睡着了，我的故事还要不要说下去呢。嗯，还是说完它吧。

于是他就扔下农具往家里跑，急着要把恩人认出来，直接闯到了灶头间。当然这次也没有逮住人，田螺姑娘又钻回壳里去了，可没来得及回到水缸里。小伙子没有找到人，只看到田螺待在水缸外面，地面泼了一些水。小伙子想也许是那人把田螺从水缸捞出来的。小伙子把田螺托在掌心，问田螺：田螺啊田螺，你肯定看到那人长什么样了，你要是能告诉我他是谁就好了，你说他还会再来吗？田螺啊田螺，我把你再放回大水缸里。由于小伙子回来得太早，田螺姑娘措手不及，结果饭是烧焦的，菜也是半生不熟的，但小伙子还是吃得胃口大开，笑眯眯的。因为这次差点露出破绽，田螺姑娘又有好几次不敢变换。小伙子有了上两次经验，知道那人还会出现的，自己所要做的就是不能惊动她，才能有机会把人认出来。于是，再一次看到烟囱冒烟时，小伙子并没有急着回去，他硬是等到吃饭时间才回去，田螺姑娘有足够的时间变回去，小伙子回来当然没有看见她。连着几次，小伙子都不管不问，吃煮好的饭菜，穿洗晒干净的衣服，其实小伙子心里早打算好了，就想让对方放松警惕，好一下子碰个正着。有一天，他带上工具去田里，半路就蛇行鼠伏地潜行回来，躲在墙壁旮旯头，大气也不出一声，就等着对方出现。不一会儿，果然一个女的出现了，还那么漂亮，洗衣做饭，驾轻就熟，看来就是她了。小伙子看到姑娘就喜欢上了，本来他是打算看到人就出来和人相见道谢，现在他改变主意了，对方既然是一个妙龄少女，人又这么好心，又这么能干，他就想知道她到底是哪个村哪家人家的，他想讨她做老婆啦。小伙子就一直偷偷地看着，并不出来，想等姑娘回去的时候尾随她。他一点也没想到这个姑娘是一个精怪，当他目送姑娘“呼”的一声跳进田螺，顿时吓住了，好半天才能站起来，没有进家门吃饭，就又回田里去了。他没想到他捡回来的竟然是一个田螺精，他不知道接下来他该怎么办。

石头，你说，他该怎么办啊，这是他从来没遇到的情况啊。

晚上他坚持着回到家里，不敢太靠近水缸，可过了一会儿，他还是过去了，看到自己映照在水面的脸孔，水底附在缸沿的田螺。他把田螺取出来，水顺着他的手臂滴到地上，他把田螺托在手掌，他问田螺：田螺啊田螺，你看到那人又出现了吗？我该怎么对她呢？有一阵子，他要控制自己的恐惧，想把田螺甩到墙上，砸个稀巴烂。可白天看到的美人又浮现出来了，他把田螺贴在胸口，难过得要哭起来，可他还是打定主意，哪怕就是精怪，他也要和她生活在一起。接下来的时间，小伙子就在想方设法怎么能把美丽的田螺姑娘留在自己身边。他躲在暗处，看到田螺姑娘从田螺里跳出来，家务做完后，又跳进田螺中。看了很多次，小伙子就有了主意，他想我只要让她回不去不就成了吗。牛郎就是抱走了织女的衣服，延误了织女返回天宫的时间，才能和织女喜结良缘的。于是，趁田螺姑娘跳出田螺壳还没有来得及回去的时候，小伙子一下子扑住田螺壳，死死地用两只手掌捂住。放我回去吧。田螺姑娘哀求。可是你回去了就不会再来了。小伙子说，就再也没有人关心我，为我洗衣做饭了。可是我不是你们人间的人啊，我住在田螺里，而你们住在房子里。田螺姑娘说，我们不是一个世界的人。可是我一个人住的时间太长了，我的生活空间不就像个田螺壳吗，我想有个人陪伴我。小伙子说。可我是个精怪，你不害怕我吗？田螺姑娘说。是的，刚开始的时候我吓坏了。可你也是个女人。作为一个女人你对我的诱惑力大过了你作为精怪的恐怖，而且，只要我不让你接触这个田螺，你就永远只能是一个女人而不是精怪。小伙子说，我需要一个女人，为我洗衣做饭和生孩子。那好吧，你会得到一个女人的，她会做任何女人都能做的事情，但请你答应我，不要毁了我的田螺，它是我的自由。田螺姑娘说。我不会毁了它，但在我有生之年你也不会得到它。我知道你会想方设法偷走它，然后你就会离开我，甚至你会报复我。小伙子说。我不会的，我们精灵和你们人类不一样，你们有太多的需要，而我们看重的只是自由。你答应我到你死的时候把我的自由还给我就行了。田螺姑娘说。你会偷走它的，你会从我身边偷走你的自由。除非你给我生儿育女，你才会有所留恋，心才会有所软化。小伙子说。可是我不知道怎样才能为你生儿育女？田螺姑娘说。很简单，你和我睡在一起就行了。小伙子说，对这件事我有把握。可是，我从来只睡在田螺里，人类的床我还没睡过呢。田螺姑娘说。很简单，我想睡哪里都是一样的，但关键是我们要睡在一起。小伙子说。现在就要睡在一起吗？田螺姑娘问。不，按照我们的传统，我们在睡在一起之前先要举行婚礼。小伙子说。你的意思是让我和你结婚吗？田螺姑娘问。是的，我要你和我结婚，然后我们才能生活在一起。小伙子说。可什么是结婚呢？田螺姑娘问。结婚就是要先通过政府的民事部门批准，然后举行婚礼，闹洞房，吃很多东西，喝很多酒，接受很多的祝福。小伙子说。可是我和你不是一个世界的人，我没有和你一样的身份证，我们就不可能领到证的，那我们不就是不能睡在一起了吗？那倒是一个问题。小伙子说，也许，我们注定不能睡在一起，不能结婚，所以也就不可能生育孩子。

石头。我的故事讲完啦。石头，我也困啦，不知道明天醒来后我还能不能见到你，你还在不在……

木头早晨醒过来的时候，石头已经不在了，枕头上留了她的几根长发，被子里有她的气息，茶几上有她留给他的一张便笺（是把纸戒指拆开后，有清晰的折痕）：

亲爱的
早餐就在桌上
牛奶我喝了一半
香蕉和面包片
你记得全吃掉
要不然会饿的
我去上班了
你睡得熟
我就没有叫醒你
我已经通知服务员
11 点半来整理房间

你可以多睡会

中午饭自己解决

下午出去转转

熟悉一下这个城市

晚上我们再回到这里

我们的 2046

田螺壳

自由

你的新娘

石头姑娘

木头并没有多睡，他走出房间，在城市里信步。

木头在考虑今天晚上还要不要回那个房间，如果他去了，那注定将是个谎言，如果他不去，那就是一个没有兑现的承诺。木头走在秦淮河畔。秦淮河畔有一个老人，不时弯腰向河里用手里的网兜打捞着什么。曾经著名的秦淮河，现在已是一条臭水沟，除了垃圾还会有什么呢？木头觉得奇怪，就过去问那老人：大爷，您在捞什么呢？老人回答：我在捞美人鱼。木头哑然失笑：这个世界怎么会有美人鱼呢？老人说：我也不知道。我已经在河里捞了四十年啦，都没有捞到。

狩猎

文 / 程琛

发表于《萌芽》2015 年 5 月上半月刊

古川焦虑地望了望表，被领带勒住的脖颈忍不住向外渗透汗液，他捋着有些发旧的西服，透过对座车窗瞅见自己中年上班族的形象。与此同时，地铁正高速驶过这座城市的下方。

但凡想到迟到将成为不可避免的事件，古川便有些沮丧，当他暗忖无非遭到野蛮女上司的一通指责，不由自主心生坦然。他挪了挪身，脊柱直愣愣地紧贴椅背，以便占据较高的视野观察车厢中形形色色的乘客——准确来讲，是迟到了的乘客。当然，古川可以选择站立，这无疑将给他带来更好的观测视角，但他不为所动，甚至驼下背来，像极了一根萎蔫的香蕉。古川明白，他并非舍弃了自己所热衷的恶趣味，个中原因无非一二，显然，他寻着了称心的猎物。

两点钟方向的少女并未留神古川的睥睨，大抵二十出头，对古川而言是小了些，一双白皙的细腿垂在座下，藏青色方格短裙，衬衣上系有搭配合宜的领结。她安静地看书，不急不躁，末端稍卷的中长发不时蹭着衬袖。少女年龄稍长，不合乎高中生的形象，由里及外又散发着浓郁的文化气息。古川揣测未果，便愈发躁动起来。

姑且将少女称作美绘吧，古川心忖，这是他的初恋的名字。

古川瞥了眼美绘手中的书，没有猜错的话，是加西亚·马尔克斯的《霍乱时期的爱情》。他顿时对美绘刮目相看了一遭，念及上次认真读过马尔克斯的书尚在国中时期，约莫是《百年孤独》，反响热烈，古川也是跟风，并没有过多的情怀，只是被其中繁复的人名绕得晕乎。

究竟为什么会为少女冠以初恋的名字呢，古川不解，大抵是一时兴起。他饶有兴致地换了个舒服的姿势继续观察美绘，她低头看书的模样真是令人着迷，有几个瞬间甚至使古川感到了附杂有不安的熟稔。他坐在原位，情绪却经历了无与伦比的跌宕，这种感觉很奇妙，非要诉诸言语，即是在二十年后遇见了年轻版本的初恋。古川明白这十分可笑，但却抑制不住对美绘的追念，当然并非眼前正安静地读着《霍乱时期的爱情》的少女，尽管有生之年的某一段时期美绘做过相似的事情，但古川却无法将她与眼前的少女完整契合起来，该注意的是——完整契合。

美绘死于谋杀，回忆这事对古川而言并不容易，他花了很长时间才从对美绘的死亡的震惊中振作起来。美绘失踪后的第六天，尸体被港口船只打捞上来，赤裸的胴体被海水浸泡得有些变形，腹部伤口的血液已经干涸，美绘所展现的是异于常人的白，苍白，同时这种苍白成为了古川痛苦的来源。

他不止一次地在脑海中构建凶手糟蹋美绘的场景，这使他忍不住想起美绘与自己交欢的日日夜夜，她就这样无助地盯着来历不明的男人。古川感到不可遏制的愤怒，这股愤怒冲垮了他的理智，他只想往凶手的腹部来上几刀，一如他当年对美绘的所作所为。古川的绝望感染了他此后的大部分年月，他只能接受海水将一切罪证都洗刷掉了的这一事实。

他曾发誓要亲手抓住谋杀美绘的凶手，但这份冲动却伴随岁月经年日渐消弭。古川认为自己对美绘的思念正在消失，他惊恐地意识到这一点时已经是微微发福的中年人了。事实上，他很早就斩断了与故乡的联系，工作难以避免地成为了他生活的轴心。

古川晃了晃神，继而注意到美绘察觉了自己的窥视。她用手指夹住正在阅读的页码，将书本斯文地压在裙角上，美绘的目光循着不怀好意的感觉落在古川身上——不怀好意是一种琢磨不清的情感，类似于感知，但又有些不可思议，古川暗忖美绘也曾感知到过这种情感，区别于阅读着《霍乱时期的爱情》的美绘。

美绘露出一个好看的笑容，微陷的小酒窝带有俏皮的气息，仿佛海风拂面，轻柔而咸涩。古川想到的是夏威夷的海风，事实上，他并没有去过夏威夷，或许美绘健在的某一段岁月当中他们正为了未曾到来的蜜月旅行而兴奋得睡不着觉，但任凭古川绞尽脑汁，他都无法回忆起这回事。

古川感受着来自“夏威夷”的海风，继而笑出了声。乘客纷纷侧目，报以不解的神情，但这并不影响古川的自娱自乐，他鼓足勇气，与美绘目光相接。

车厢中沉闷得令人窒息，古川焦虑地松了松领带，衬衫领很快被汗液浸湿。显然，窒息的成因不能完全归功于氧气短缺，内心的恶魔才是古川更应该克服的障碍。不可否认的是，古川感知到过恶魔的存在，也体会过人间地狱，这一切都发生在美绘被谋杀之后。古川的心脏急剧跳动，血液因此沸腾起来，他感到史无前例的兴奋，这股兴奋并非美绘所带来的，而是此时此刻，在这节车厢中，他感知到了杀人凶手的气息——与美绘具备感知不怀好意的情感的能力如出一辙。

古川很快发现了这名携带异样“气息”的男人，他有着与古川相仿的年龄，胡茬浓密，头发看上去有数天未洗了。深色的旧夹克，鼓鼓囊囊的黑色提包搁在脚边。

与此同时，古川意识到了一件脱离掌控的事情，他顺着男人的视线望去，不安在此刻灵验了。古川所注视到的是美绘，她继续阅读起了《霍乱时期的爱情》，不同的是，来自“夏威夷”的柔软的海风中裹挟着敌意，无关美绘，这是敌人所发散的气息，准确来说，竞争对手，古川毫无保留地认定美绘也沦为了男人的猎物。

冲动是猎场上最无用的情绪，古川深知，只有耐心才是狩猎的唯一准则。然而，男人的参与无疑增加了古川的负担，同时也使这场狩猎更加有趣起来。至少古川是如此思忖的，但凡想到可以一举捕猎谋杀美绘的真凶，他就能感受到无穷的力量正从体内迸发出来。

古川镇定地望了望表，距离到站约莫还有十分钟。他重新系紧领带，坐直身姿，为捕猎做最后的筹备。

美绘凝视着同一页码已经过去了两分钟，这不同寻常，大抵是在阅读《霍乱时期的爱情》的过程中遇见了脱离掌控的障碍。古川终于回忆起美绘在有生之年的轨迹是如何与眼前的美绘相互交叠，奇妙的感觉再次影响了古川。

小时不富，用“裸恋”来形容再合适不过，美绘毫无埋怨，她说她相信古川，这使古川动容。成年礼上，他第一次瞧见美绘身袭和服的模样，妆容下的她比以往娇羞，仿佛夏威夷的柔软的海风拂面，《霍乱时期的爱情》大概是当天送出的礼物。相反，古川丝毫没有豁然开朗，更多的是怀疑，自我怀疑。

车厢中猛然间陷入黑暗，深不见底的黑。古川紧握把手，间断的耳语此起彼伏，他闭上双目开始默数，供电在十三秒时骤然恢复。在西方，十三是尤不吉利的数字，古川瞪大眼睛盯着倒在车厢中央的美绘如是以为，《霍乱时期的爱情》倒扣在血泊上。他记得这一刻，无论是场景还是绝望，一时间，尖叫声在城市下方如瘟疫蔓延开来。

到站了。

古川提起公文包，匆忙离开车厢，步男人后尘而去，若隐若现的踪迹却在短时间内被密匝的过往人群淹没了。他怔在原地，双目中充满惊恐。

古川转过身时，美绘正笔直地站在眼前，无疑是同一节车厢中阅读着《霍乱时期的爱情》的美绘。

她递上一把折叠刀，颇具修养地抿了抿嘴：“叔叔，你的东西落在地铁上了，虽说并非多么了不起的东西，但万一有特殊的用处，耽搁了可不好，是吧？”

古川不着急开口，打量过美绘手掌中躺着的折叠刀，微微一笑：“谢谢，但这不是我的，我不能要。”

美绘迟疑：“可是……”

“丢了吧，危险，伤到自己可是得不偿失。”古川言罢，提步就走。

古川坦然地望了望表，上行电梯正将他送往地面，迎接他的，将是野蛮女上司的一通指责，他想。

乡村基督徒

文 / 郑小驴

发表于《南方周末》2015年5月8日

我还记得那年他来时的样子，拄着他早些年去南岳山朝香时买回来的拐杖，另一只手握着旱烟枪，戴着顶毡帽，颌下是一把长长的山羊胡子。那真是一把好须，白得发黄，特别是惹得他生气的时候，胡子一翘一翘的，像是灌输了情绪。那只黑色的人造革大包由小舅背着，里面装着板栗、烟丝、眼镜盒、几件破旧的衣物，一本破旧的《圣经》放在最显眼的位置。那一年，父母都外出打工，外公带我。

他不吃猪血，也不肯杀生，说是上帝的旨意。他每天吃饭和睡觉前后都要祷告。在上帝面前念及每个亲人的名字，祈福于神，赐他们平安。“阿门，感谢神！”结尾的时候，他拖长了语调。每个亲人都厌恶他那一套。这些一辈子都没听说过基督的山民，对于外公突然信教感到愕然，万般地阻挠和嘲谑。他们搞不懂耶路撒冷在何方，更不知道上帝创世纪的故事。他们信奉师公、土地公公、卢公真仙、玉皇大帝、观音菩萨，这些是他们精神信仰的全部组成部分。于他们而言，能有求必应，能祈福发财平安，就是最灵验的菩萨，至于耶稣，那是哪门子神?

外公预言一九九九年是世界末日。届时天降洪水，将淹没整个世界，上帝只会拯救他的信徒，其他人都会给洪水淹死。他一副悲天悯人的样子，对于我们这些顽固不化的人，连连摇头叹气。一九九九年平安地度过了，新世纪的第一缕曙光降临的时候，外公的预言成了大家口中的大笑话。

外公信基督后，将家中的《说唐》《三国演义》《西游记》等书都烧了。他再也不看这些，甚至都不愿提，只成天将“耶和华”挂在嘴边。“别人打你左脸，你把右脸也迎过去让他打。”只要在他身边坐下来，他就开始布道。不仅我不理解，舅舅、姨妈们也不理解。大家都不知道他是哪天被这东西迷糊上的。那本《圣经》是赶场时别人送他的。他看了后，就痴迷了，从此整个人都变了。

自从信了基督之后，外公不再每月初一、十五给祖宗们供奉香茶，也不烧纸。“这个世界上最大的神就是上帝，我只信上帝，以后其他的我都不再信他们了。”他极其固执地坚持自己的观点。他惹怒了子女们，因为外婆去世已多年，这意味着他对外婆也不认了。他们将他奉若珍宝的《圣经》藏了起来。在他祷告的时候，大声喧哗干扰。亲戚们轮番做起他的思想工作，只要不信教，其他任何事情都好商量。外公很快陷入重重包围当中，孤身奋战。他的身边整天回荡着埋怨和指责。外公默默地承受了这些，依然我行我素，每天吃饭睡觉都虔诚地祷告，替他们向上帝祈福，恳求上帝赦免他们身上的罪孽。

他跟村里年龄最长的人谈上帝，谈《圣经》上的东西。老人们都一脸的讪笑，不好当着驳他面子，只是不停地打岔，将话题一次次往民国引，往土改引，往“文革”引……他们相信那里会找到相同的话题。外公兴冲冲去，回来时一脸沉默，去过几次，再也不愿找同伴扯谈了。“他们不懂，都不是神的子民，死后升不了天的。”他这么说人家。

他宣布禁食的时候，是春末的一个黄昏。晚饭时，他就说了，“我要禁食三天。”

我不相信他三天不吃饭。第一天，他果然守约了；第二天，他依旧守约了；第三天……他还是守约了。我还能记得他那漫长的三日。他将步子迈得尽量地小，第一天不需要扶着东西，第二天，走路的时候就要借助桌面、凳子、墙面了。脚步虚飘飘的，像随时可以要飘着上天。他的脸色越来越灰，没有一丝血色。我真担心他会死掉。我煮好粥，问他吃不吃，他虚弱不堪地摇了摇手。饿得忍受不住，他就喝水。舀一瓢水，咕咚咕咚地喝下，然后静坐在那儿，或默默祈祷。到第三天的时候，他已经走不动了，坐在那儿，像尊菩萨，一动也不动。他祷告的次数要比平常的更频繁些，整个人沉浸于另外一个世界里，声音越来越小，像蚊子在唱歌。我洗了一个苹果，问他要不要，他抬眼看我一眼，带着几分责备。夜里他饿醒了，我听见他踱步到堂屋舀水喝的声音。他弯着腰，用手抚摸着肚子。那晚他再没睡着，辗转反侧，屋外的虫鸣在晨曦时分鸣金收兵，黑狗也停止了吠叫，唯有房梁上老鼠还在咬着木头。他喝了太多的水，肚子偶尔发出几下响声。我听着他的祷告声醒来已是第三天，他的整张脸成了青灰色，两个眼窝深陷了下去，相反精神却好了许多。

“今天可以吃饭了吗？”我问。

“熬点粥给我喝吧。”他虚弱不堪地说。

那年冬天，父母回来了。外公完成了照顾我的苦差后，没和我们一块过年，回老家去了。此后三四年，外公再没来过我家。世界似乎没有什么变化。他一次次的预言宣告失败，沦为了大家茶余饭后的笑话。他似乎还在继续嘀咕着新的预言，被几个舅舅一顿训斥，骂得只敢独自喃喃。他身边依然充满百般阻挠，没有一个人支持他的信仰。甚至连一个教友都没有。他从没见过教堂，没摸过十字架，没受过施洗，没向牧师进行过忏悔……恐怕是世界上最孤独的一位信徒。

他在第二年夏天中的风。时值暑期，表兄弟妹都回来看他，以为他将不久于人世。儿孙满堂，将偌大的堂屋挤得满满当当的，纷纷唤他。坐在凉椅上的外公拄着拐杖想站起来，却败给了那条中风的腿。他坐在那儿一个劲地垂泪。一听到有人唤他就哭。“我的儿……求神赐福保佑你！”

大家都以为他将一病不起的时候，夏天将接近尾声时，他颤颤巍巍地拄着拐杖，竟能勉强走几步了。他认为这是神在赐福，愈发敬畏神，言必称耶稣。

中风虽然没有将他击倒，但他的身体远不如从前活泛了，精神委顿了许多，眼里的光芒逐渐暗淡下去，被更多的翳所替代。他生活圈子的半径大幅度缩短，除了院子，哪儿也去不成了。有一次，我看见他坐在门槛上，拿着柴刀，刮着小腿上的血痂。血痂像鱼鳞片一样脱落，渗出暗红的血。

“痒，痒得受不了。”他解释说。

这种饮鸩止渴的方法让人心寒。舅舅们也有过要给他买药的念头，都给他劝止了。“我有神赐福……”他刚开口，舅舅们就开始火冒三丈了。“神、神、神，你就靠神去吧！”

我抽空去看他。他坐在大门附近的小凳子上，四月天，依然穿着冬天的行头，戴着棉帽，脑袋一勾一勾地打着盹。春天的阳光照在他的身上，照着他那被烧出几个大窟窿的棉裤上，照在透过窟窿露出的大腿根上，照在他那张尊严所剩无几的脸上……我感到一阵悲凉。我的外公已经垂垂老矣，老得已经快认不出我是谁了。

今年春节，我特意给外公拍张照片。满屋子的亲戚，儿孙后代们的喧哗声充斥着各个房间。他像个局外人似的，静静地待在偏房里，耷拉着脑袋，像是谁也不认识了。我给他拍照，他的精力已经明显不济，靠着墙坐在长凳上，迷茫地瞪着镜头。他的目光已经涣散，很难聚集，像陌生人一样看着我。

拍完照，我扶他在门口晒太阳。

“给口水喝。”他近乎可怜地祈求我。

给他切了两个冰糖柑，他颤抖着接了，吃完继续说，“给口水喝。”

冬天的阳光打在他没多少血色的脸上，花白的胡须上沾满了橘黄色的果粒，眼瞳变成了灰绿色，已经看不到光。那个曾经对我说能看见上帝之光的人在枯萎。他不再和我谈《圣经》，嘴里缠绕着谁也听不清的呓语。找了满屋子，我也没找到那本《圣经》。他已经不再需要上帝，“给口水喝”，他反复哀求着。我悲凉地望着外公。

这张照片十几天后派上了用场。那天夜里，我接到父亲的电话，告知外公快不行了。他走得很安详。头天晚上不再进食，夜里无疾而终，享年九十岁。我从省城一路奔驰，也没赶上与他见上最后一面。我将新买的《圣经》放进棺木，这下谁也不再干涉他了。

我的外公叫刘洪福，三岁丧母，历经军阀混战，国共两次合作，抗日战争，解放战争，三反五反，大饥荒，“文革”，土地承包制，计划生育和改革开放……几十年来，他一直被孤独包围，最后被孤独收留。这位最终也没有进过一次教堂，没见过十字架，也没有受过施洗的老人，真的会与上帝同在吗？下葬那天，桃花已经盛开，春雨霏霏，全天下仿佛都在为他下雨。

没有对象的牙齿

文 / 沈念

发表于《青年文学》2015 年第十期

一

站在县城法院的阶基上，头顶上是一个硕大的国徽。云姐迅速把眼睛往低处放，像是搜寻失落的东西。她的手，不易察觉地抖动着。这一幕让陪着来办离婚手续的我瞅个正着。我装着什么也没看见，只是说，我再打个电话。

电话是打给法院的人。我托了在县城工作的朋友，朋友又找了一个朋友，此般辗转，终于在法院办理离婚的民事庭找到了一个熟人。

因为没有来办过，听说手续很复杂，尤其是云姐这样的情况。当事人一方不在，无法现场宣判，必须公告，且公告半年时间。起初还有人说，你必须把那个人找回来，不然这婚一定离不了。云姐在“找回来”面前退缩了，对于寻找极大可能找不回来的那个人，她束手无策。

那个人，也就是云姐的丈夫，十二年前离家出走，再也没回来过，连他自己的父母也不知道他生在何处，死在何方。倒是经常会有些乡邻春节返乡时突然间说起，好像在东莞的街头看到过，不过到了另一个人嘴里，那街头又变成了深圳、虎门、汕头，有的还说是沈阳、长春。

十年前，她就可以申请离婚。面对旁人的碎语，她不知是内心恐惧这个让女人害怕的词汇，还是真的如她所言，她的妹妹还未成家，不想让外人说三道四。云姐就是这样优柔寡断地沉默着，仿佛她来到这世界就是为跟她有关的人而活着。

填表、登记、交费，留下电话地址，基本上没有什么问询，离婚的程序就结束了。临近午时，办事员也许急着要去赶一场宴聚，一切从速。云姐长吁一口气，说，没想到办得这么快。对于一场乱成一团糟的婚姻，这当然是一种利索的解脱，若是办事员刁难般地提出几个问题，她又会打退堂鼓。她很难得给自己做一次主。余下的事情就是等，办事员说，我们会安排人去男方家中调查，只要基本情况如你的离婚申请所述，很快就宣判，公告半年后我们会通知你来领证，你可以走了。

我可以走了。云姐如释重负。走出法院二十四小时都发出“吱吱”警报的安检门，拾级而下，她望了我一眼，有感激，更多的是灰色的迷惘。

几年后在她给我转述那个几乎掉光全部牙齿的梦境时，我脑海中第一时间浮现出她走下法院石阶的背影，漫长空荡的石阶，仿佛那些人生中经历不尽的苦难和悲伤在人间孤独地摇晃着。

二

去云姐家的小路，经久未修，雨天催生的厚厚泥辙在暴晒下凝固成微观“喀斯特地貌”。两个村庄的交界，星点般散落十多户砖屋，车声杳无，少人走动。一条沟渠隔离成一个个废弃的荷池，鱼塘，鸭子的水上乐园。云姐搬回了这个被新农村建设遗忘的角落，在家门前的田里干活儿，或者跟父亲养的几条偶尔浮出水面吐纳的鱼说话。

那次聚了几个乡下亲戚，谈起云姐离婚一事，几句空虚的咒骂之余就是保持沉默，只有我在一旁煽风点火。一个名义上的丈夫，一个曾经的赌徒，把一份工作和一个完整的家给输没了。这样的不靠谱，有何留恋？我在亲戚的一次寿宴上与这位姐夫有过一面之缘。他坐在牌桌上，望着桌沿上的小面额纸币，懒洋洋地打着哈欠。对这种小赌资的亲友间娱乐，他完全是一种应付疲软之态，而听说一旦参与到大的赌局中，他两眼射光，情绪激昂。

很早之前，云姐的丈夫在乡镇的农电站，端着一个农民羡慕不已的铁饭碗。云姐在站里的食堂帮厨，婚后不久添了孩子，日子其乐融融。手头先宽裕起来的云姐的丈夫，被镇上的一些牌鬼朋友招呼聚过几次后，就乐不思家了。每月的工资再不见拿回家，反倒是输光口袋后，从云姐手里连哄带骗地要走了她辛苦的积蓄。随着赌瘾加重，赌资亏空，云姐的丈夫从单位会计那里寅吃卯粮，发展到最严重的一次，是他监守自盗，伙同镇上的几个混子，在他值夜班的空当，把站里购置的变电设备当作废铜烂铁给搬出去卖了还赌债。派出所的找上门，把鼾声如雷的他从床上逮下来，硬生生地架上了车。家人目瞪口呆地看着他斜靠在后排椅上，半睁着眼说，慢点开，再让我睡会儿。这一度成为乡邻四里的笑话，乡下亲戚听到后扭头就走，装作不认识这样一个“笑柄”。

有了孩子，云姐更忙了。农电站的职工有的是外地的，食堂一日三餐没得少。那时云姐住在公公婆婆家，不争气的儿子染上赌博的恶习，脾气粗暴的公公非但不指责儿子的过错，反倒数落媳妇：“没用，管不住自己的男人。”这些事当我后来从旁人的嘴里听到，就替云姐愤愤不平了。可她从不反驳，也不跟人诉苦，骨子里对命运不公的接纳，让她一味摆出忍让之姿。

看似平静的乡野终因改革的滚滚车轮驶至而沸腾起来。二十世纪九十年代末，乡镇机构改革、站所合并成为茶余饭后的焦点。农电站的职能压缩，改革第一脚就把云姐的丈夫这类表现恶劣的人踢出队伍。据说他非但没拿到一分钱的失业补贴，还亏欠单位几千块钱。这些钱，后来都是云姐从娘家一百两百借来还掉的。

云姐的娘家家境也不好，没有副业，看天吃饭，六亩七分地的出产，要养活一大家。云姐是家中长女，二妹跟她是孪生，下面一对孪生弟弟出生不久夭折了，小妹比她晚出生十二年。她母亲读过几年私塾，那个时候主张再苦再难也要送女儿读书。这个沉默寡言性格倔强的农村女人，所坚持的观念确实改变了另两个女儿走出田野的命运。但命运之神也不经意地跟云姐开了个玩笑。云姐参加中考那年，湖区涨大水，防汛抗灾一线旌旗招展，人潮涌动，村里的男性劳动力都上了堤。这一年的洪水差点吞掉了云姐家所处的洲垸。她父亲描述，水看着看着就涨上来了，贴着堤面上劳力们的脚尖晃荡，所有人的心都吊在嗓子眼上。日夜鏖战，终于等到洪峰慢慢低头，晒得一身黝黑疲倦的他回到家，二女儿拿着本县卫校的录取通知等着他拍板。学习成绩同样优异的云姐报考的邻县中专学校，却迟迟没有寄来通知。一直在为女儿学费发愁的父亲终日忐忑，自私的他提前就认可了上天的这种安排，一个女儿继续求学，一个女儿留在家中务农。那个特殊时期，所有的工作重心都转移到了这场保全生命财产的防汛大战中，乡镇邮政所的邮包积压着厚厚的信函，粗心的邮递员把云姐的录取通知漏掉了，等到开学一个月后，这份录取通知才姗姗来迟。

意外从此改变云姐的一生。照她父亲的说法，当时主因是家里没钱，小女儿刚刚蹒跚学步，田里农活儿需要人手，同时供两个孩子读书压力太大，云姐这位长女自然被说不清的命运挑选出来多承担一些生活的重压。云姐的人生就在那位邮递员的一次工作差池里滑向另一条道路。据说那位憨头憨脑的邮递员还试图追求过云姐，却被“秒杀”出局了。后来，妹妹毕业分配到乡镇卫生院，吃起了国家粮，嫁给了一位老实敦厚的中学教师。而亲戚们偶尔叹息着追忆这种荒诞的人生遭际时，回到“田土”之上的云姐却从没流露出悔意，她似乎更早地认可了命运的安排。

三

离婚事宜办好后的第三天，云姐就去了深圳。深圳是去南方打工者都喜欢挂在嘴边的一座城市，又是一个非常庞大复杂的所在。深圳关外的周边地区，有多少家工厂，多少个来去匆匆的打工者，恐怕不会有准确的答复。人们拼命挤上开往南方的火车和大巴，摇摇晃晃地穿过那些陌生的地方。

云姐又去了她干过的那家电子厂，流水线，一天十个小时，坐在一盏小日光灯下，给某品牌或杂牌的耳机内颅贴线。她不认识那些电子元器件，不认识那些英文标识的 LOGO，她也许从来没想过要去认识从手里流到全世界的这些品牌。这种固守不改的心态曾经让我恨恨地批评过。早几年我托朋友帮她在一家全国连锁的大商场找了个轻松、有固定收入的工作——楼管，每天在负责的楼层巡视，与那些城市里有钱的红男绿女、一线品牌厮混，过不了几年就会从形象到气质上发生改变。她却不是这么想的。那一年她回乡下过春节，信息传递给她后，竟然被拒绝了，理由是从我提供的住处到商场每天要坐公交车跑，她晕车。我当时是无语了。她从深圳挤那种塞得满满的大巴车，颠簸十几个小时，一路走走停停，也没听过她叫苦喊累。既然云姐喜欢在陌生的地方，不愿回到自己的家乡，喜欢沉浸在机器人式的生活状态，也就没有人能够阻拦。没有坚持并说服云姐，这件事到今天都令我后悔。

在那家普通的电子厂，云姐有一个时髦的名字，童丽君。这是她入厂时同乡借来的身份证上的名字，那次招聘的年龄限制在三十岁以下，可云姐已经远远超过。以他人身份证的信息登记进厂，在南方的工厂里随处可见，这种掩耳盗铃的做法，工厂也不在意，看上去年轻，看上去能干事就成。云姐就是凭着一张还算年轻的脸，换上"童丽君"这个名字后开始流水线上的工作。那是她第一次出门打工，有同乡的帮助，她没有遭遇太多不顺。那时，她是负气离开的，丈夫有一年多没归过家，他说自己在县城搞点生意，似乎还混得不错。"什么赚钱就干什么"，事实上他不过是跟着一个流动的赌博团伙，设局引人上钩。他口袋里有一点钱，就想着要在那几张扑克牌里赚出更多的钱来，可没一次成功。

云姐那时早已失业在家，孩子上小学，她在田里干些农活儿，做公公婆婆、小姑小叔一大家人的饭菜。没有钱，分不了家，小叔子一家也住在一起，她是最累的，主要原因就是没能管住不争气的丈夫。有一次回自己父母的家，听进几个同乡的劝："你吃尽了亏，还像是寄人篱下，不如干脆出去打工挣点钱，有钱才是硬道理。"

"伢子又不是你一个人的，有爷爷奶奶带，你操么哩心？"

"我看你伢子蛮会读书的样子，以后还有的是用钱的地方，一起去，我们有个照应。"

南方打工已经在乡村变成一个挣钱的代名词。一向谨小慎微的云姐在同乡的鼓动下迈出了从农村到城市的第一步，就再也没有回到土地上。云姐后来跳过好几次槽，别人是越跳越好，她却是常不如意。没有学历，随遇而安，思想封闭的云姐，注定她永远是离辛苦的流水线上最近的人，而好运气也在她踏入城市的茫茫人海后被悄无声息地吸干净了。

那时我跟云姐联络极少，但从亲友的拼凑讲述里，云姐忍受着底层生活的重压，工厂再差的住宿生活条件，劳动强度再大再累的工种，她都咬着牙扛着。她的身体越来越瘦，和她的孪生妹妹相比，容貌上的差异令人诧异。前年春节，在外打工的平辈兄姊间聊到打工的问题，大家在谈收入，谈认识的哪个人开个小店比打工强多了，谈经济形势对企业的压力，云姐却说一句：“人在外面就怕生病，生病的时候特别想家里。”这是我第一次听到她对生活的感慨。她在这些兄姊里年长，吃打工这碗“青春饭”的艰难让她忧虑重重。我想到美国诗人狄金森曾经给霍兰医生的信中说：“身体好的时候，时光如飞。一有病，时间就走得慢，甚至完全止步不前。”我不知道云姐在外面孤单一人，是如何度过那些病痛来袭的时光的，即使是一场小小的感冒呢？

四

云姐把玩具厂的工辞了，她说都快把自己的名字给忘记了。丽君，童丽君，工友们都这么喊她，工资条、存折上，都是这个名字。有工友问，你会唱歌吗？她摇头。工友说，你的名字跟邓丽君的一字之差，不唱歌可惜了，一唱准红。集体宿舍里，有人打开手机，播放邓丽君的歌，云姐特别喜欢那首《小城故事》，她慢慢地跟着哼唱“小城故事多，充满喜和乐……”后来她学会了唱“甜蜜蜜，你笑得甜蜜蜜……”仿佛在唱出这些曾被命名“靡靡之音”的歌词后，她的生活也因此“像花儿开在春风里”般灿烂甜蜜起来。

其实，换了这家新的玩具厂后，云姐就后悔了。新厂的宿舍很挤，最主要的问题是潮湿，床上经常爬动着臭虫。它们蹭着她的皮肤，在温暖的被窝里通夜狂欢。有一次云姐翻身，把三只臭虫压扁在床上，散发出一种青涩的气味，极其难闻。云姐连咒骂的力气都丧失了，用手把死去的臭虫从床单上拍落，又倒头入睡。高强度的工作让她累成了一个机器，身体和思维都是麻木的。她不知道到底是为什么而活着。在时间的刻度表上，她到点起床，到点吃饭，到点上班，到点上厕所，下班却是不能到点的。这些她都可以忍受，那么些工友能坚持，她也可以，云姐的人生观里，就一直把自己与那些遭遇病痛灾难而更加悲惨的人比较着，这样比较的时候，绷紧的情绪会稍加缓解，她那被黑沉沉的幕布遮挡的人生舞台，会有一些光透过来。这就是希望。也许幕布某一天会拉开，舞台上的光柱会一束束地聚拢，汇成更大的光源。

但云姐仍然感觉到了从未有过的疲惫，就在刚跳槽进新厂的第二天，她到邮政银行ATM机取钱，不知是着了别人的迷药，还是被胁迫着，站在柜员机前，她糊里糊涂地把卡里两个月的工资全取出来给了那个瘦瘦的中年男人。等到她清醒过来，心急火燎地跑到了派出所门口，又趔转身，黯然神伤地走了。她想哭，眼泪就在眼眶里打转转，却掉不下来。她忍受着这突如其来的伤害。除了瘦，她对那个男子没任何印象，这种事她曾听一些工友茶余饭后议论过，但没想到有一天会在自己身上发生。她苦不堪言，那件事发生不久，我正好借出差深圳之机顺道探望她。她半是叹惋半是自嘲地讲述这件发生在自己身上的糗事，却没想过在情绪最低落的那一刻打电话跟家人倾诉一下。距离那么远，谁能帮上她呢。除了几个分散在不同工厂的同乡，她几乎没有朋友，大家从五湖四海的不同地方过来，有的地名云姐从未听说过。这些人，今天还在，可能明天就辞工或跳槽了。性格内向的她一开始就没打算交朋友。她低眉顺眼地与室友相处，听她们吹牛、唠叨、抱怨、数落、怒骂，从来就不附和。有人向她靠拢，她会后退，退到没有可退处，就拨开人群逃走。

那次见云姐，时间很短，我跟她约好一起吃中饭。我站在锈迹斑斑的厂区铁栅门外，等着她下班。大门里是几栋颇有些年头的旧厂房，油漆剥落的门是虚掩的，三个穿工装的女孩，很青春的脸庞，胸前工作牌露着个背影。她们互相递烟抽烟，嘻嘻哈哈地打闹着，一个女孩眯着眼，望着被树荫挡住的天空，一连吞吐出几个漂亮的烟圈。

终于到下班的时刻，人群像开闸的水，哗啦啦地流泻出来。瘦小的云姐是卷在“水流”的尾部出来的，一见面，她连忙抱歉地问我是不是等了很久。她的眼袋有些肿，眼角的尾纹比过去更深了，皮肤蜡黄。钱被骗的事刚发生不久，她夜里做噩梦，没睡过一个完整的夜晚。她还在为此事懊悔，人怎么就会突然间神情迷糊，那可是辛苦积攒的血汗钱呀，说没就没了。我也无计可施，只是安慰她花钱消灾，外面人员混杂，以后多加注意，尽量少外出，告诉她要如何如何管好钱物。她笑了，说上了这次当下次不会了，现在办的是存折，只是取钱麻烦一些，到银行大堂里有保安，也不那么容易被骗了。我问她有没有想过回去，难道在外面打一辈子工，云姐一声不吭，很久以后才回答，一个人在外面习惯了，回去也没事可做。我象征性地劝解她，还是要多往后想想，年纪大了，打工也不现实，还是回去，找个合适的事，做点小生意，也比在外漂着强。那次的午饭本该在一个小时内结束，云姐打了电话请假延长了半个小时，她拖着我到路边上的照相馆，站在蓝天碧海的布景前照了张合影。后来我在她带回家的相簿里看到过这张照片，更多的是她的单独照，我不知道这些影像会帮云姐留下些怎样的时光记忆，那些定格在脸上的笑，却莫名地让人在心底感到有冰冷的忧伤流过。

照完相，我送云姐回厂的路上，一个搬玻璃镜的人与我们并肩行走。他的手接触到玻璃锋利的边缘处，是用报纸包住的。他的大半个身体被玻璃挡住，玻璃上的灰尘很厚，我们看不到他，却从玻璃镜里看到自己摇晃的身影和无法言述的表情。在散发着粗糙、冷漠气息的街头，这身影和表情都特别陌生。我记得这一幕，原因是随后发生的一个意外。一个骑摩托的少年轰隆隆撞上了这面巨大的玻璃，搬玻璃人的两只手，依然保持着一上一下的搬运姿势，但脸上被碎片划破，鲜血横流。这一切发生得很迅疾，几乎没人看清楚摩托是从哪里飞驰而来，只有沉闷的摩托倒地声和玻璃坠地的刺耳碎裂声。声响离我们已经走出一段距离，我扭转头呆立着想看看这场事故的进展，云姐的手却伸过来拉住我，“走吧，不关你的事”。肯定有人告诫过她在陌生的街头不要去观看热闹，她手心里汗涔涔的，我探测不到她心中的紧张和惧怕从何而来。

五

大前年，云姐父亲上房检漏，下楼梯的时候摔折腿，膝盖打了颗长钉，在医院躺了两个多月。云姐应召回来陪护，这是她离家十年里的第二次回来，前一次是母亲生病卧床，在外的妹妹是上班一族没有时间照顾，只有她的工作是可有可无的。等到父亲的腿伤恢复好之后，她决定在县城找份工作，也方便照顾父亲和家里。母亲离世后，仿佛就变成了她和父亲相依为命。一个亲戚介绍她到一家小宾馆当服务员，这几年城镇化进程的加速，人们的消费观念发生改变，打牌、聚会、娱乐，都喜欢到宾馆开个房间，大大小小的宾馆瞬间林立在县城的各个角落。宾馆里是两班倒，单身的云姐当仁不让地“被”选择了夜班，下午五点到第二天早上七点，晚上过零点后可以到储物间休息。碰到省心的客人，相安无事睡上一觉，工资虽然比外面差不少，但离家近了，云姐打算先干一段。勤快、麻利的云姐和同事混熟后，一个“好心”的女同事牵线搭桥，把那个矮个子男人带到了她面前。

这一年春天到来的时候，四十三岁的云姐开窍般地恋爱了。听到这个信息时，我真心替她高兴，拖了这么些年，也该找个合适的人成个家了。可从亲友间的议论里，我大概摸清了那个人的“底细”，无业，无房，有一个读大学的女儿，跟父母住在一起，最让人疑惑的是，他已经是两度离异。等到矮个子男人有一次以云姐男友身份出现在家庭聚会中，亲友们看到站在面前一个真实的人，除了个头矮，看上去外表还算周正，不抽烟，不喝酒，也不打牌，言语不多。大家很礼貌地招呼他，他也很客气地寒暄，更多时候是坐在一边微笑着听大家说话。晚饭后，他骑上电动车，戴上小巧的红色头盔，呼哧呼哧地回县城去了。

云姐从来没跟人说起过她在深圳打工那些年的情感经历。年纪、学历、外貌、性格、地域差异，这些因素个个都不是省油的灯。跟那些活蹦乱跳的80后、90后年轻打工仔打工妹一起，“阿姨级”的云姐也许很悲观。所以第一次与被带来的这个男人见面，觉得很顺眼，跟他在一起，有话说。这是他们分手后云姐仍念念不忘的原因。他们好了一年，云姐为他堕过一次胎。她发现怀孕后，甚至连男友都不敢告诉。告诉他有什么用，他一没钱二没能力，没名没分，生下来就是累赘。她找到医院工作的妹妹，人工流产，回家躺了两天，第三天又上班了。男友一直都是花云姐的钱，她不敢在外面说。男友的这些作为，让她无法跟父亲和妹妹们启齿如何成全这桩婚姻。父亲、妹妹都不赞成她找一个无所事事好吃懒做的男人。妹妹说得更直接，这不是组成一个家，而是给自己造一个牢狱。她还提醒云姐“前车之鉴”不能忘记。云姐垂下头，恨不得找个幽暗的角落重新躲起来，她刚从一个没有责任感的男人的阴影里走出来，恐惧再走进另一个阴影。

云姐在宾馆干了一年后，与领班闹矛盾后愤然离开。领班发现云姐上班期间留宿男友，悄悄扣了她的工资。云姐默认了，不过后来领班经常安排她上完夜班后继续加班，不批她的轮休假。这一点让云姐愤怒了，她卷起简单的行李走了。没有人挽留她，几个幸灾乐祸的同事，还在对她的背影指指戳戳，临走前她无意得知那位好心的介绍人，其实跟她的男友有过暧昧不清的关系。她是那个股市崩塌前还充满信心和幻想的接盘者。

这场恋爱让云姐度过了一段心情愉悦的日子，但任何恋爱拖久了，爱情就会变质，何况是和非常不靠谱的一个对象，何况有那么多纷至沓来的现实难题。云姐离开宾馆，过完春节，又选择了南下。这次是跟一个表弟进了韩国人开的制衣厂，她笨手笨脚地干了不到一个月，实在挨不下去，就离开了。那天，她打来电话说了很久，大意是那个跟她一直保持关系的男友，突然说要跟另外一个女人结婚了，而且他把相爱的两人最后不能组合的责任推卸到了云姐的身上。云姐不死心，两人电话来来往往，有争吵、懊悔、埋怨、倾诉，这些如今都抵挡不了一个结局——男友真的结婚了。他是跟另一个离异女人，见面三天就把事定了。云姐问他，她长得漂亮吗？你爱她吗？你们真的只是三天就决定了吗？

天真的云姐当然听不到真心话，听到的是一贯的敷衍和欺骗。我看不到她在电话那头的模样，但我能想象出来，她试图装作自己很坚强。她想哭，又不敢大声哭出来，想笑，那就只是笑自己一个人坚守的爱情堡垒，首先从内部爆破了。我听着她絮絮叨叨地说这些话，她肯定心中有太多的倾诉。我料定她是受伤了，这些年她小心翼翼地驾驶情感之船走着自己的航道，她内心深处翘首以待的另一个同船舵手，来了，又跳到别的船上去了。金属片包裹的心，在强酸的侵蚀下炸裂剥落。我第一次听她在电话里说这么多的话。她实在是找不到一个可以倾诉的对象了。那一瞬间，我似乎明白，她害怕再次等来的伤害，还是不依不饶地找上门了。

有一天清晨，我的手机短信铃声响起，一看，是云姐发来的。她说要问我一个事，梦见牙齿掉光是好是坏？接着又追问，掉到只剩一颗呢？我回短信说，稍后我百度再复。后来上班一忙碌，几天下来，就把百度“掉牙”的事给忘记了。当然云姐也没催问。几天后的半夜，我突然入睡前想起这事，立刻起床打开电脑，各式各样的答案扑面而来，有“家有丧事”“人际关系出问题”“心理上的退行或成长”“坚固的信念开始动摇了”等说辞。多义的阐释，让我不知要如何回复来自云姐的提问。结果是云姐的短信适时而至，仿佛她在遥远的南方夜空看到我纠结的心思。她说，一个梦而已，知道你忙，不用寻找答案了。

我不知道云姐是不是通过别的渠道找到了那个梦的释义，是欢喜兴奋还是平添忧伤。那颗在空荡荡的牙床上孤零零的牙齿，是云姐对自己生活的一种恐惧或悲伤的所思所系，是她选择今年春节不回家的理由吗?

后来我在不同的场合看到一些务工女性的身影，一张张陌生的面庞和错愕的表情，躲藏着不同的心事和经历。我曾试图也进入那样的梦境中，在湿漉软绵黑暗的封闭肉腔壁内，我在摇荡中寻找牙床上只剩下唯一的牙齿，赭黄色，齿边呈现锯齿状，悬在头顶，像一块随时砸下来的巨石，轰隆落地，溅起厚厚尘埃。那一瞬间，我总是感伤地想起异地的云姐，为我的无能为力感到羞惭，曾经我希望自己能帮她虚构一个另外的人生，至少要温暖、幸福一些，至少能让一颗孤独的牙齿找到另一颗牙齿，彼此凝望，彼此依偎。

散文四篇

文 / 盛文强

发表于《散文》2015 年第三期

海边故人（外篇）

冬季里休渔，父亲在家闲了起来。他把所有的渔网修补一新，剩下的时间里，他整天唉声叹气，吃也不香，睡也不安稳，经常在屋子里走来走去。这天他忽然想起邻村有一位朋友，于是晚上草草吃了饭，就带着我去看他的朋友。

那时的冬季好像要比现在要冷得多，海湾里多处结了冰，渔船归岸，渔网入库，渔民们要蹲在火炉边耐着性子，消磨将近三个月的漫长时光。连日来，父亲的朋友也定是窝在家里守着火炉。我们沿着海边的沙土路上走着，地上已经是漆黑一片，海水在我们脚边不远处涌动，奇寒之下的海水是一种接近于冰的半固体流质。街上没有行人，我们听着自己的鞋底敲在路面上。路过几间房子，房子后窗大都亮着，前院传来敲门声，先是一下一下地拍打，后来连成急促的一片，还伴随着高声呼喊，我们心头一惊，后来才知道，有一位老人晚上突发急病故去了，他的邻居在找老人的儿女们报信。紧接着狗就叫起来，一只狗叫，十几只狗跟着叫，乱作一团，有一只狗顺着院里的台阶窜到了房顶，低头朝我们狂叫不止，回头望，亮着的灯熄灭了，四周恢复了沉寂，空旷的渔村周围常有这样的事情发生。

父亲的朋友住在靠近田野的几间瓦房里，他的名字我记不起来了，父亲好像喊他“建堂”。我们进去时，他和妻子正在织网，屋里黑着，他们把头贴到网扣上去，或许是为了节省而不愿开灯，窗外的一点星光无济于事。父亲咳嗽一声，他的朋友拽开了电灯，我看到炕桌上碗筷还没有撤下，红木的桌不知传了几代，靠外的两条桌腿之间又加了一条黄木的横梁，钉帽闪着亮光，看样子是新钉上去的。桌上摆着一篮子玉米饼，半盘乱糟糟的杂鱼。粥碗上还挂着玉米糊，发黄的竹筷横担在碗上，两个孩子躺在墙角，叽叽喳喳唱着儿歌。女主人横端着桌子下炕去，桌上的碗筷纹丝不动，稳稳放进里间屋去。

父亲的朋友起身迎了下来，他掀开火炉盖，扔进几块煤，不多时，炉火明亮起来，他们围着火炉喝酒，就着海米和乌贼干。父亲的朋友见我在一边站着，顺手递给我一把乌贼干，这是一种晒干的小型乌贼，只有指头长，比指头稍粗一些，几个绽起的三角鳍在我指缝里冒出来，微微合拢手掌，乌贼干在手里碰撞，发出树枝似的咯吱的声响，它们瘦小的身体盈满了我的手掌，似乎随时都会脱手飞去。乌贼干硬如木柴，和乌贼柔软的身体已经相去甚远了，扯开外壁，就会有絮状的粗丝出现在断口处，乌贼鼓出的眼珠混在一丛密集的腿中，眼神若有若无，毕竟它的眼睛只有一对，而腿却是那样多。我一时间没舍得吃，在手里攥了一会儿，掌心就沁出了汗，于是我把它们放进裤子口袋里，裤袋立刻鼓起来，大腿上受到一阵重压，我捂着鼓起的口袋，心里暗自欢喜。

父亲让我上炕坐着，炕里边靠窗的地方躺着两个孩子，稍微大一点的是女孩，小一点的是男孩，他们还都没有睡，眨着眼睛看我，看得我浑身不自在，他们的母亲回到炕上，递给我一个枕头做靠背，我坐了一会儿，炕上的热气透过棉裤涌上来，给我带来一阵睡意，背后的枕头松软，我倚着墙睡着了，朦胧中听到父亲在和朋友说话，一开始说些船上的事，他们开春后又要出海了，后来只有高一声低一声的节奏回荡在耳鼓，更加深了睡意，他们说的什么我逐渐听不清了，他们的声音就像来自另一个国度。

父亲走时叫醒了我，已经接近半夜，黑暗中我看到这家的小儿子躲在母亲身后，在他母亲的胳膊底下探出头来，月光正照满了炕，他眨着眼睛望着我，眼珠闪亮，嘴角往上翘着，带着隐隐的笑意，我由于困倦，一句招呼也没打，走在回家的路上又挨了父亲一阵埋怨，才想到实在是不应该。

回到家，母亲早已经睡下了，院门虚掩着，我和父亲回身悄悄合上了院门，高抬腿轻落步，生怕惊动母亲，满地月影照在院子里，照出了一高一矮的两个黑影。我把手伸进口袋，口袋是空的，乌贼干已经不见了，干脆把两个口袋全翻出来，袋底并没有漏洞，翻来找去，终于在口袋的角落里抖出一根发丝般的乌贼腿，旋转着掉在地上摔成两截，在月光的照射下急剧萎缩，蜷成了一团。

直到现在，我还时常想起那年随父亲访友的情形，也时常想起他家的小男孩闪烁在黑夜里的狡黠的眼睛。

彗星

她指着海平面上那颗彗星给我看，彼时天刚黑，水汽上升，占满了海滩上空，彗星就是在这时出现的。她横在南天的手指正好把彗星拦腰切成了两段，在冷火中炙烤的纤细手指深陷进彗星里去，仿佛瞬间便要烧熔。我赶紧扳开她的手，彗星的光华才在我脸上明亮起来。

那个晚上没有月亮，彗星成为黑夜里最耀眼的所在，此刻它在海面上斜飞，大头朝下，好像随时都会掉进海里，一抹光亮也在水汽中显得游移不定，和夜空同样黑的海面在彗星的照射下无处藏身，闪亮的波纹提醒莽撞的夜归者脚下小心。

到了半夜，彗星的位置缓缓升高，幽蓝的彗核在瞬间烧熔，喷出的蓝烟拖在身后，凝固成冰柱似的彗尾。彗星飞临的夜晚伴随着奇异的寂静，半岛上所有人夜不能寐，都在抬头仰望星空，他们当中有人走出家门，来到海滩上站定，齐刷刷仰起头来，那么多白亮的面孔同时反射着彗星之光。在渔村里，每个院落也都站着几个看彗星的人，老人们在孙子的搀扶下走出房门来到庭院，抬起银丝缭绕的头，他们直接惊呼出了彗星的诨名——扫帚星。许多年来，人们认为这是不祥的预兆，所以彗星出现的夜晚总伴着难言的恐惧，渔船不敢出港，人们夜里不敢入睡。几百年前，就有一颗星坠落在渔村东南的海滩上，激起的潮水淹没了村庄，那颗坠落的彗星留在海岸上，被称作星星石，是一块不到一人高的黑色圆石，周围的滩涂也被炙烤成了黑色。几百年过去了，当初那个巨星坠海的故事还在代代相传，那真是不同寻常的一夜，至少，它在几个家族的记忆中绵延了几百年的时光。彗星重现之夜，渔村里照旧密布着四角的火柴盒式院落，每个院子里都有一个人走来走去，焦躁如困兽。彗星照出了他们忽高忽低的狭长身影，这些黑影不断扫过墙壁及石板路面，直到那些身影失去颜色——黑夜仿佛转瞬即逝。这些夜晚，仰望彗星的人更像一群守卫者，在长夜将尽的时刻，默默守卫着彗星、庭院，以及所有溘然消逝的生命。

半岛古谚说：鲸鱼死，彗星出。海边的人们相信彗星是鲸鱼的精魂所化，每当海面上有彗星出现，海底深处必定有一头巨鲸死去，彗星和鲸鱼外形相似，都有着笨重的圆头和长尾，而且从海面上飞出，周身带着薄薄的水汽，在漫长的时空中游弋，很容易令人想到海中游弋的巨鲸，硕大而又孤单，让我想起了那个鲸鱼与彗星的故事——

五十多年前，我的几位祖辈一起出海，夜里停泊在外海的岛礁。当他们弃舟登岸休整之时，几个人跑到岛礁另一端察看地形，却意外在海面上发现了十几头鲸鱼，它们露出山丘似的圆顶，海面上骤然多出十几座黑压压的岛屿，这时，从东南方的海面上出现一颗彗星，瞬间照亮了巨鲸们的头颅，它们悬浮在水中不动，眼里流出了大股水柱，这些水柱沿着小山似的头颅往下流淌，悄无声息地注入海中。祖辈们回来时，这一奇遇就传开了，人们对彗星和鲸鱼的变化更是深信不疑。许多年后，本族的一位曾祖父还在对我说：那天晚上，我看见它们都在哭，因为鲸群中有一只死了，它变成彗星，飞到了天上。

第二天夜里，彗星没有出现，我们的夜晚从此变得平平无奇，据说这是三千年才出现一次的彗星，我再也见不到它了，它此刻正在无尽的黑暗中匆匆赶路，看到它的又将会是谁?

巨人的手掌

八月里，梭鱼成群结队回到深海，它们扭转身躯，半透明的尾鳍在水面搅动出一片漩涡，青黑的身子悄无声息地沉进了黑暗。每到这个季节，随着梭鱼的远去，渔民们也获得了前所未有的闲暇时光，他们纷纷登岸，用独轮车推着打包的渔网，回到海边的渔村，在村口分散，回到各自的院子里。刚走进门楼，他们立刻被白光笼罩，满地都是灼烫的白色火焰，地面散发着蒸汽，弯曲的气流在地上投下流动的暗影，檐下有一处窄条的漆黑阴影，黑与白的交界处，白光跳跃着逼近，黑影力不能支，这条界线在中午变得暧昧不清，不住地变换位置，让人想起在风中翻滚的一条窗帘。四面院墙紧紧包围着，热气难以消散。这样的季节，轻微的举动，哪怕是高声说话，都会赚得满身大汗。我躺在竹席上，目光斜穿过窗户朝上望去，水缸反射的金色日影在那里流泻着，它兼有了水的流动和光的明亮，径直照到屋檐里面去，八月的最后一块黑影就此失守了。灼热的白光把人们囚禁在屋里，我们为了保持体力，不得不小心翼翼，一举一动都缓和下来，更不敢出门活动，长此以往，我们便有了安详的品性，这就是八月带给我的最初印象。

凌晨，我照例被柴油机船的隆隆声震醒了，那是海上的挖砂船在作业，天上还闪着星星，这么早就有人开始了新一天的海上劳作，而这时许多人还在沉睡中，我回身轻轻合上了黑漆院门。山墙上开着的窗户传出了均匀的呼吸，在那些绿纱窗后面还有粗重的鼾声，带着夸张的颤音和轻快的哨声，我走在胡同里，听得见自己的脚步回声，没有人知道我在这里。

村前的大街上还没有行人，卖豆腐的推车从远处走来，他已经穿过了几个村子，早晨的清爽全被他一个人占去了，我这样想着，他好像远远望到了我，不失时机地敲起了梆子，有了梆子声，我的早晨就不孤单了。迎面是南山，在一丛屋顶后冒出来，那是一整块的石崮，也是半岛的制高点，许多年前，我在山脚下经过，捡回两块暗黄云纹的石头，火苗似的花纹闪烁，不经意间透露出它来自火焰的古老秘密。走在山路上，两边的深谷寂静，谷底的水潭闪着寒光，投射出令人目眩的引力。脚下的路恰似凌空铺设而成，摇晃着通向山顶。我记得山顶有一片开阔地带，石缝间生出几棵低矮的赤松，每年第一场雪后，我们在这里张网逮麻雀。这时星星已经下去了，在我脚下，各家各户的窗帘被拉开，窗口亮起灯光，他们或许会看到站在山顶的我——不到一指高的身影。向南望去，我们的半岛像一根碧绿的手指，平伸进灰蒙蒙的海水里，走到指尖就可深入到海湾的内部了，我去过无数次，每次回头看，来时的路在海浪中若隐若现，弧形的海湾就此一分为二，那真是一根孤独的手指，它伸得笔直，执拗的姿态是要告诉我什么？往来的渔船都在绕开巨大的手指，从这半海湾驶向另一半海湾，船尾掀起的白浪经久不息，它们紧贴着半岛外围航行，不经意间描出了手指的轮廓，那年母亲给我做皮手套，把我的手按在皮革上，用笔描出了手形，铅笔扫过我手指的外缘，总要比手指的轮廓宽出一些，尤其是线条的圆润与轻捷，和这些船的航道何其相似。

突突响的马达声从那些窄条的船上传出来的，每天早上惊扰我们美梦的正是这些船，我看到了噪音的来源。海面上有一股金黄色的火花在翻滚，小船上的人看上去完全成了黑影，他们不断地起身或俯身，照料着船上的工作，不知不觉中在闪着火花的水上通过。这时我忽然注意到，我站着的山顶正是半岛这根手指高耸的指关节，回头看，是连绵不尽的丘陵，在缓缓移动，那是蜷起的另外四根手指——这真是一只巨人的手掌，在家族的传说中，我们的始祖来自西南，他一路不停地走，终于到了海边，发现不能再走了，便停了下来。要按他的性格，走起来是不会轻易停下的，是海改变了他。在海边，他遇到了高入云端的巨人在踏平村庄，我的始祖带上干粮，背上家传的宝刀，攀着巨人的腿毛，经过一个多月，一直爬到巨人的心脏，像掘地道一样挖了进去，就这样杀死了巨人，巨人喷涌而出的血水把他托上了天空，长达半年之久，他靠喝血水活了下来，并且掌握了在空中睡觉的本领。巨人的血流尽了，而他也慢慢降到了地面，意外地看到山石和泥土都变成了紫红色。许多年过去了，没想到巨人的遗迹还在，他的全身和面貌不是我们活在地面上的人能够轻易看到的，可以约略感知到的仅仅是他的一根手指，而且要费去半天的时间登到山顶，才能远远望见那根手指横在海湾中。我们在他的手掌上生活了无数代，在这期间，有许多人轻松走到巨人的指尖，迈着优闲的四方步，轻轻掠过无数的沙砾，正如轻轻掠过他们曾经生存过的无数个日夜，最终沉入一座座坟墓，许多人还没有懂得生活，巨人的手掌，更没有几个人能看见。谁又能想到，指向波涛的一根手指，竟然是我们日夜栖止的广袤土地。巨人给我们指出了什么？我望了望，只见波涛滚滚，什么也看不到。回头望，密密匝匝的屋顶挤在山脚下，我在搜寻自家的红瓦顶，它却淹没在成千上万的红色或蓝色方块中，如同一片瓦消失在宽阔的廊檐。漆黑的柏油公路穿过半岛，通向深不见底的内地，过完这个暑假，我就要离开半岛去内地上学了，听母亲说，这条公路正是通向学校的必经之路。我踮起脚尖，眼看着公路的另一端消失在愈走愈低的天空下，对从未离开半岛的我而言，那里是神秘的未知之乡，它会在某个清晨忽然出现在我面前，就像顶着一头露水的庞然大物，湿淋淋的新生活足以让我手足无措，那时我也一定揉着惺忪的睡眼，在车上颠簸着，手里紧紧攥着行李的把手，行李包还是以前常用的，这是和旧时岁月的唯一联系。我看清了离开半岛的路线，公路由海边码头开始，一路向北，在我快要看不到的时候，忽然向东甩去，转了一个大弯。我把看到的这一切牢牢记在心里，启程之前我就会知道，在半路有个急转弯，真到了那一天，当汽车急转时，我至少不会惊慌。

那天我从山上下来，太阳已经升到很高了，清晨的新鲜空气变得微温，我必须马上离开了。这时，肥硕的斑鸠出现在山坡上，它们急匆匆赶路，灰底白花的肉身连蹿带跳，两条细腿因为挪动太快而看不到，它钻进草丛不见了，齐腰深的蒿草顶端一片摇晃，那是斑鸠碰折了草茎。朝山下望去，所有的草丛都在晃动，还有野兔，蹦跳着穿越土路，有时撞到裤脚上。我看到一只野兔在十字路口呆立着，默不作声。居高四望，看不到尽头的荒草上划出一道道伤口，随即迅速弥合，如此反复，沙沙的巨响连成一片，在半岛上空回荡，这些动物的来回穿梭，最终导致巨人的手掌一阵痉挛，我仿佛感到了来自脚下的猛烈震颤，拳头大的石块纷纷滚落下山，山路上布满了滚动的石头，我感到一只巨大手掌的收缩，周边的海水伺机窥视，有意淹没孤独的手指，单薄的半岛岌岌可危，我终于看到了半岛的真实情形，心里暗暗吃惊。

厢房

厢房是以大院的南墙为依托而垒起的几间平顶房子，北面随便开了几个绿油漆的木门，里面存放渔网和杂物，成了渔村常用的仓库。在厢房不起眼的拐角处，红砖砌成的台阶通向平滑光洁的屋顶，阳光闪耀的时节，这里摊晒着鱼虾，那么多细小的生命，在炙烤下扭曲，艰难的变形正在我们看不见的厢房顶部秘密进行，我们在院子里走来走去，偶尔也抬头看看天，但对厢房顶上的蠕动却毫不知情。

五月里，乌云的黑气随时降临，浓黑盖住了地面，沿着院墙上升，这是暴风雨的前兆。鱼虾都收起来了，厢房顶上一片空旷，这时常有孩子站在上面，他们把椭圆的贝壳抵在食指和拇指之间，抡圆了胳膊，自后往前挥出，与此同时奋力用食指把贝壳弹射到低沉的天幕上，漫天飘着飞旋的贝壳，有的被逆风吹回来，落在水泥屋顶上摔得粉碎，三角形的碎块四处跳跃，最初的落点留下了海鸥粪便似的白斑，久违了的白斑，令人想起夏季的黑礁石，朝着海的一面全是这样耀眼的白，海鸥在这里飞过，啄食贝壳而形成的粪便随处可见，那是从天外飞来的白，翻转着坠落，挂着风声，落地清脆的爆裂，生成一朵展开的蒲公英，它们同样掺杂了贝粉与阳光。不久，雨就来了，厢房的平顶立刻被烟雾笼罩，我坐在正堂里朝外看，满眼热闹。黄昏时雨停了，屋里有了片刻的明亮，是谁家的女人站在厢房门口，把两根干鱼并在一处互相敲打，烟尘四溅，枯木般的铙钹响起，鱼鳞被声浪激出很远。

早年间的厢房顶部留有一个圆洞，趴在洞口往下看，厢房里摆着一口水缸，缸口正对着房顶的圆洞，正午的阳光会把水缸照亮，年久积攒的尘埃在缸口飞升，被屋顶的圆洞吸走。每年秋后，厢房顶上的海米晒成了，经过皮手套的揉搓来脱皮，将它们举到空中再放下，落到地上的是橘红的弯曲肉段，满地跳跃，破碎的外壳则被风吹走了。收海米时，只需在厢房屋顶，冲着圆洞倾倒下去，屋里的缸就接得稳稳的，省去了上下搬运之苦。那年正是海米丰收的季节，他随着父母一起忙碌，时不时抓起几个海米放进嘴里大嚼，父母也不加阻拦，就在父母忙着收海米的时候，他却一脚踩空，从圆洞里掉下去，父母惊呼着从厢房上跑下来，推开厢房的门，见他正从缸里探出头来，嘴里塞满了海米，耳朵和鼻子里也有海米落出来，他的父亲母亲转惊为喜，一家人大笑起来，笑声沿着屋顶的圆洞攀缘而出，在渔村上空鼓荡——那真是难得一见的丰收，这样的日子里，孩子们可以放肆，所有的过失也可以忽略不计，所有的惊恐与不悦也都化为云烟，这是他对厢房最初的记忆。

许多年后，厢房依然耸立，渔村的上空只剩下一个孩子奋力挥动胳膊的身影，暮色四合，纯白的贝壳最终消失在黑幕里。一千多年前这里就有了渔村，厢房在每家每户的院子里拔地而起，厢房的屋顶上照样站着一个弹射贝壳的孩子，当贝壳在空中升到最高点时，一只蛎鹬恰好飞过，就在贝壳快要贴到肚皮的时候，它猛扇几下翅膀，往前紧赶几步，把贝壳甩在了身后，随后在孩子们的头顶盘旋飞过。每年春季到来，当海边的风变得松软之时，蛎鹬从海上飞来，路过半岛的这个岬角，照例在渔村上空经过，它躲闪着空中飞旋的贝壳，仿佛见证了那个孩子的永生。

身体里的动物

文 / 秦羽墨

发表于《天涯》2015 年第 6 期

我这条狗命

多年来我一直不停流浪，卑微而执拗，从不轻易认输，以前我不知道原因，现在知道了：这条命是狗给的，我是替它们在活。

我在老家先后养过不下十来回狗，然而狗事艰辛，它们不是被毒、被圈，就是无端暴毙或者莫名失踪，没有一条得到善终的。山里村落偏僻，村户住得很稀散，养狗能守家护院，我们家在村口容易招贼，养条狗显得比别人更有必要。势态如此让人沮丧，难道是我们家和狗缘分太浅，养活一条狗竟这般难如登天？矛盾的是，家里又常常狗影绰绰，全村的狗成群结队而来，像在自己家一样，进进出出来去自由，一点都不生分。它们来讨食，和家里人亲近，神态温和样子亲昵，毫无防人之心。

我跟母亲说，算了吧，别养了，养又养不活，反正家里常有狗来。母亲不依，养狗看家还得靠自己家的，没听说哪条外狗能养熟，它们今天吃你的，讨你的好，明天不吃，就不管事了。母亲说的是实话，狗那玩意儿真是这样。其实我是很喜欢狗的，只是一想到家里死去的狗就感到非常难过。

小黑是被毒死的，死的时候难受得发了疯，满世界窜，最后钻进刺蓬里出不来，口吐白沫抽搐而死，平常它那样温顺，见着我有把尾巴摇断的劲头，那死状无疑让人感到悲凉。还有一条小黑，算来也是毒死的。它吃了有毒的食物，脑袋发晕，口干舌燥，跑到老井里去喝水，结果掉到里面淹死了，平常一跃而出的井口它却无力挣扎。乡下粮食不够，又常闹老鼠，为了治鼠，大家常选择下药，遗憾的是效果并不好，老鼠没死几只，狗倒毒死不少。小花呢，它是替我死的。记得那天，它跟着我到山上放牛，我和其他孩子一样站在山坡上看牛顶架。我走到哪它就跟到哪，还跟我抢观看的位置，不过它那段时间很乖，我就把自己原来的位置让给了它，结果它刚站到我的位置上，牛的后腿突然一拐子弹过来，把它给弹飞了。牛顶架时通常都是后腿绷紧用力，谁也没想到会弹后腿拐子，它自然就活不成了。如果不是把位置让给了它，那天死的可能就是我。还有一条狗也死得冤。对门满爷爷家的狗是条七八岁的老狗了，我们家养死了很多狗，他们家的老狗还在。在我们家没狗的时候，它负责起两个家的守卫任务，一下睡在我们家门口，一下睡在自己家门口。我们家那条小狗来了没多久就跟满爷爷家的老狗玩熟了。我想，老狗是有经验的，什么东西有毒，什么人不可靠，判断力很强，不然它活不到那么一把年纪，让小狗跟着老狗学学经验也好，也许能养大也说不准。满爷爷那回心血来潮，他说老鼠们学精了，下的老鼠药它们轻易不吃，全白放了，他决定把药拌进油渣子里。那油渣子香得不得了，稳重如七八年的老狗也没把持住，带着我们家的小狗一起吃了油渣子，就这样死翘翘了。

那年头贼挺多，贼想进村行窃，首先要对付的是狗，我们家在村口，自然首当其冲，养狗的困难可想而知。我们家的狗如此不幸，我提着刚进门的那条狗的前腿问，小子，你能活多久，想要个怎样的死法？它听不懂我的话，撒撒腿，下来跑了。我真是恶毒，人家才来就算计后事了，然而我不能不去想。我劝母亲别养了，她却死命坚持，我知道她也是一个不轻易认命的人。

每年除夕晚上给祖先上香时，母亲都要跟祖先们说好长一段话，无非是保佑全家平安、来年五谷丰登之类的老话，她虔诚的样子就好像老祖宗都站在我们面前一样。每次听她念念有词，我就屏住呼吸，生怕冒犯了神灵。然而有一次，她竟说："老祖宗们，黑子身体不好常年生病，你们要保佑我的儿像狗一样健康！"听到这，我忍不住笑了。我们家的狗一条条都不得好死，还像狗一样健康呢！母亲听了，恶我一眼。"你那张臭嘴，赶快'呸咻呸咻'！"在我们那，逢年过节说错了话，要"呸咻呸咻"两声，还要打自己一个嘴巴才算收回了错话。看见母亲生气，我只好按她的意思做，学着样子轻轻抽了自己一嘴巴。

事后母亲告诉我，狗和牛的身体是最好的，风吹日晒一辈子难生一回病，真要有病就是要命的病，人要是像狗一样才好呢。原来是这样！难怪她把我的小名叫黑子——狗的名字，她是想让我永远避开病痛。我明白她的意思，我是个早产儿，而且时辰和父母相冲，说是戾气很重，要认干爹才能长成人。母亲先是逼我认人当干爹，我不答应，又逼我认一棵树，我还是不答应。我有了一个爹了，干吗还要认别人当爹？那时候太小，其实认一个干爹不但没坏处，还有很多好处，多一个爹疼，多好的事情呀。可当时我丝毫没顾及到母亲的担忧，一次次伤害她。好在我终于长大了，蹚过了十八岁，母亲总算放了心。

“我说别信那些东西，要讲科学，认什么干爹，我还不是长大了？”多年以后，在老家的火塘边我和母亲突然谈起了这件事。母亲笑笑不搭话，只顾谈村里的种种人事。那时我离开老家已经七八年，家里也多年不养狗了。以前我不让她养，她争着要养；现在我不在家了，没人再反对她，她却不想养了。

“为啥不养条狗呢，我不在家时陪陪你也好。”

“你都长大了，还养狗干啥？”

那天她向我倒出了捂在心头多年的秘密。原来过去那么多年她之所以坚持养狗是在为我转移戾气。她私下里给我算过命，说如果不认干爹，就一定要叫狗的名字，而且家里要常年养狗，遇见什么灾难狗会替我抵挡。母亲知道我一向反对迷信，只偷偷地坚持，一坚持就是十几年！我的母亲，我该怎么面对你的说法呢，信还是不信？此刻，这已不再重要，过不了多久我也要为人父母，我能理解你所做的一切。

照她那么说，那些狗可都是为我死的呀！人活一世真不容易，牺牲这么多条狗命才能换取一条人命。我为那些死去的狗祈祷，希望它们来世能投个好人家，少受点苦，活得人模狗样，活它个够！

这些年，活得灰头土脸，没干成啥大事，过得没质没量的，还常常为了微末之利无视是非，甚至牺牲尊严，死了那么多狗才救下我，要是它们知道救下的是这样一个人，它们在地下会觉得值么？它们一定会骂我：你他妈活得还不如一条狗呢，早知如此当初就不救你了！它们一定很后悔，替我这样的人死了，太不值当了。这真是一件令人羞愧的事。狗活了一辈子好歹救了我，对它们来说算是干了件天大的事。我呢，究竟活出了啥意义？我说不上来。有时我想活成这样倒不如死了算了，但又一想，就算现在死了也不比一条狗死得好看，好死不如赖活，先活一阵看看，兴许还有活出名堂的机会。或者就算死，也要像狗那样找个值得一死的人或者事。

有段时间，我常感到有狗在耳旁叫唤，我知道它们的意思，它们是在提醒我：这条命不是你个人的，而是我们给的，你要活得像样。如果现在就死了，将来在下面见了我们家的狗，肯定还要死一次——羞愧而死，它们会说："活成这样，你也好意思来死？"我身上背着十几条狗命呢，我可不能让它们笑话，想到这，就再也不好意思寻死了。我得努力活出个一二三来，不为啥伟大目标，就算是为那些替我死去的狗活吧。

通鸟语的人

乌鸦在村口叫了三遍，明生爷爷的那口气还没断，守在床前的子女把一切后事准备好之后，突然面面相觑不知如何是好了。老大说，还是去问问黑子，弄清咱爹到底啥时候走，也免得我们在这瞎猜。在蒿村，我被认为是一个通鸟语的人，这首先表现在预测吉凶祸福上。我说，还没到时候呢，再叫两遍才走得成。乌鸦叫到第五遍时，明生爷爷准时走了。

你问我为什么懂得鸟语，我也不知道。乌鸦和猫头鹰叫意味着大凶，吃屎鸟叫意味着有祸，这是所有人都知道的事，只是凶究竟什么时候来，这祸有多大，谁也不敢保证。至于水涧鸟"雨哗哗，雨哗哗"叫的时候，雨到底下还是不下，就更没人敢说了，那种鸟常常是瞎叫唤。只有我能确切地知道是祸还是福，是雨还是旱，这一切都是从鸟语中得知。起初我也只是猜，经过几次，均出人意料地毫无差错，大家就都把我当成了通鸟语的人。

鸟站得比人高，看得比人远，比我们更能理解世界，知晓生死的秘密。鸟在天上，人在地上，在鸟的眼里村子不过是大地上一个小小的细枝末节。我们从哪里来，往哪里去，怎么活着，将来如何死法，所有这些都毫无遗漏地落在鸟的眼睛里，它们看得清清楚楚，就像我们看待一只虫子。大家认为人有必要通过鸟语和上天沟通，与自然对话，村里需要一个通鸟语的人，为我们预知未来。这人是世代相传的，以前是明生爷爷，现在轮到了我，至少他们是这么认为的。

真正知道一切的是鸟，不是我，我不过是凑巧听懂了其中的一两句。如果说我真有什么异于常人的地方，那就是我比别人更多地浸泡在鸟的世界里，成天与鸟为伍，也许是它们在无意中把秘密透露给了我。

那些年，人生的重要事情远没有来到我生命里，我整天无所事事，像一只野鸟在山里四处转悠。就像我们谈论和自己毫无关联的事情一样，我发现，鸟类在没事的时候也谈论我们，谈论村子里发生的一些可笑事情，言辞确凿，夹杂冷嘲热讽。比方说，到了该播种的时候我们却因为偷懒晚了两天，该杀虫的时候我们又因为一件无关紧要的小事耽搁了，结果那一年，我们只收回了一袋一袋的秕谷。更可笑的是，一个男人的老婆和别的男人睡在了一起，那个男人居然蒙在鼓里还跟人家称兄道弟，倒酒吃饭。我们自以为是世界的主宰，以为自己有多了不起，原来竟不过是鸟类们茶余饭后的谈资而已！当我们面对满山的鸟语花香，从未想过这些好听的鸟语中有多少是关于自己的。喜鹊和黄鹂的美好歌声并不是为我们准备的田园诗，而是送给自己的情人，我们是如此的自作多情！它们从来就不曾为我们歌唱过，我们的生活如此拙劣，没有什么值得歌唱的，如果哪一年我们意外喜获丰收，它们的歌声也是献给粮食，而不是我们——地里所有的庄稼在进仓之前都要先满足它们。人类在为它们种粮食，充当了动物们的工具。鸟类在自己歌唱，长鸣是忧伤，短促是喜悦，它们只会把歌声献给养育它们的大山，顶多还有春天里的那一片阳光，就是没有我们。只有在闲来无事的时候，它们才会注意一下村里的人事，为即将到来的祸事对我们表示同情，站在村口叫一阵。

这是人的无知与可悲。

人尽管有这样那样的可笑之处，但当我听见它们如此嘲笑我们，心里终究愤懑难平，说服不了自己置若罔闻。我试着把自己当成鸟，调动语言潜力去学习各种鸟叫，试图从不同的音调中窥探鸟语的秘密，揣摩它们的心思，摆出一副与它们和平共处的样子。

经过几年苦练，我终于学会了各种各样的鸟叫，老鹰、鹞子、画眉、白头翁、水涧鸟、麻雀等等，不下十余种。有一年春天，阳光明媚花香四溢，山谷里百鸟齐鸣呼朋引伴，我故意跟在后面，一下这么叫，一下那么叫；一下学这种鸟叫，一下又学另外一种鸟叫。结果，我的叫声扰乱了鸟语的秩序，它们言语混乱，整个山林闹哄哄的，鸟语杂乱无章，无法表达出明确的意思，它们一下子陷入了交流的困境，变得全然不明白对方了。而我呢，就躲在一旁看笑话，直到它们明白过来自己被愚弄了为止。那时我想，鸟到底比不上人有智慧。

鸟类的遮眼法也瞒不过我，我掏过很多鸟窝，捕获过无数的鸟。那些年，家里堆着这样那样大大小小五颜六色的鸟蛋，摆着各种鸟笼，引来其他孩子无比羡慕的目光，他们想得到这些，必须拿其他东西来换。我知道什么鸟喜欢在哪里筑巢，它们什么时候容易瞌睡被抓。田雀的巢像一个“7”字，它们不会把巢筑在草木深处，而是在人眼皮底下，在最容易看见也最容易被忽略的大路边；岩雀的巢筑在拳头大的倒立的石缝里，只有这样才会避免下雨被淹；体型大的鸟，一般都不会在自己巢穴附近活动，须长时间的观察和跟踪才能有所发现，像鹞子，它们把巢筑在高大的枫树或松树顶上，而猫头鹰则喜欢待在古树的枯洞里……

鸟虽属益类，一旦繁衍过分，就会鸟多为患，对人构成威胁。大人们说，三年灾害就是麻雀把村里的粮食吃光了，害得大家都饿肚子。所以，该抓的依然要抓。我抓鸟并不因为他们的说教，我只是羡慕鸟的翅膀，想着能像鸟一样飞翔。可我养过的鸟除了少数几只趁我不注意飞走了，大多都郁郁而终，命不长久。

那一回，我抓了一只田雀，连巢带蛋一块儿端了。回家的路上它一直在叫，它的同伴一路尾随，飞飞停停跟了我几里山路，到家了都不肯离去。我把它关到了笼子里，另一只在门前的杜仲树上叫了整整一夜。我听得懂那种呼唤，撕心裂肺呼天抢地，就像那次母亲中暑昏迷不醒时我的呼唤一样，吵得我一晚上都没睡好。第二天早上我打开门时，它还在杜仲树上没走，它发出的叫声已经嘶哑。我太残忍了，拆散了一个原本美满的家庭，害得一对恩爱夫妻妻离子散，这是多大的罪过啊。我把那只鸟放了，巢和六个鸟蛋也都放回了原处，为了确保巢的结实可靠，不被风吹倒，还忙活了半天帮它重建家园。过了几天我再去察看，却发现巢里的六个鸟蛋已经坏掉，那两只鸟放弃了这个家，也抛弃了它们的爱情结晶，这一切都是缘于我的贪婪。

从那以后，我没有再抓过鸟。

十五年后的一天，我在遥远的城市接到母亲的电话，她说奶奶病重恐怕不行了。奶奶的病是陈年顽疾，已经拖了很多年，这次我们终于被医生告知要准备后事，无论怎么请，医生也不肯上门了。我回到家，奶奶已经奄奄一息，只认得人却说不出来话。我们几个后生轮流守夜，守了几天却突然不见动静了。寒冷的冬天，乡下没有暖气和空调，守夜人一个个冻得够呛，奶奶没走，我们都被冻成了重感冒。

乌鸦已经在村口叫了不少天，二叔问我，奶奶还有多久？应该得撑五六天吧，我说。村里一个挂着长鼻涕的孩子却说，顶多两天。根据以往的经验，二叔只会听我的，结果，奶奶第二天夜里就走了。所有人都埋怨我，害得大家没能为丧事做好充分的准备。我的预测竟然失败了，长鼻涕孩子对了！

这一切其实早有预兆，只是当时没引起我的注意。十一长假我提着照相机回到乡下，想拍一些鸟巢的照片，可我在山里找了两天竟然没发现一个巢，这在过去是不可能的，以前我半天就能找出好几个来。我能隐约听见散落在林子里的鸟叫，但我确定不了它们的准确位置。我学鸟叫，想引它们出来，结果发现，我的嗓子像堵了一团棉花，吐不出像样的声音。我在回家的车上被吹感冒了，喉咙里淤塞着痰，学鸟叫是需要尖音的。群山之中，面对众鸟，我一时哑然失语无言以对，成了一个失语的人！我竭尽全力终于叫了几声，它们也爱理不理，我只好很失望地退出林子。当时我把一切归结于感冒，没想过更多。

我不能再像从前那样，以一只鸟的身份融入到它们中去，好像那里的生死已经与我无关。它们已经听不懂我，我也不再懂得鸟语，就像不懂得这个村庄生与死。

现在，通鸟语的不是我，是村里的另一个孩子。

一匹蠢马

我们家不养马，那匹马是父亲从别人家借来替我们干活的。

借给我们时，主人说，这匹马难管，有怪性子，你要注意。父亲没把他的话放在心上，他想，那么顽劣的儿子都被我修理得服服帖帖，还怕一匹马不成。他或许不怕，但赶马的人是我不是他。

秋天，庄稼一片接一片熟了，到处都是人们忙碌的身影，我们家田地多，那时我还小，父亲、母亲要干外面的重活，就把喂马、赶马的事交给了我。马到我们家后很安静，只是不让我骑，它大概知道自己是被主人借来帮人干活的，我想，不让骑就不让骑吧，只要干活卖力就行。可我后来发现，它似乎有点蠢，都说马通人性，聪明得很，没想到它居然是匹蠢马。

我们家有两亩田离村子很远，偏偏又是最增产的田，每年都能打下很多谷子，把谷子从那么远的地方挑回家是件很吃力的事，何况还要把农家肥挑出去肥田，父亲之所以向人借马用，也是这个原因。按照父亲的嘱咐，我用新打下来的谷子喂马，这类谷子水分适中，有股甜味很合马的胃口，马既蓄力又不担心拉稀。

头一天马竟然只吃了几口料，剩下的都让给了旁边的牛，我看见马料被牛抢了赶紧把牛赶开，把马重新牵过去。可是它慢条斯理地吃了一阵后，又让给了牛，我猜它一定是想把自己的料让给牛吃，它以为自己的口粮给牛吃了，属于它的活也会分派给牛，但我们村的牛不驮东西，该马干的活，一样都不能少。那天下午马没吃饱，干活也不利索，吃了我好些鞭子，“在自己家干活那么卖力，到了我们家就想偷懒，门都没有！”它不停打着响鼻抗议，似乎知道我在骂它。第二天，马觉得自己受了骗，不但不准牛来吃它的料，还主动跟牛抢草吃，它肯定是想把昨天吃的亏给补回来。可牛是成群的，而且会用角顶马，本来马比牛强壮不少，但它却不会使用自己有力的蹄子踢，不但没有抢到牛嘴边的草，还被顶了好几下，痛苦地嘶叫，所以我说它是匹蠢马。

它的蠢还集中表现在走路上。山里都是窄路，崎岖不平，驮东西的马必须得学会顾路。它呢，遇见斜出的石头和粗树枝，傻愣愣地冲过去，完全不顾背上有马鞍，马鞍上还驮着东西，拉都拉不住，来我们家没两天就把马鞍给弄坏了，得重新修理。这家伙或许在想，马鞍坏了就能挣脱出来不用再干活，真是可笑，这点伎俩能瞒得过人的眼睛么。都说老马识途，它也算是老马一匹了，走了几个来回居然还把路走错，如果不是蠢马，一定就是故意把路走偏的。别的马一驮东西就走得很快，它们希望能早点卸下货好休息。它呢，竟然走得慢慢悠悠，人不催就不走，它以为少驮一个来回就省力了，其实马驮东西不计货物多少，而是以时间为准，走得越慢挨得越久，自己越吃亏。它蠢到家，想偷懒却聪明反被聪明误。难怪那家主人说，这是匹很难管的马。难管就难管吧，毕竟是从别人家借来的，别人的马抽得过分不好，我只能将就它，再说了，一匹马问题再多，干起活来也能顶好几个劳力。

可我没想到，有一天出了大事。

那是条危险的路，狭窄的路面下是很深的陡坡，另一侧有很多突出的石头，平时人挑担子都撞到箩筐。我赶得很谨慎，可马却很不配合，马鞍不断和内侧的石头碰撞，它还在想着把新的马鞍弄坏，也不看看旁边有多危险！马鞍每次和石头相撞我的心里就一阵紧缩，要是摔了下去可不是闹着玩的，马呢，似乎有恃无恐。我突然想到，童话里都说马是能探知危险的，一旦感觉前面有危险就算往死里打都不会往前走一步，该不会有事。可我看到的是，马身一歪，随着一声嘶叫，连马带货跌下了陡坡。

这匹蠢马，马失前蹄了。

好在陡坡上长满了刺蓬，里面还有不少较粗的柴火，经这些东西阻挡缓和了冲力，马并没摔坏。只是马鞍被压得稀巴烂，装谷子的蛇皮袋也破了两个，谷子在刺蓬里撒了一地，不知如何收拾。

父亲赶来后，只一味地骂我，还给了我两巴掌，我觉得他应该去打马，可他却把我打得要死。父亲总是这样，两个孩子吵架，只会教训自家的，可是现在对方是马不是人呀。那马站起来后，只顾在一边啃草，对眼前的一切视而不见，它或许还在幸灾乐祸呢，刚才的危险已经被它抛到九霄云外。后来，我和父亲一边修理马鞍，一边都在骂马。修好马鞍重新装好谷子费了我们一整天功夫，早知道如此，还不如自己干呢。这马怎么这么蠢，有危险还要往前踏，父亲说。父亲这话简直是对牛弹琴，不是牛傻，而是人有问题。

出了那次事后，父亲决定把马还给人家。他是怕万一哪天把马蹄折断了，我们就要赔人家马，一匹马最少都要七八千呢。本来打算让马帮我们干点活，结果却惹来了一身麻烦，剩下的活只能我们自己干。

那年秋天我们全家都累得全身发酸，背上晒掉了一层皮，肩膀也肿了，一句话都不想说，原本属于马的活都摊派到了我们身上。活干完那天，我突然想起了那匹马，狗日的，它聪明着呢，我们都上了它的当。我们总是自己先蠢，然后才会觉得别人蠢，到底谁蠢还不知道呢。

逃跑的田鸡

我肯定，那天逃走的田鸡就是前年我见过的那一只。

那天下午，我们在田垄干活。秋风微凉，田野中一派忙碌景象，金黄的稻子被人们一截一截放倒，就像放下了一年来的心事。晚稻收割的喜悦是洒脱的，带着极大的充实，有种大剧落幕的圆满感。常有山歌从手持镰刀的收割者中飞出，在稻子上方来回飘荡。田是干田，泥巴还没有全硬，踩上去脚板沁凉舒适，人心也变得软绵绵的。

眼前的稻田已越割越小，慢慢被我们逼入了死角，只剩不足三个簸箕大小。我站起来看了看哥哥，不动了。哥哥也看了看我，赶紧放下镰刀。

这种靠近山边的田，是出产田鸡最多的。剩下的这一小块稻子里，肯定藏着很多青蛙和田鸡，经过了一年的成长，它们已经肥硕不已。相比青蛙，田鸡要少得多，味道和营养更是天壤之别。田的内方是高高的陡坡，为了不让田鸡们轻易逃脱，我们从外往里割，不断缩小围剿的范围，步伐每前进一步，田鸡就往里面后退一步。现在眼前只剩下这一点稻子了，它们都蜷缩在里面，已经退无可退。我和哥哥把镰刀放在一边，从两头下手合围过去……被惊扰的家伙，纷纷四散逃跑，东一只，西一只，它们自顾不暇，我们也措手不及，瞧这架势，我们只好将青蛙和泥蛙放弃，一门心思瞧准田鸡。哥哥抓到了六七只，我也收获不少，我没有想到那只最大的田鸡竟然就蹲在我脚边的那棵稻子下，对周围发生的一切置若罔闻。

它一动不动地蹲在那，像一泡黑牛屎，我知道田鸡像牛屎，皮肤黑黑，带着满身的皱纹和麻点，但我没想到它会那么大。我走过去时一脚把它踩进了泥巴中，当时我正忙着追逐其他田鸡，虽然感觉踩着了一个软软的、浑身冰凉的家伙，却反应不及，脚下不稳，它立马就跳开了。“哥，好大一只田鸡，怕有一斤重！”我们就追了起来。这是一只狡猾的田鸡，它不跳直线，而且专门往有阻碍物的地方钻。刚割下的稻子一堆堆放在田里，还没来得及脱粒，它躲在一个垛子下，等我们发现靠近时又跳到另外一个垛子下面去，面对没有脱粒的稻子我们无法充分施展手脚，生怕把没来得及脱粒的稻子弄掉，那样就会挨父亲一顿揍。我们追下去，一直追过了两块田，依然两手空空。而它呢，似乎跑得更从容了，我们穷追不舍，它也乐此不疲，将我们折腾了个够，我第一次领教了一只田鸡的弹跳能力。到最后，我们眼睁睁地看见它窜进了一块没来得及割倒的稻田里，我和哥哥站在田边望洋兴叹，很失望地看了对方一眼。我们不但没能抓住那只最大的，其他田鸡也趁机跑得一干二净。一只田鸡的出现，搅动了原本平静的劳动氛围，让整个下午的气息变得生动起来。

我认得那只田鸡，就是去年没抓住的那只，我说。这是一只已经活出经验的田鸡，它懂得怎么跟人纠缠。

去年它几次从我眼下逃掉，有一回几乎已经到手，最后还是让它给跑了。田鸡和其他的蛙类不同，极为敏感，善于伪装，血液里流动着一股隐忍执着的因子。通常人隔着老远它就跑了，一旦发现自己难以脱身，就选择装死。它的颜色本来就和泥巴相近，极容易被人忽略，当我知道这块田里有一只大田鸡时我就盯上了它，而且一盯就是好几年。田中有水的时候，我发现它爱待在靠近田码口的一块石头下。没人来时，它扯着嗓门叫，声音比青蛙洪亮，比泥蛙圆润，在整个田垄中有种舍我其谁的气势。它对声音极其敏感，稍有动静它就“嘭”的一声跃入水田之中。过半晌，等人走后它又从水里爬出来，还蹲在原来的地方。跳进水田的田鸡如蛟龙入海，很难拿出什么办法来。不过我也不肯轻易放弃，有一次我顺着它跳入水中的地方下到田里，用手在淤泥和禾苗中慢慢探索，几乎已经触到了它，但它的身体跟泥鳅一样湿滑，智力更远在泥鳅之上，我虽然有机会靠近，却一直徒劳无功。好几年，我就这么盯着它，反反复复对它下手，反反复复被它逃脱。我原以为，田干了它就会走，没想到来年它还出现在这里。

我肯定那天逃走的田鸡，就是我一直以来盯着的那只。

只是我想不通，这样一只神经敏感，脑袋聪明，极端善于伪装的田鸡，为啥如此执拗古板，频频被我袭扰却从没想过换个地方挪个窝。它这是向我挑战么？自那以后，我继续盯着它不放，我们反复较量，交锋无数，最终以我的失败而告终，直到我离开村子时都没能逮住它。我想，没逮着就没逮着吧，作为田鸡它也应该到了晚年，希望以后没人再像我这样去打搅它，好让它安安静静地度过余生。

多年以后，有一天我想起了那个下午的事，我发现自己和田鸡有着众多的相似之处。也许因为我和它打了多年交道，身上早已沁入了它的性格。我过于敏感，总觉得别人的无心一笑，或者多义的言语是一种暗示，我难以接受世俗的价值，对那种言不及义的场面一直格格不入，就算装装样子都不会，只有经过充满恐惧、诱惑、欺骗和反复折磨之后，才能安然入睡。遗憾的是我没有田鸡那种伪装术，我藏不住自己，我的性格过于直率，不但容易被伤害，也容易得罪人。

我是一只误入城市的田鸡，像坨牛屎一样出现在这里，和周围的一切极不协调。我想回去再看看它，要是它在的话，我就仔细观察一番，看它如何做到伪装，如何保持强大而无所畏惧的内心，这样我在城市就能更好地生存下去，像它当年面对我的反复围剿，永远自信满满有恃无恐。

我回到村庄，站在了当年的那块田边，却听不见它洪亮的叫声。我想它大概早已寿终正寝，一只田鸡哪能活这么久。它或许对付得了我，却无法战胜时光。我后悔回来迟了，当年和它打的交道不够就急急忙忙想着离开，我只学会了它的执拗、敏感，没来得及学会它的伪装和隐忍。就算它没老死，恐怕也活不了，如今乡下的捕蛙人不像我们当年那样只会用手，他们会用电、用毒，使得野生田鸡濒临绝迹，市面上的田鸡卖到了一百多块钱一斤，青蛙、牛蛙能饲养，唯独田鸡不行，它的野性和不屈的内心使得它不像其他同类那样轻易被人降服。

田鸡这么少了，难怪我这样的人也……

栗色沃野

文 / 徐衎

首发《西湖》2015年8月号；转载于《小说选刊》2015年9月号

本来我是有机会亲眼见到那具尸体的。

无所事事的星期六，下着小雨，我穿上蓝色尼龙雨衣，决定出门走走。梅阿姨握着笤帚在泳池边清扫落叶，我走过去打招呼，她背对着我，从脚步声中听出是我，“昊宇，你赶时间吗？”看得出梅阿姨有什么难言之隐，我只好放弃出门计划，告诉她，“听凭差遣，我有的是时间。”梅阿姨的脸部肌肉并没有因此松懈下来，“我……我房间的钥匙，”梅阿姨伸出食指，朝着泳池戳了戳，“幸好现在水里没有鱼，要不然我的钥匙很有可能就会葬身鱼腹。你不知道，改造成泳池之前，这里养过锦鲤，它们什么都吃，卫生纸、塑料袋、橡胶塞，甚至全套泳衣！”我伸手搭住眉眼挡雨，“您没有备用钥匙吗？”说完我就意识到多此一问。“没有了，我只有这一把钥匙。”梅阿姨的食指仍悬停在离泳池一米多高的空气中，小雨滑过弯曲的指关节，滴进池子里，“能想到的办法我都试过了，除非……”梅阿姨停顿在这里，看向我。我收到了她的鼓励。

已经是十二月份，泳池里还有近一米深的蓄水。我弯下腰，脸几乎贴到水面，手指勉强够着池底，池水寒彻骨，我想象自己是在一堆废针筒玻璃药瓶中间扒拉。比寒冷更让我无法忍受的是，那些夭折于水底的亡灵。岸上，梅阿姨仍用笃定的目光鼓舞着我，我只好把僵掉的手再次扎入水底。

事成后，梅阿姨把我请到她家客厅，梅阿姨的房间怪怪的，怎么说呢，不像是一个中年人的栖身之所，客厅角落有一只报废的篮球，一把破木吉他，书架上挂着一件褪色的篮球服，几本游戏攻略，总之是一堆可有可无的破烂。起初我怀疑梅阿姨像很多退休在家的中年妇女那样，出门跳广场舞还要掏一掏广场上的垃圾箱，然后积少成多变废为宝，可是客厅墙上分明贴着德怀恩·韦德、陈绮贞以及魔兽世界的海报。梅阿姨不忘危言耸听，“小心落下风湿的毛病，我就是从前不当心，结果现在最害怕落雨天气。”我接过毛巾，在头顶展平，一通猛搓，毛巾上疑似有一股头油味混合了猪油味。这不是一条新毛巾。

梅阿姨为我续了热茶，“不晓得红茶茶包放哪儿去了，红茶最驱寒的。”阿姨满脸歉意地坐在对面一张藤椅上，手持那枚我捞上来的钥匙，刮擦扶手上的藤条，“差一点我就无家可归啦。”

我留意到藤椅边上的茶几底座有一条锦鲤标本，突发奇想，它的肚子里会不会藏着一把钥匙，于是冲口而出，“你应该多配几把备用钥匙，放在房间不同位置。”梅阿姨飞快地看了我一眼，虔诚地点点头。

我摸出钥匙，开门回到自己房间，只剩下十分钟了。放洗澡水的时候，我脱下湿掉的外套、内衣、背心，凝视镜子里自己的身体。剔除锁骨、肋骨、盆骨，这将是一片苍白的平原。晓颖总是抱怨说，“你太瘦啦，又硌到我啦。”也只是说说而已，抱怨完，晓颖又欢快地蹦跶在苍白的平原上直至精疲力竭，才把身体横倒，手指勾过我的脸，“你的眼睛像小鹿一样，我就喜欢你的眼睛，这样我可以勉强忍受你不及格的鼻子、嘴唇和下巴。”

我和镜子那头的我，一齐揉了揉两只眼睛，又打量了一会儿“不及格”的鼻子、嘴唇和下巴，互相嫌弃地撇撇嘴，转身钻入浴帘。

洗完澡还剩一分钟。没时间拖干卫生间地板了，我擦干身体，换上一件波点衬衫，透过镜子发现我把自己打扮得像一份礼物。一分钟过后，拆礼物的人到了。晓颖像只兔子，从开了一掌宽的门缝里跳进来。门关上后，我们一齐破口大笑。这几乎成了我们每回见面前的游戏，一段有趣的前戏。我们一边笑，一边互相掩住对方的嘴，“小声一点，我可不想无家可归。”

于是我们沉默地走到床边坐下，仿佛无法忍受这样迅疾的冷却，我们看着对方，又大笑起来，怎么都憋不住了。

“你身上怎么有股鱼腥气？”晓颖终于停止发笑。

我伸过苍白的胳膊嗅了嗅，只有茉莉花香，我爱用茉莉花味道的沐浴乳。

晓颖搡了我一把，背过身去拿起床头柜上的猫头鹰标本，抚弄已经死掉许多年的翎毛，“其实我一点都不想笑的，你不知道来的路上我怕死了。”

“没关系，我们小心一点，梅阿姨就不会发现的。”梅阿姨是我的房东——

我和晓颖此刻身处的这个小套间的产权所有人。和大部分房东不一样，梅阿姨的招租要求只有一条——仅限三十岁以下单身男性；和所有房东不一样，梅阿姨这位房东不收一分房租。起初我也难以置信，疑心是诈骗圈套，正儿八经见了面，发现梅阿姨只是一个快满六十岁的中年妇女，丈夫的离世加上没有儿女，使她的房子变得格外空旷，“我只是不想让房子空着，以前是我和丈夫住的，现在我搬到了隔壁间。”我接着问，“需要我做些什么吗？”梅阿姨果断否决，“你只要住着就好了，就当是给我一个帮助年轻人的机会吧，对了，你确定没有女朋友的吧？”我笃定地点点头。

立秋那天我搬过来，房间出乎意料地干净整洁，丝毫没有老夫老妻的生活痕迹，哪怕是一根体毛。我在这度过了整个秋天，睡觉、发呆，并且养了一只猫——入住声明里并没有不许饲养宠物这条，何况我养的是一只公猫——只有晓颖是不合君子协议的违禁品。所以晓颖每次来，我都要经历一番周密部署，以及惊心动魄的掩护与放行。

“反正又不是第一次了。”我轻拍她有点僵硬的背部，“而且我今天帮了梅阿姨一个大忙。”

“和你身上的鱼腥味有关吗？”晓颖抠着猫头鹰的左眼球，那是一枚嵌在标本的眼部空洞里的塑料圆珠，“我不想听。我现在想想还是很害怕，要是今天我早一点过来，没准你就见不到我了。就在刚才来的路上，发生了一起奸杀案，我经过的时候警车和救护车已经开走了，警戒线还在，听人讲，尸体是在附近的桃林里发现的，死者是一名二十五岁的女性，法医当场检查出有性侵迹象，尸体封装之前，有人看到受害者的左眼被挖走了。”我接过晓颖手中的猫头鹰，要不然标本上的眼球真要被她挖下来了。

原本我也有机会亲眼见到那具尸体的，而不是坐在这儿听心有余悸的晓颖断断续续复述。要不是梅阿姨，按照原计划我会出门溜达经过那一带，那时候警车和救护车还没走，或许也才刚刚赶到抛尸现场，鲜黄色的警戒线圈出尸体所在，我将赶在收厂前见证死者凌乱的下体以及少了眼球的左眼眶，然后和所有目击人一起轻轻发出一声惊呼或叹息，哦，太不幸了。都怪梅阿姨。

“今晚留下来吧。”为了安抚晓颖，我决定破例一次，“只要我们小心一点，别闹出太过分的动静。”这是一幢两层楼的半独立式房子，有个不大的后院，后院里有个鱼池改造成的小型泳池，梅阿姨的房间和我这边，一左一右隔着一条楼梯，楼梯口堆满各种杂物，多少又阻隔了一部分声音。搬来至今，虽然屡次犯禁放晓颖进来，可从没让她在此留宿。下午才是我们的欢乐时光，直到暮色四合，我们的激情也像晚霞夕照，一点点耗尽熄灭，然后我审时度势地把晓颖送走，精疲力竭地倒回床上，被晓颖残留在浴帘、牙杯、镜子、床单、被子、枕头上的气息包裹着，迅速进入梦乡。隔天早早醒来，梅阿姨也起得早，笑眯眯地和我打招呼，“现在的年轻人像你这样早睡早起的，恐怕可以放到博物馆去啦。”说完，她被自己的幽默感染，晨间湿润的空气又扩大了笑声，我也牵动嘴角，勉强跟着笑一笑。

“对了，你身上的腥味是怎么一回事？”得知原委后，晓颖耸耸肩，“还好捞回了钥匙，要不然今晚梅阿姨只能和你一块过了。”我和晓颖压低嗓音，又一起欢笑起来，至于臭烘烘的泳池、怪诞的入住声明，还有独眼女尸，统统都飘远了。我们可以从容地躺到天色完全暗下来，晓颖不时抬起搁在我胸口的脑袋，望一眼窗外，“怎么天还没黑啊？”我挑着她的额前发，想看看她有没有美人尖，“快了，快了。”

没有美人尖的晓颖关掉了房里的日光灯，天终于暗得快一点了。因是临时决定，所以晓颖的包包里除了一盒安全套，再没有别的生活用品了，而且晓颖只穿了一双难看的雨靴来，踢踏踢踏走动的时候宛如一只头重脚轻的笨企鹅。她绕着床沿来回走动，为残存的一丝天光焦虑难安。之前每回下午过来，晓颖也都是要关灯的，拉上窗帘，杀死所有人造光和自然光。“我不要被你看到。”晓颖把自己的身体浸入人造的暗夜中，我偶尔也会开开小差，恶作剧性质地把晓颖幻想成别的女生，比如惧光的倩女幽魂，或是其他的什么，比如一只母猫……

前一阵子我那只公猫拐了一只母猫回来，先斩后奏向我展示他的壮举，那只母猫的腹部沉甸甸坠地，就快贴住地面了，天晓得那里头装了多少孽种。这是一个危险的信号，晓颖建议把它抓起来，交给她同事处置。我见过她的同事，一个戴眼镜的小伙子，穿着紧绷显小的保安服，游手好闲地游荡在大厦后门，后门那块停车场正是他的地盘。据晓颖介绍，他原本只是一个小零工，因为协助抓获一个二人盗窃团伙，被老板提拔为正式的安保员，负责停车场安全，代客泊车驾车什么的，允许收取小费。“他和别的人不一样，”那阵子晓颖为说服我养猫，没少提到他，“冬天停车场来了很多流浪猫，它们钻进车轮取暖，有的还会沿汽车底盘爬进发动机里，所以常常发生汽车发动卡死小猫的事故。他就不会那么大意，每次开车前都先绕车走一圈，检查底座上有没有猫，发动前再按一按喇叭，再提醒一遍。”这只公猫就是他收留的众多流浪猫中的一只，晓颖在说服我的第二天把它扔进我的小屋：“好了，这是我们共同的孩子啦。”我悲观地算着日子，距离开春也不远了：“总不能每次都把包袱丢给他吧？”晓颖点点头：“也是，停车场的猫越来越多了，商场里要是开一间家猫宠物店，保证货源充足。”我当机立断：“只好结扎了。”哪知公猫听懂了自己的命运裁决似的，居然不顾被它搞大肚子的老情人，抛妻弃子，逃离了现场。我们没法结扎这只临盆在即的肥母猫，晓颖甚至吓得不敢靠近它：“它的肚子太吓人了，那么尖那么凸，好像快要顶破肚皮，长出另一只脑袋来了。”我让她捂上双眼，放轻松坐下，再三叮嘱她没有我的许可千万不要看，我战战兢兢拈起母猫的后脖颈，板结发硬的皮毛下散发出不祥的余温，我从晓颖眼皮底下走出房间，甩手把它丢进了游泳池。我深信母猫的密度一定比水大……

夜色温柔，身上只带了一盒安全套的晓颖用了我的牙刷，“我这样算不算和你接吻啊？”我懒得搭理她。接着晓颖用我的沐浴乳和毛巾洗完澡出来，房间里又多开了几株茉莉花。气氛恰到好处，一触即发。本来应该是这样的，我和晓颖将第一次在天然的黑暗中，操纵彼此的身体，紧张一阵子，放松一阵子，再紧张一阵子。可是晓颖的调侃提前让我紧张了，“你闻起来好像一条臭咸鱼，”晓颖咬了一口我的锁骨，“我就是专门吃臭咸鱼的大母猫。”我身子一凛，居然提前谢幕。晓颖的惊诧多过沮丧，等晓颖反应过来，她都快哭了，“这才刚刚开始啊。”

晓颖不会知道就在刚刚那一瞬，我又看到了那只老母猫，率领着一众猫崽扑上来，啃噬我的锁骨、肋骨、盆骨，由上至下，体无完肤；她更不会知道那只老母猫的最终下场。那天我处决掉母猫之后，又在外面溜达了一会儿，回到房里，晓颖还乖乖地紧闭双眼，没有作弊，我向她杜撰了一个归宿：母猫交给一对情侣收养了。

夜太黑，太长。我想说点什么，终究说不出来，我感到了兴奋过后的倦怠。晓颖穿回她的雨靴，巴不得天赶紧亮起来，拍屁股走人。晓颖没来得及释放的精力让房间显得有点憋闷无趣。这时响起了敲门声，很轻微但有节奏。我和晓颖一惊，本能地缩回床上抱在一起，我的脆弱终于暴露无遗，事实上我比晓颖更害怕那只畸形肿大的母猫，天晓得我拎起它丢到泳池的那一段路走得有多魂不附体。

“会是谁？”抱在一起的我们，口径一致。在这个城市，除了晓颖，没人知道我住在这里，梅阿姨也从不过来串门的。我们深呼吸，屏息，装成活死人，仿佛面前有一头看不见的大狗熊。敲门声持续不绝，为免惊动梅阿姨，我只好把晓颖塞进卫生间藏好，再去开门。

居然是那只该死的公猫！晓颖喜出望外叫出来，一把抱在怀里，发现公猫嘴里叼着一只死麻雀，腐臭的鸟尸令晓颖又叫起来。尽管我憎恨这只猫，但我感谢这位不速之客打破了房间里的僵局。公猫叼着麻雀遗体在房间里逡巡，似乎在慢慢适应这处曾经谋杀过它老情人的房产，接着自顾踱到阳台上，放下残缺不全的麻雀头颅和几根羽毛。晓颖不禁为死无全尸的麻雀叹息："太可怜了，为什么不像候鸟一样飞到南方去过冬。"晓颖公私分明地踹了一脚公猫，"愿主保佑。"

公猫安详地蜷在阳台上咀嚼麻雀的脑袋，我们的谈话中心又回到了下午的奸杀案，"为什么要挖走受害人的左眼？"晓颖的声音显得疑虑重重。

"或许凶手本来计划两只都挖走的，但是时间不允许。"我打开电视，作为背景声。

"我的意思是，人都死了，何必多此一举？"晓颖忧心忡忡地扫了一眼阳台。

"或许凶手只是想要带走点什么，做个纪念。"

"纪念？"晓颖鼓出两颗眼球，"拿左眼球当纪念品？太变态了吧。"

"你见过心智健全作息正常的杀手吗？"我打了个响指，似乎触动了空气中的某根弦，"或许是一种轻微的恋尸癖，通过占有一部分器官想象性地满足占有欲，比方说你每次落在这里的衣物，总会让我疯狂地想你。"晓颖一个激灵，败退回到我怀里，温柔地抚过我的肋骨，同时往我左眼里吹气，糯糯地嗔道，"你可以了吗？"

冬天的太阳中看不中用，梅阿姨总是和太阳一起出来的，虽然阳光普照，可气温那么低，梅阿姨肩背宝剑，雷打不动穿那一身薄薄的练功服，真硬朗。晓颖早早被我叫醒，必须赶在梅阿姨晨起前溜走。那会天还没亮，"房间里还有一股鱼腥味，"晓颖抱怨，"还不是一样走夜路。"我拍拍她的肩膀，目送她走进黎明前的黑暗。

"昊宇，早啊。"梅阿姨拔剑前，问我，"昨晚是你在叫吗？我睡得迷迷糊糊的，听到两声尖叫。"

是晓颖啦。我在心里叫苦，嘴上说："是猫吧。"

梅阿姨做了一个"哦"的嘴型，没出声，挥剑慢劈，时不时挑一个剑花，仿佛有一头看不见的狗熊正被她一剑一剑凌迟处死。直到一名便衣条子造访，凌迟被迫终止。自称警察的中年男人满面虬髯，开始询问我们："最近这附近有没有看见可疑的陌生人？夜里有没有听见什么不寻常的动静？"我和梅阿姨默契地摇头。"昨天你们在干吗？有没有外出？"梅阿姨说，"我在清理泳池，你看到的，就在那边，夏天的时候你可以过来游一游。"那条子受宠若惊地满口答应："希望明年夏天不会太热。你呢，昨天你都干了什么？"话头转向了我。梅阿姨抢着帮我回答："他也一样，帮我清理泳池。前天也是，大前天也是，总之最近一段时间我们哪儿都没去，我们都在一起清理泳池。"条子摸了摸腮帮上的胡子，若有所思，摇摇头，在速记本上写了一会儿，告辞了，"如果想起来什么，请随时联系我。"条子撕下一个电话号码，梅阿姨双手别在腰后，只好由我接过。

我心虚地问她："怎么没跟警察说昨晚上听到的怪叫？"梅阿姨满不在乎："你不是说猫叫，没什么好大惊小怪的。"梅阿姨接过那个号码扫了一眼，揉成团塞进上衣口袋，"我不喜欢跟警察打交道，东一句西一句地鬼扯，永远摸不清他们想要的是什么，而你又不得不老老实实有问必答，包括昨晚吃了什么，在哪里吃的，为什么选择在那里吃。我丈夫突发心肌梗塞死在宾馆的时候，我恰巧出门去买点旅游纪念品，回来才发现出事了，第一时间送进医院，尽管如此还是有警察找我问话，反复强调为什么出事的时候我不在身边，好像老夫老妻就得寸步不离二十四小时都腻在一块，还有更过分的，怀疑我是借机走开，延误抢救，简直荒唐。话说回来，从我选择这个二婚男人做结婚对象的那天开始，我就做好了准备，随时应付各种难堪的局面，包括这些神经敏感的警察。"梅阿姨看向那片泳池，不知是否在怀念从前泳池里锦鲤游弋的盛况，"我讨厌盘问，感觉就好像待在一间没有门和窗帘的房间里，隐私随时变成别人的谈资，糟透了。"

奸杀案悬而未破，人心惶惶，图书馆更冷清了，我一个人享用一张大书桌，消磨掉晓颖到来前的这段时间。或许我们应该等到凶手落网再见面的，这样晓颖每次走那段路就不会害怕了，可今天是我生日，没道理因为凶案就不过生日。

天色尚早，从图书馆三楼的窗户望出去，门口一排银杏金光闪闪，明亮得快要成精。再远一点，就看见那片桃林了，光秃秃的枝杈，好像一堆闲置的刀剑戟矛，在冬日冷天里，锈成一堆破铜烂铁。几天前，那堆冷兵器丛中，躺了一具和我同龄的女尸。

我借了一套动物图册回家，打算过完生日，就和晓颖一起为那只公猫实施结扎手术。晓颖比约定时间来得晚了些。“刚才有个穿呢大衣的大胡子男人突然拦住我，吓死我了，我大声告诉他，我没有钱，你也别玩什么丢一捆钱到地上然后要和我平分的把戏，结果最后他说他是个便衣。”晓颖不让我当面拆礼物。也好，反正我的兴趣点也不在礼物上：“他早上来找过我和梅阿姨。”

晓颖瞥了我一眼，抬了抬睫毛，“我被便衣缠住问了一堆问题，从哪里来的，来这边是会朋友吗，居然还问我喜不喜欢吃西兰花！”

“那你喜不喜欢吃西兰花啊？”我忍不住笑起来。一直在阳台上的公猫溜进屋里。熄了灯，生日蜡烛的光影投得满墙都是，衬着玉兰花墙纸，显得格外温馨。若非后来公猫发疯似的把脸埋进奶油里，搞得晓颖又失声尖叫起来，这本该是一个安宁的庆生夜。我塞了一块蛋糕到她嘴里，警告晓颖，梅阿姨已经有所察觉了。晓颖吞下蛋糕，点起被我吹灭了的蜡烛：“自从和那只母猫分开后，这只公猫就一直怪怪的，也不知道母猫生了没有，那么大一个肚子，至少能装下六只小猫吧。”我一口气吹灭蜡烛：“能不能不说这种扫兴的话题？”

“寿星为大，那你想聊点什么？”黑暗中晓颖自问自答，“我总是生活给别人看，然后把自己的生活搞得一团糟。”对于家居馆的工作，晓颖表现得越来越抗拒。每天上午晓颖换上工作服，那是一套特制的亮色居家服，走进家居馆的展览区，向顾客表演居家生活。展览区有模拟的露台、餐厅和起居室，晓颖的任务就是随着场景切换，换上与之匹配的生活状态：喝一杯优雅的下午茶、吃一块精致的牛排或者甜美入梦，从而勾起顾客“装品位空间，饰品质生活”的生活理念，当然了，下午茶的点心包括牛排都是塑料制品，至于甜美的睡眠也是一种很难把握分寸的假寐。“当贵妇人还真是体力活，也许我天生就没有富贵命吧。”晓颖工作的商场提供住宿，六个人的集体宿舍，晓颖常常感叹从早到晚没有一点私人空间，所以来我这，也不一定非要做爱，很多时候只是躺着说说话，喂喂猫，再洗一个热水澡，“我受够了十几个人一起挤公共澡堂，我再也不想看到各式各样的乳房，不管美的丑的，热水一淋，都像两个大肉瘤挂下来。”用晓颖的话说，约会和放风差不多，“我喜欢你这个房间，还有墙上的玉兰花墙纸，躺在这里就好像躺进了你怀里。”她一定知道房子有很大的力量，并能影响情绪波动。晓颖有个观点，二手房本身是一桩古迹，后来者覆盖了前人的足迹，从考古遗址里发掘过往的生活痕迹，借此推断出屋主过着怎样一种生活，房子里的故事，既是屋主的，也是房子的，所以单身公寓和青旅客房的考古难度绝对是不一样的。“专属家居是你的专属爱侣”——这是家居馆上一季的广告词，新一季的宣传广告再接再厉，变成了“选择品质家居，让你温暖舒适如同回到母亲的子宫”。晓颖鹦鹉学舌复述完一遍，“母亲的子宫，呵呵，但愿没有子宫肌瘤。”伸手关掉了床头灯。

晓颖做爱必要拉帘关灯的癖好，最初让我误以为她是娇羞，“我不要被你看到”在我听来是一句充满诱惑的暗示与挑逗，我偏偏不随她，把床头灯打到最亮，于是晓颖疯狂抗议，“快关掉它我快死啦。”晓颖甚至还带来过一块遮阳布挂到窗户上，神经质地把整个房间包得严严实实，暗无天日。“我可不想我的私生活也暴露在亮处”——晓颖需要在黑暗中休整汲取养分，才有动力迎接第二天干净的、明亮的居家生活表演。

一谈到工作，晓颖就变成了一个絮叨的怨妇。这一晚虽然有蛋糕和生日蜡烛，我们也没说什么兴奋的话题。忧郁的细菌充满房间，公猫大闹蛋糕贴了一脸奶油之后，躲得远远的，安安分分静止成一座石膏猫像。结扎计划暂时搁置，我也不想在我生日这天见到血光。屋外传来《新闻联播》结束的音乐，晓颖起身要走，“反正留下来的话，明早起来天也还是黑的，今天就到这吧。”

猫跟着我出来，一起送走晓颖，一直送到公交站牌那儿。走回来的时候，路灯照着静脉颜色的马路，我紧紧抱住公猫壮胆，万一遇到歹徒，除了当挡箭牌，我就只能放猫咬了。

“这是你养的猫吗？”梅阿姨守在门口，看样子等了我一会儿了，“我刚才听见一声尖叫，是这只猫发出来的吧？”

我匆忙道歉，“不好意思，打扰到您了。”

“我确实不喜欢猫，”梅阿姨说，“除非有老鼠。”

“明天我就把它抱走。”我当即表态。

“还好你不是说明天去拉一批老鼠放进来。”梅阿姨耽于自己的幽默，欢笑声被夜风吹得很远。二十五岁生日终于有惊无险地过去了，我这个月比过去的十二个月又长了一岁。

公猫不比之前那只有孕在身行动不便的母猫，丢进泳池用不了一分钟就会游上岸；抛到桃林离这儿又太近了，过两天保准又熟门熟路摸回来。我抱着公猫站在晨曦微亮的房间里，一筹莫展。这时又有两名穿制服的条子找上门来，老样子，还是来收集关于奸杀案的线索的。我极其配合提问，零零碎碎讲了一些自己的情况。我告诉他们，我是写东西的，与作家无关，经常充当编剧民工，分到一部分剧情大纲，然后写出场景和对白，最后分好场就完事了，压根不清楚我负责的这部分剧情的前因以及后续，好像稀里糊涂地在某个人的生活里横插一脚，又不告而别，也有点像是旅途中的人际，萍水相逢。我和我的女朋友正是这么认识的，她叫晓颖，长得还不错，要不然也不会在本地最著名的商场表演居家生活，没错，表——演——居——家——生——活——因此她也属于容易被强奸犯盯上的目标。希望你们可以派警力暗中保护她……

一个条子小声对另一个说：“说相声呢，真是电视剧写多了吧。”听者笑笑，写下一串号码递给我。我边接边说："前两天你们有同事给过我了。"看着他们满脸狐疑，我补充道，"是一名便衣，那天穿了一件呢大衣。"两人的表情忽然变得凝重："你确定吗？我们并没有安插便衣警。"听到这里，我们都不由倒吸口冷气。

形势比想象的严峻。梅阿姨抱怨警方的调查干扰了平静的生活，对于我那只公猫的动态也非常关心，晨起时除了道早安，不忘强迫症地问一句："昊宇啊，你已经把猫送走了是吧？"我点点头，暗中祈祷阳台上的公猫安分一点。与此同时，我把和晓颖的约会时间提早到了正午。尽管是日上中天，阳光最灿烂的时分，晓颖有惊无险地窜进房间后，依然心神不宁。我雪上加霜地把便衣的事情说给她听了。晓颖简直难以置信，自己居然会遇到假警察，一如难以置信那位假警察居然问她是否喜欢吃西兰花，"他会不会就是那个强奸犯？一个脑袋有毛病的强奸犯？"我不知道，我们有太多疑问，加上晓颖忘记带遮阳布来，橙红色的阳光直捣房间，晓颖无法适应光亮，我们的床笫之欢草草结束。"看来他不只在夜里作案，白天一样充满危险。"晓颖的声音微微颤抖，一如她高潮时的战栗，"事先他还会接近目标口头调查，或许要有所了解之后才会动手？"我一时不知道说什么好。

阳台上的公猫反常地叫了一声，一只黄绿色的蚱蜢，被猫爪抓断了一条大腿，剩另一条腿在阳光下挣扎。我随手捡起一枚钉子，直直扎入蚱蜢躯干左侧的那条多汁的大腿，把它钉在地板缝隙。挣扎加剧，濒死的威胁激发出无穷生命潜能。记得以前，我和晓颖住在青旅，很简陋的上下铺，入夜房间里听得见老鼠流窜，不过我们只逮到过蟑螂，我负责用脚尖轻压住这些大号咖啡豆一样的小生灵，晓颖对准我的鞋底喷杀虫剂，等到我移开脚，奇妙的一幕发生了：中了杀虫剂的蟑螂如嗑药般，剧烈逃窜，可是逃来窜去，不过是在打摆子绕圈圈，终于四脚朝天，像一枚尖头磨平的陀螺，高速旋转，陀螺停止转动即是它们命丧黄泉之时。我们像发现了新大陆，主动去搜寻围捕房间以外的蟑螂，杀虫剂犹如舞台干冰，蟑螂们上演一幕幕生命尽头的绝唱，激剧抽搐如同霹雳舞。我们乐此不疲，滋生出比同谋者更深一步的情谊。

独腿蚱蜢以壮士断腕的决心，付出了失去最后一条大腿的代价，终于摆脱了钉子。饱满多汁的断腿尚未枯萎，晓颖突发奇想，捡起残肢，炫耀战利品似的挂到战俘头部。蚱蜢嗅了嗅，轻轻啮咬了一口，死翘翘了。可惜没有蜈蚣，蜈蚣的几十条细腿，可供我们好像刺绣那样挨个针脚钉死过去，远远超过钉死一只蚱蜢所花费的时间，我们就不会那么快又意识到这是一个无所事事的下午了。

这一次晓颖坚持要我护送她回集体宿舍："天晓得那个冒牌便衣什么时候又会现身。"等公车的时候遇到梅阿姨，我立即松开和晓颖牵着的手。"昊宇要出去啊？"我点点头。"那玩得开心点。"101路公车到了，我和晓颖落荒而逃。

"那个是你女朋友吧？"挨着我站的男人主动搭讪，并附赠友情提醒，"千万别让梅阿姨发现哦。"

"你认识梅阿姨？"我转头看见他藏在套头帽下的半张脸，牵着狡黠的笑意。

"是你的女朋友没错吧？"他目中无人地笑着，"刚才我看见你和她的小动作了，分明是不想让梅阿姨看见你们手牵手。实不相瞒，梅阿姨是我的前任房东，刚刚我戴着帽子，也不是以前的发型了，所以梅阿姨没认出我。"

"你该不会是住我现在住的那间吧？楼梯右侧那间。"

"不是。"他脱下帽子，露出一张高鼻深目的脸，耳蜗里塞着耳机，"左侧那间。"

"现在是梅阿姨自己住里面。"

"我有次带女友回去被阿姨撞见了，我就被扫地出门了。"

"梅阿姨好像有厌女症。"

“谁知道呢，祝你好运。”前任房客戴好帽子和牛皮连指手套，理了理翻领毛皮外套，拎起脚边的鸟笼，做好下车准备。我指了指空鸟笼，他说，“刚葬了一只金刚鹦鹉，冻死的，鸟不在了，鸟笼依然有意义。”说完，他潇洒地下车了。

又过了八个站点，晓颖安全抵达，我没多耽搁，原路返回，天黑得越来越早了。公猫不在屋里，猫粮洒得到处都是。我一面收拾残局，一面咒骂公猫死性不改。晓颖送给我的生日礼物居然是一个全自动化的猫屋！公猫待在猫屋里头吃吃喝喝睡睡，有一个星期没出去鬼混了，以示洗心革面做一只安静家猫的决心。到头来只是晓颖的一厢情愿，没有不偷腥的猫。我放下坐便器的马桶圈，坐上去，一阵温热，下一秒我反应过来，一下午我和晓颖都没用过卫生间；更蹊跷的是，牙杯里的牙刷还没干透，显然刚刚有人用过；被子虽然是离开前的样子，可是一摸里头，也有诡异的温热触感……

梅阿姨否认见过有人闯入我的房间，抗议道，“怎么你说话的口气像一个警察。”我只好硬着头皮回到房里，反锁好门和窗，我真担心今晚梅阿姨的丈夫会再次还魂而来。这毕竟是梅阿姨夫妇俩从前的爱巢，我终于意识到我和晓颖的相悦之事或许冥冥中冒犯了什么，我不该违禁的。后半夜里，公猫蹿上阳台回来了，嘴里又叼着一具不知是什么的尸体，我懒得去开灯。猫眼就像两簇鬼火，兀自燃烧，直到天亮才熄灭。我神经兮兮地过了一夜，平安见到了第二天的太阳。

阳光普照的一天，有两个好消息和一个坏消息，冒牌便衣抓到了，梅阿姨住院了，晓颖终于可以光明正大走进我的房间，如果这也算是一个好消息的话。阳光照得实木地板微光潋滟，我们关起门来肆无忌惮，天荒地老。午间，晓颖兴奋地在阳台上发现一只五六厘米长的小蝙蝠，是骁勇的公猫扑下来的，晓颖居然从包包里掏出一把电动螺丝刀，据说是从商场电工那儿偷来，随身携带作为防身武器。若非我制止，晓颖就要启动她的防身武器，钻开蝙蝠的肚皮了：

“相信我，就算你知道了蝙蝠血是什么样的，你也不会变成蝙蝠侠的。”

下午晓颖留守，我坐公车去医院探望梅阿姨。梅阿姨见到我，努努嘴示意我坐到对面那张空床上，“你可以睡在这里吗？”见我犹豫，梅阿姨的声音小下去了一些，“就一晚。”她定定地看着我，我又收到了那种不容有失的鼓励。我撒了个谎，有个急活晚上必须要赶出来。梅阿姨的神情顿时暗下去，终于露出一点病容该有的倦意，“昊宇你知道吗，我在我丈夫病故的那间宾馆房间里住了一年，只有我一个人，整整一年我不要保洁，不要任何人，只为了原封不动地保存我俩的气息，我很爱他。”

这时小护士进来打针，我向她打听何时可以出院，小护士透露了口风：“只是小感冒，不过需要接种五针狂犬疫苗，所以还需要一些日子。”我问梅阿姨：“怎么没听你说过被狗袭击，什么时候的事？”小护士纠正我：“是猫。”梅阿姨打断她：“没问题的，我一个人可以处理好，反正我已经一个人这么久了。”

回到房间，一打开门，晓颖直扑过来：“你终于回来了，下午我又看见那个男人了，那个冒牌便衣。”

“他越狱啦？”我紧张地把门反锁好。

“无罪释放。他是坐警车回来的，已经调查清楚，什么便衣啊，他只不过是个弄丢了一只喜欢吃西兰花的母猫结果思念成疾的老鳏夫，居然把这么多人都唬住了，真正的强奸犯还没有抓到呢，”晓颖对着空气说完这番话，没有正视我，“春天快点来吧，春天一到，桃树开满花，就会有很多赏花人，这一带就会热闹一点了，桃林就不会那么恐怖了，”晓颖的眼球越来越向外鼓出，“更恐怖的是，他见到我又问我喜不喜欢吃西兰花。”

我想笑一笑，可是笑不出来了。就像便衣痴汉不知道他心爱的母猫身在何方，我不知道我亲手解决掉的那只母猫是不是他的；我不知道梅阿姨是什么时候被猫抓伤的又为何秘而不宣，她需要的似乎不仅仅只是行善的道德感；我更不知道公猫等一下又会叼回来什么动物尸体，阳台上早已尸横遍地，发黄变暗的体液横流、板结、龟裂，污迹斑斑，俨然一片大开杀戒后的刑场：无头麻雀、缺腿蚱蜢、单翼蝙蝠，还有其他乱七八糟各种来历不明的躯干、翅膀、四肢、触须……

我们清醒地住在刑场边上，再过两天就是平安夜，眼下天早早地黑了，什么都看不清了。

一个上午

文 / 苏笑嫣

发表于《文艺报》2015 年 4 月 3 日

她走在尚在夜色中的大马路上，周围是大厦与树梢浓密低沉的阴影，黄色的灯光恍惚迷离，城市处于蒙蒙一片湿漉漉的雾气之中。雨还在下，从前一天晚上持续到此刻的黎明，马路上不均匀地分布着雨水的痕迹，空气阴冷。前些天还是二十多度温和的天气，只因一场雨，便迅即降到十度左右。在这座北方的浮华城市里，时光总是有种猝然的畏惧姿态。这时的雨已然小而稀疏，她抱了抱臂，却也只是本能的对寒意的反应，脑中盈满的全是拥堵繁杂。经过停在路边的一辆车时，她稍稍回过神来，愣了一下，摘掉鼻梁上架着的硕大墨镜，后视镜里的女人眼眶瘀青。咬了咬干燥的嘴唇，女人又重新将墨镜戴上，双手插进黑色小西装的口袋，没有表情地沿路走了下去。其实她也不知道要去哪里，但是高跟鞋的声音清脆坚定，在空旷的马路上敲击着，弥散进黎明的阴影里。

漫无目的地又走了两三个小时，路边的一家早点铺已经开始了准备，馄饨在大锅里翻滚着冒着腾腾的热气。她记得自己上一次吃东西还是昨天中午的事了，那也只是匆匆吃了几块糕点，十分甜腻。她总是在忙碌，总是忙碌，只是为了演出和赶场，只是为了能多赚那么几个钱，可是——她又一次咬了咬嘴唇，像是昨晚这样遇到喝醉了的客人就可能是这样的后果——被打得眼眶瘀青脸庞发肿。她很饿，可是没有胃口，于是接着往“家”走，她觉得手中的烟让人不能清醒，她从来没有清醒过，不知道自己的生活怎么就成为了这个样子，等她意识到停下来回头去看时，这条路已经不可扭转地往越来越难以理解的方向滑去了。

她从小唱歌好听，在学校里是出了名的，唱歌的时候她很骄傲，课间的时候小朋友们和老师总会说“淑文唱首歌听吧”，于是她便昂着头站起来唱上那么一首，要是时间允许的话，大家要她再唱一首她就高高兴兴地唱下去。她是骄傲着的，但仅仅是在唱歌的时候。虽然在唱歌时她依旧是穿着那件洗得发黄发皱了的白色衬衫和棕色直筒的条绒裤子，虽然她依旧是穿着一双妈妈自己纳的毛线的千层底鞋子，虽然她的脸依旧因为干燥而龟裂着并且头发散乱，因为没有钱去买软软的雪花膏和那些五颜六色的头绳，但是她站得直直的，昂着小脑袋，好像自己站在一个正式庄重的舞台上，做着一件非常非常重要的工作，她是受瞩目的，她是带着光环的小明星。

但更多的时候，她是站在桥上的，而不是舞台上。

忙碌而喧闹的街市里，拿着红白塑料袋和客人讨价还价、把客人要的蔬菜麻利地包进袋子里或者手指收钱找钱在脏兮兮的腰包里来回穿梭。母亲在这座桥的桥头靠卖菜营生，虽然给她取名作“淑文”，却半点没依着这名字来栽培女儿，每天在桥上帮忙吆喝是她从小的工作。她们没有门市，一块布摊开来就是她们的摊位，卖廉价的蔬菜，赚微薄的利润。而父亲就在桥的另一头卖水果，有一辆小三轮车，装着苹果、梨这些容易储存的水果。有时候父亲去进货，她就坐在三轮车的侧栏上，脚踩在车斗里，迎面的风呼呼吹得脸生疼，可年纪小，也不觉得有什么，就是盼望着上完所有的货后父亲能在靠近门口的一家店边上停一停，能给她买上几只柿饼吃。

帮着父母来回倒零钱，在桥上来回穿梭。桥上还有好几家摊位，有的卖玩具，有的卖袜子，有的卖小饰品，当然也有的卖菜卖水果。倒零钱时她眼睛也机灵着，观察有没有城管。她不懂警察和城管的区别，总之见到有穿着制服的，就迅速地跑到两边，边跑边喊“警察来了”，于是一整个桥的小商贩麻利收拾摊位。总有些浑水摸鱼的，趁着这当儿砍价买便宜货的不算，趁乱偷拿东西的也有，她站在母亲身边，是这混乱里明了的眼睛，若是发现了有人偷东西就一把抓住人高声尖叫。然而若是邻居的卖家丢落了什么东西，她也是决计要收罗回来的，若是玩具或者小饰品她就收藏起来成为自己的小宝贝。但是她始终也没明白，为什么“警察”不去抓坏人，来抓他们做什么？

钥匙转动，发出有些钝了的“咔咔”声响，她松开顶住门的膝盖，打开门，看见清晨的阳光倦倦地弥散进了屋子，自己的影子跨过铝制的门槛斜斜倚向柜子。她这间小小的屋子里没有沙发，只有一只买来的二手老板椅，她窝了进去，却懒得脱鞋，于是一动不动只是盯着暗淡的阳光和阳光下那几只黯淡的破败家具，椅子汗闷闷地散发出化学物质的酸味。空气中流淌着一种无数微尘爆裂的味道。

父母忙于生计，家庭里的对话几乎全部围绕生意展开，然而大多数时候是沉默。她从小学升入初中，一个自由散漫的中学，又是另一个自由散漫的高中，他们知道她关键考试的成绩，却不知道其过程，不知道她每天在学校的学习状态，不知道她的朋友们，不知道她关心着些什么，不知道她喜欢上哪个男孩，不知道她是否开心过、哭泣过，只是知道她依然是那样默不做声地存在着的，依旧在课余时间里帮忙着家里的生意，卖菜卖水果收钱找钱算账。他们现在有合法的摊位了，这是他们几年来的努力值得庆幸的事。

多年的吆喝，对处在变声期的女孩还是有影响的，她的声音不再那么的好听，她也不再那样昂起头来唱歌了。她渐渐长大了，在新的环境里她知道金钱的重要性，知道那些打扮得漂漂亮亮的女生才是骄傲的明星。除了依旧在记忆中的那些人，没有人再知道，当年的她唱歌有多么的好听。她很安分，然而连她自己也没有意识到，对于歌唱的那份梦想早就种在了她的腹里，就像一颗被埋没的种子深藏于地下，然而只需要一缕阳光、一股细流的滋润，就足以让它猝然生长成一只冲天的豌豆藤。

那所散漫的学校，是一些人放纵堕落的温床，却是另一些人培养梦想的工厂。学生们有足够的时间去做自己想做的事。一方面的安分，另一方面的因为自由的环境培育出的对于追求的价值观，她在无形中变成一个处于极端的人，很少有中间地带。她要的不再是父辈的生活，那种隐匿的向往一直在暗暗滋生。直到那一天，高考落榜，她好像猛地被什么激醒，要么继续卖菜，要么放手一搏，她必须做出个选择。她站在火车站上的时候还在犹豫，眼看着车门要关闭了她才终于迈了上去。看着窗外迅速掠过的家乡的树木和土地，她知道，这一去就没有回头路可走。

她只会唱歌。于是她到各个酒吧去试，可她实在太寒酸了，一身不入时的打扮便进不了人家的门槛。辗转了两个月，住了地下通道，但每天到公共厕所里洗脸洗头总是得把自己拾掇干净。天冷的时候捧着一只红薯在通道里喃喃自语“会好的，会好的”，然后意识到，竟然开始对自己说话，这并不是在喉咙里不自觉的一声“哎呀”那么简单，而是，一个人在寒冷的地下通道里瑟缩着，剥着一只烤红薯的皮，然后自己对自己说话。不禁默默哭了起来。

那天晚上她到一家叫“浴火”的酒吧去应聘，自然又是无功而返。红色的“浴火”二字辉煌妖娆，站在癫狂起舞的霓虹灯光下她觉得自己的脚步沉重得难以迈动，那时里面的舞台上女歌手正唱着《假想敌》，她不由得也哼了起来，一面唱着一面流着泪。

“唱歌挺好听的。”

听见男子的声音，她抬起头来。一脸茫然。

“我朋友也开店的，要不要去试试？”

他叫小圣或者小盛，她不知道到底是哪个字，反正大家都这么叫他。因为他的关系，她得以到一家叫作“迷”的酒吧去唱歌。她在二楼的台子，楼梯暗不见登程，铺着水红色布毡，两壁钉有一溜金属镜，暧昧吐光，映得人影扭曲。起先是他给她买了两套裙子，后来是她自己买。她每天就站在那个光怪的舞台上唱歌，唱给自己听。那样的声音并不计较是不是有另外的人在听，空灵又死硬，有自己的气度。于是就这样，她竟然有了自己的小众听客，得以让她就这么唱了下去，并在时间允许的范围内多接下场子。然而没有一个位子是白站的，那些磨砺与辛酸每天打磨着她和她的梦想，她不知道自己是距离梦想越来越近了，还是越来越远了。

从她开始在“迷”唱的那天起，她便不再叫“淑文”了。那是多么土气的名字。他们叫她“安朵朵”。

有时她去他家，径直钻进他的被子里把脸往他怀里扎。他下巴靠在她头顶，轻轻挪动，她的头发就跟着轻轻挪动，她闭着眼，感到一种安全。他们之间没有爱，有的只是关于依靠的一种需要。实际上她并不安全，从来都不。可是假象是一种多么丰沛的感情，支撑人们向前走的，永远都是假象。

她点燃一支烟，把椅子转了四分之三圈就可以反身够到桌子了，那上面放了一只烟灰缸，是从店里拿来的，方形的玻璃，又笨又大，四边可以分别卡住一支烟。桌面上铺着白色梨花的印花棉布，是房间里唯一她中意的东西，那是她在一家精致的小店买来的，对她来说并不算便宜，可是因为太喜爱还是买下了，成为粗糙房间里唯一精细的物件。何况，她看到它的时候会想起母亲，母亲很爱花布，虽然过年的时候是家里生意最忙的时候，但母亲也总是会抽空购上些花布回家，做成一些漂亮的小东西，那时候是她看到的母亲少数停止奔波的样子，在那个时候母亲终于可以安静平淡地归于生活，让她看到生活和家本来应有的温馨面貌。

而且，母亲也真的是不那么奔波了。后来她给她打电话，日子久了，什么都平静了。她依旧不需要知道她在做什么、在什么样的环境、认识了什么样的人。她只需要她在。她给她讲菜又涨价了、讲路边的海棠开了、讲父亲的胃病犯了，告诉她什么季节要吃什么蔬菜对人身体好，告诉她加减衣服、按时睡觉的烦琐零事。很多时候，末尾会顿一顿，然后说，都挺好的。

都挺好的。她在心里重复了一遍，脸上就笑了。好，是个怎样的概念呢？

安朵朵把墨镜摘下来，想了想，还是给她打了个电话。

“……妈，我是淑文……”

突然听不清母亲的话，耳边只是重复着自己的声音“我是淑文……我是淑文……淑文……”蓦然不明白自己究竟是谁。房间里，金色劫灰滚滚浮起又滚滚沉下。她靠在椅子里，拿着手机，一动不动，直到挂了电话，烟渐渐熄灭了，长长一截烟灰还留在手指间。

发表于《芙蓉》2015年第3期

对岸

文 / 王明明

1

起风了。风自北向南，将河面的浪花翻滚得剧烈了些。对岸笔直的杨树林，被昏黄染成一片，此刻似乎都能听到沙沙的声响，看到河滩上干枯的落叶。

王大庆看了看田园，想问她那封信的事，想了想，终于没说出口。

田园望着对岸说："老师，我有点冷！"说着，她耸起双肩，双手抱在胸前。

这个黄昏来得有点突然，田园的话更是如此。王大庆没记错的话，这是在课外她第一次主动跟他说话。王大庆抑制着激动，佯装熟练地将外套披在田园身上，还是被她口中的那句"老师"弄得不太自然，她干吗叫我老师呢？王大庆心想。一闪念，又觉得自己可笑，不叫老师叫什么呢？

田园则下意识地往旁边躲了一下，并未拒绝。脚下这一平米见方的地方，倘若她动作大点，就掉下去了，那后果将不堪设想。在引桥桥上时，原本是王大庆提议的，他说："我想下去到黄河滩边看看。"田园说："这里应该能下去吧！"她低着头，说话像蚊子似的，倒也没征求王大庆的意见，率先向桥栏杆外迈了过去。她本想着这个旧的水文测试站既然沿桥墩修了石阶梯就总能绕下去，可他们绕了两个来回后，发现台阶没了，脚下竟空了。他们伸头往底下望了望，大概距脚下枯黄的麦田有三四米的距离。眼前十米开外就是黄河河滩了，河流仍分辨不出流向，微微鳞波像桌面上一张泡湿的宣纸，或者一张因长满青春痘没处理好而留下无数坑坑洼洼的脸。

对自己带的路，田园有些羞愧，她试图原路返回。王大庆却说，这位置不错。

这位置的确不错，能避开头顶轰鸣而过的汽车，又离黄河更进了一步，最主要的在于，走下来之后王大庆才发现愈临近黄河滩，地面就明显泥泞了很多，倘若他们真的下去了，非走得一脚黄泥不可。

这地方真安静，这让初来乍到的王大庆能近距离欣赏黄河的美，和田园一起。

“对面是哪？”王大庆问。

“是河南濮阳。”田园说。

王大庆抬头看看天，分外高。对岸和这一岸同样是成排结队的人工林，以及待收割的麦田，确是操着两地方言、吃着不同食物的人。王大庆不由得在心里感慨起地域的神奇来。但他不能表现出来，他是个老师啊，老师不是应该博学有内涵的嘛！他现在已经为刚才的发问而后悔不已。

但他立刻又在心里纠正自己，装什么呢？这么装下去，他和学生们的距离不就更远了吗？况且，他只是个实习的语文老师。

田园话题一转，“老师，你就帮我舅去考试吧？”

王大庆愣了一下，用眼神询问她，她的眼睛里正盛开出一朵让人怜悯的花。

“胡道利。”田园说，“胡道利是我舅舅。”

2

王大庆想到了那张准考证和那张身份证。

昨天上午，原本王大庆算好了第一节课的下课时间，就提着从顾老师那借来的马扎飞快地下了楼。他虽拿了马扎，但这一次他却并不希望能派上用场，他计划跟刘老师申请，在他的班里上一堂课。他知道刘老师带的是尖子班，可也不差一堂课吧，况且是作文课。要走到高一十班所在的东区四号楼刚好须穿过操场，刚下课的同学们成了一股洪流，冲了过来，王大庆像一叶扁舟不轻不重地浮在上面，好像所有人都窥探到了他内心的想法、都在嘲笑他一样，他多少感觉有些不适应。顾老师班上的小胖姑娘挽着田园就下楼了，她冲王大庆大声打着招呼，“王老师来听课呀？”王大庆有些羞涩地点了一下头，并没有答话。王大庆并非以老师的身份自居而装出些清高样，而确实是每一次当他听到

“老师”这个词用在自己身上时，总是需要先回一下神，这一回神自然就错过了时间。田园则没看到他一样，依旧冷若冰霜，随着人流急转直下了。

转上楼梯口，二楼的第一间就是高一十班，只要上了二楼一折身，王大庆就会出现在班级的后门口。舒服的秋日里，班级的门都是敞开着的，也就是说不仅坐在最后一排的韩正军会看到他，讲台上的师傅也一定会看到他。

在迈最后一个台阶的时候，王大庆犹豫了，他想返回，刚要折身，另一个念头又说服了自己：我是来实习做老师的，天天拿着小马扎坐在韩正军身后听课有什么用？迟早都要站上讲台，迟早都要迈出这一步。王大庆面向北面的操场，做了一次深呼吸，目光就落在了操场角落双杠上的女生身上，女生坐在双杠上，一个男生躺在她身边，小胖妞则靠着双杠站在地上。

预备铃已经敲过，马上要上课了，她们还没往教室来。

想起田园宽大的校服、乌黑的长发、抿着嘴的样子，王大庆由衷地喜悦，信心就像缀满了小腹，使他扶着肚子提了提，立刻精神抖擞了。

“韩正军，你能不能有点出息？考试作弊，写作文还打小抄，你干脆别写了！”

王大庆一回头，跟刘老师面对面了。刘伟光正站在后门里侧，韩正军的身后，手里拿着一本作文参考书。

王大庆觉得不太对劲，从身后抄出了小马扎，“师傅，我来听听您怎么讲作文课。”

“哦！我讲完了，他们正在写呢！都没下课。”

“啊？您不是二、三节的课吗？”

“不是啊！是一、二节。”

王大庆有些扫兴，他昨天刻意看的课表，为此昨晚还准备了一个晚上，怎么会出错呢？八成是刘伟光又跟人调了课，这是他惯用的手段。但是没办法，课已经上完了，王大庆也没必要在这里看着学生写作文。于是，和刘伟光打了招呼后转身离开。他刚要走，刘伟光就叫住了他：

“小伙子，知不知道‘替考’？”

半个月来，他一直叫他小伙子，每次呼来唤去地这么叫他，王大庆心里都极为不爽，这就跟南方人叫“伢仔”一样，无论在年龄、地域、资格上，都让王大庆形成了强烈的心理落差。

王大庆自觉不妙，但他又不好不回答。以前听姐姐和姐夫说过这里的替考风气特别严重，无论考什么，从结业考试到高考再到考研，什么样的考试都是等在考场外面的人比里面的还多、还着急，因为门外人的命运都由门里的人决定着。门里的人就是陆判官，他们手里的笔决定着外边人的去留和归宿，外边的人就是一个个小鬼，他们暂时是卑贱的，但短短几天的卑贱往往会换来一个不错的荣耀的外壳，这个外壳甚至能让他们一生荣耀。王大庆吭哧了半天：

“知道。听我姐夫说过。”

“你这样，星期天——也就是后天，你去市里替我的一个亲戚考试吧！”说着，刘伟光将一张准考证和身份证递给了他，“就两门，政治和英语。”

王大庆瞄了一眼身份证和准考证，上面是同一张照片，照片里的人约莫四十多岁，包子脸、大鼻子、小眼睛，头发蓬乱着，一副刚放下锄头的模样，却竟然是一所初中的政治老师。想到照片上的人是个老师，又想到这是他师傅交给他的“任务”，心里直犯硌硬，一时犯了难。

他终于开口了，“可是，师傅，我恐怕——，我英语很差。我——”

“没事，题很简单。我英语也差，我考研英语才考了二十分——那什么，晚上，噢不行，晚上我有事。明晚吧，明晚我亲戚做东，咱们叫上你姐夫，一起吃个饭，认识认识！”刘伟光继续说着。

“别！那不用。”王大庆不知道该怎么说，刘伟光并未给他选择的权利，他自觉应该替姐夫拒绝刘伟光的宴请，但这拒绝一出口立马就成了客套，代表这事就成型了。

没事，就这么定了吧！没问题吧？刘伟光用眼神等待着王大庆的确认。王大庆的余光从教室后门望进去，后排已经有几个学生望向了他们这里，实在不好再僵持下去了，刘伟光不仅是高一的年级主任，还是姐夫的好朋友，更重要的是他的师傅，王大庆才来半个月，距离四个月的实习期，日子还长着呢！王大庆迅速分析了一下现状，点了点头。

王大庆垂头丧气地下了楼，身后的班级里不知为何传出了一片哄堂的笑声。王大庆一皱眉，想象了好几种可能导致学生们哄堂大笑的原因，总觉得不排除他的不自量力。他始终觉得，他有点融入不了刘伟光和他的学生们。

现在，实习了半个月的王大庆，还没走上过刘伟光班级的讲台，他只是在顾建新老师的班级讲了两回课。现在，却将又一次被打回原形，走进考场当考生了。

3

王大庆今年二十二岁，是南方一所师专的大三学生，之所以跑到鲁西南这个偏远县城来实习，是因为姐姐家在这里，姐姐知道王大庆将要开始实习的第一时间就让在县一中教书的姐夫给他联系了高一年级主任刘伟光。姐姐是过来人，她的话也有道理，“你跟着学校去实习，一个老师带一堆学生，纯属跟着凑热闹去了，混个十几二十天在实习表上混个签字，倒不如真刀真枪到讲台上锻炼锻炼，反正早晚也是当老师的。”就这样，王大庆顺理成章成了刘伟光的徒弟。

王大庆是做了实习老师一个星期后才验证了自己内心早已形成的那个判断：刘伟光和顾建新是高一语文组的两座碑。

“恐怕不止是高一语文组噢，”喝酒时姐夫说，“在全校也差不多，全校最优秀的语文老师也就三四个，这届高一算幸运。”

两座碑立在那里，不管他们本身会不会去比比高低，但其他人总免不了品头论足。王大庆相信人与人之间的缘分，从见到顾建新的第一眼开始，他就觉得自己跟错师傅了。顾建新老师每天穿着笔挺的西装、扎着领带、戴着眼镜，外表严谨，神情却格外忧郁。一个现代中年男人，他即便穿成这样，也无法掩盖身上所散发出的那种传统气、文艺气。他显然是内敛又深邃的，倘若倒退十几年，跟王大庆同龄的话，他一定是个老师和女生眼中的呆萌小帅哥。而刘伟光则恰好走另一条路线，他每天穿着夹克衫，里面的衬衫也不系领扣；他身材干瘦、皮肤黝黑、锥子脸，丝毫看不出他比顾老师年轻，他眼睛滴溜溜转，有种让人看不懂的深邃，唯一能彰显他年轻之处在于他举止行为敏捷、个性外向，话多又幽默、亲民。王大庆却跟他没话说，从见到他的第一面，王大庆就觉得自己的噩梦要开始了，他每天都在以一种他不喜欢的面目与刘伟光相对，这让他觉得很累，他只是嘴上叫他师傅，心里只叫他刘伟光。相反，虽然从没见顾老师说话，但王大庆却总有想去向他请教的冲动。可从来都是师傅挑徒弟，哪有实习生选择师傅的？即便姐夫在这所学校任教，姐夫也没那能力。

姐夫却不解地说："刘伟光更厉害啊！人家比那个顾建新年轻好几岁呢，却都当年级主任了？顾建新还是得排在后面。——再说，刘伟光人活泛儿，你跟着他会学到很多。"

看王大庆不以为然，姐夫又说："不过每个老师都有自己的教学风格，你反正不忙，可以多听听别人的课。"这话同样在师傅刘伟光那里得到了验证，刘伟光说："小伙子，我因为是年级主任，只带一个班，平时课不多，你可以多听听顾老师的课，相信你也一定会有所收获。"

不听不要紧，一听就让王大庆欲罢不能了。第一次听顾老师的课，他讲的是老舍的《想北平》。顾老师走上讲台先鞠了一躬，二话不说，大笔一挥，在黑板的上方用楷体写下"想北平"三个大字。没有花哨的课程导入，也没作背景介绍。只见他转过身，拿起书，读了起来：

“如果让我写一本小说，以北平作背景，我不至于害怕，因为我可以捡着我知道的写，而躲开我所不知道的。”

只这一句，王大庆全身的鸡皮疙瘩掉了一地，心里就湿润了。顾老师的声音太好听了，像极了央视的某位名嘴，一把就揪住了他的心。可讲台下的学生，却有一半在睡觉的。顾老师带的是艺术班，这些学艺术的学生却在这真正的艺术面前倒头睡着，王大庆心里无奈地直叹气。顾老师却习以为常了，他接着读到：

“让我单摆浮搁地讲一套北平，我没办法。北平的地方那么大，事情那么多，我知道的真的太少了，虽然我生在那里，一直到廿七岁才离开。以名胜说，我没到过陶然亭，这多可笑！”

读到“这多可笑”时，顾老师真的发出了些无可奈何的笑，那笑声里带着叹气、带着深深的自责一般。

“以此类推，我所知道的那点只是‘我的北平’，而我的北平大概等于牛的一毛。”

第一段的最后一句话音已落，王大庆的脑子里却仍旧充斥着北平的秋风，一个裹着白围巾的诗人走在街上。他久久回不过神来。

顾建新老师讲课很像文本赏析或者文本解读，他边读边分析，像电视上的讲坛节目，串糖葫芦一样，把什么都穿起来了，不单单是这篇《想北平》，连作者的一生都串起来了。王大庆恍惚着觉得，讲台上站着的似乎不是顾建新，而正是作者。

这么一对比，刘伟光的课堂完全是另一幅景象，他的课堂气氛很活跃，不论什么课文都能讲得大家发出阵阵笑声。他没有教案，口才却极好，他讲《想北平》又不像是在讲《想北平》，他似乎上知天文下知地理，随便一篇什么课文，他都跟历史文化，国际大事，甚或打铁、织布、插秧联系起来，跟心理问题、青春期教育联系起来，他串起来的不是文学，而是科普。听刘伟光的课，时间过得很快，可过去了也就过去了。

听了几次课，王大庆总结出一个现象：刘伟光的学生缘太好了。他很懂得跟其他人打成一片，不论是学生还是老师。这或许是他觉得他与刘老师不同路的真正原因。诚然，王大庆实在是一个反应不够敏捷的人。在办公室，王大庆坐在进门最里面挨着窗户的位置。如果说其他老师的办公桌刚好组成了一个正方形的小世界，那么他的位置则刚好是从这正方形多出来的那一块，与世隔绝。他此刻觉得自己应该和这些从教室里冲出来的洪流是一起的，他应该是这洪流中的一条鱼才对。然而王大庆不知道的是，假使他们都是鱼，那么在这些鱼眼里，他的身份一直就是渔夫。

王大庆第一次走上讲台，就是在顾建新老师的班级。那天，刘伟光对他说，明天顾老师有事请了假教我给他代堂课，要不你试试吧？

王大庆心里乐开了花，总算有机会上讲台了。可听说顾老师的特长生班，体育生、艺术生占了三分之一，王大庆紧张得要命。

也就是那一次，他认识了那个叫田园的女生。她在那堂课上，几乎担任了救场的角色。

王大庆想，她怎么就能带给他自信呢？显然不是她的眼神，她都从没正眼瞅过他一眼。可能就是因为她不像他们那样盯着他看，她明显不是个好学生。那天，除了田园外，其他所有人的几十双眼睛都好奇地盯着他，一刹那，本来想好的导语全都忘得一干二净，他腰下一阵麻酥，有两滴尿液就涌了出来沾在了内裤上。他差点失态地跑下讲台，但刹那间他看到了坐在第三排正中间的女孩，她低着头，旁若无物地折着纸鹤。王大庆本该批评她的，但他发觉正是这个压根没在听课的女孩让他清醒了过来，由于身体机能导致的隐秘处的窘态学生们必然觉察不到，只要他别表现出来，比如别抖，不论是身体还是声音。这么想的时候，他终于镇定下来：

“昨天的课文大家都预习了吗？”他不给学生回答的时间，立马接着说，

“今天讲《我心归去》，为了配合课文，我们先安静五分钟，从头到尾默读并认真体会一下文章的文字之美。”

4

王大庆和田园走到桥面上来时，王大庆有些后悔，刚才在桥面下面的那个位置待的时间太短了，他想，那是个多好的机会，只有他们两个人，他完全可以直入主题问问她那封信到底怎么回事，倘若她不理会他，他完全可以发火拿出他老师的身份好好训斥她一顿。他想，他或许还可以做点别的，比如威胁她。就在刚才，他给她披上衣服的刹那，他真的有再进一步的冲动，他甚至想一把将她推下去。

我是不是疯了？王大庆在心里骂着自己，两人一前一后沿着人行道走到人桥中段。他们趴在桥栏杆上，望着远方。中原的风从他们背后吹来，脚下的黄河水滚滚向前方流去。

田园在课堂上的溜号成就了王大庆，让他的那一堂课不至于太难堪，从那时起，王大庆开始关注田园了。这是一种不太正常的现象，作为老师，多数都是关注爱学习、成绩优异的学生不是嘛！可对王大庆来说，学习好的他也关注，除此之外，他也关注几个学习不好、爱调皮捣蛋的学生。对于他们，他关注的方式是不一样的，对于爱学习、学习好的学生，王大庆喜欢默默地关注，他并不会在课堂上多理会他们，至多是在代替刘老师批作文的时候多写几句评语。但是对于不爱学习的学生，王大庆却格外喜欢在课堂上关注他们，关注他们的同时，他讲起课来就不至于那么紧张了，像韩正军等几个爱调皮捣蛋的男生，在王大庆看来就能起到调节课堂气氛的作用。而田园，每次都充当了让王大庆缓一缓神的作用，王大庆知道，他只要提问田园问题，田园多半是答不上的，一次两次，他也不抱她能答出来的希望了，他只是低着头想他下一步该讲什么的时候顺便叫一下她的名字，田园，你回答一下。田园不会直言说自己不会，她只是默不做声，每次都呆站在那里半分钟。

这半分钟，填补了王大庆的思维空当。

可就在前天，他突然改变了对田园的看法。

那天下午，他在刘老师的办公桌前埋头批作文。田园就突然闯了进来，她径直走到王大庆身前，看了他一眼，也没打招呼，就开始翻那半摞已经批完的作文本。王大庆狐疑地问她怎么了，她没听到似的，终于，翻到一本没写名字的作文本时，田园停了下来，她将作文本从前往后翻了一遍，似乎在找什么，然后失望地合上了本子。

王大庆想起了什么，从抽屉里拿出了一个用作文纸自制的信封，上面写着：刘伟光老师收。

王大庆在手里攥了两秒钟那封信，心里咯噔一下，这不会是田园写的吧？他这么想着，手里的信却主动递给了田园。田园没说话，拿着信径直退出了办公室。

王大庆后来回忆信封上的字体，然后翻着那本没写名字的作文本核对了很久。他后来能确定的是，那个作文本就是田园的。可他翻了很久，也没在她的作文里找到“刘”“伟”“光”这三个字，他没办法证实那封信究竟是怎么回事，是她田园写给刘伟光的？还是别人的恶作剧？或者是什么别的？

这个问题整整困惑了王大庆三天。也就是这三天，他发现自己对田园是有些莫名的情愫的。当晚，王大庆躺在姐姐家的床上，望着异乡的夜空，不自觉想起田园来，她的长发、她薄薄的嘴唇、她右手手腕上文的一朵梅花以及她和那些男生们一起玩时爽朗的笑声。

想到那些笑声时，王大庆开始羡慕起顾老师班上的那些男生来。

5

王大庆和田园从黄河大桥上下来时，天色已经暗了下来，路上车少了许多。借着嗖嗖的风，王大庆鼓起勇气将那个问题喊了出来："田园那封信是怎么回事？"他回头问她。

"什么？你说什么王老师？"田园问。

"我说前天那封信。"王大庆提高了音量。

这一次，田园没有说话。王大庆断定她听懂了他问的。

在快速行进的电瓶车上，气氛就不至于尴尬，他看不见身后她的脸，身旁都是流动的车，不至于像在大桥上那样让他觉得那些陌生人都在盯着他们俩。

田园没回话，王大庆倒也没自己心里想象的那么生气或者疯狂。他变得平和起来，觉得这画面有点像电影，让他觉出些美好来。原本王大庆没想到田园会如约而至，她本可以拒绝他的，但她没有拒绝，反而跟他一起到了黄河。此刻，王大庆虽有些失落，但也有点小小的满足。

停顿了一分钟，他还是半回头对她喊了一句，现在应该好好学习，到外面的世界去看看。说完，王大庆觉得自己很可笑。

快进县城时，王大庆将田园从电瓶车上放了下来，给她打了辆的士。距离刘伟光跟姐夫约定的时间还早，王大庆就故意放慢了车速，电瓶车在绿化带里的人行道上慢悠悠地向前，成片的杨树林被甩在了身后，取而代之的是石化厂几根冒着浓烟的烟囱。黑烟随着风向西北飘去，不一会就盖过了王大庆的头顶，他只觉沙砾一样的灰尘噼里啪啦地落到自己的头发丝里，他赶紧在路旁停下车，低头挠起头发来。抬起头时，那片浓烟早已向县城中心位置飘去。

六点的时候，王大庆接到了姐夫的电话，姐夫和刘伟光已经在新华酒店门口等他了。王大庆到达新华酒店时，姐夫和刘伟光已经坐在了一个叫作牡丹园的包间里靠门的两个位子上。王大庆挨着姐夫坐了下来，听姐夫和刘伟光用方言交流着学校里的种种人事。王大庆听不太懂，但他发觉那话挺好听的，跟河南话不太一样，好像离北京话不太远。那词、那音调多少有点高高在上的高傲感。不是王大庆喜欢高傲的人，而是他常常觉得别人眼里的高傲往往都是假象，多数不是高傲，只是个性突出、只是不太合群、只是特立独行。王大庆曾在一本书上读到过人是一棵树的言论，在王大庆眼中，其实“高傲”的人就像一棵笔直的树，没有那么多的枝蔓，看着简洁。王大庆觉得顾老师就是这样的人，此刻的刘伟光倒是有点让王大庆喜欢了。

王大庆无聊地打量着这个酒楼，其实就是很普通的饭店，一个县城能有什么高档次的酒楼，只是名字取得大些罢了。没多久，一个五十岁上下的中年人提着两瓶洋河大曲推开了门。王大庆一眼认出了他，男人看上去比照片上讲究了些，可西装下仍不可避免一副不自然的样子，王大庆礼貌地站起身点了下头，他和胡道利的年龄差距实在是太大了，王大庆开始紧张起来，别说监考老师，但凡一个正常人都不可能不发现他们不是同一个人。

“来，来！点菜吧！点菜吧！都干坐着干什么？”男人一边说着一边放下手中的酒，挨着王大庆坐了下来。

“就咱四个？”刘老师问。

“是。那还有谁！”男人答。

王大庆突然觉得一张十个人的桌子只坐了四个人，并且为了方便交流和用餐这四个人只能挨在一起的情景有些滑稽。男人看菜单时王大庆偷偷打量着他：黝黑的皮肤让他的秃顶不至于太显眼，邋遢的两鬓连着没刮干净的胡子一路下来，两根鼻毛活跃地露在外面。这是一个小县城里再正常不过的男人形象，王大庆仍旧有些不习惯。他毕竟是位教育工作者，想到他是田园的舅舅时，王大庆甚至不由得打了个寒战。

你推我搡之后叫胡道利的男人点了四个菜：一个鱼香肉丝、一个竹笋炒肉、一个木耳炒瓜片，还有一个王大庆叫不上名字的菜，是菜花、鱿鱼、香菇和火腿炖在一起的大杂烩。王大庆很喜欢吃这个菜。但他现在是老师了，是跟眼前的几位中年男人一样的人了，他就不能像个不懂礼貌的孩子。虽然他听不太懂他们的话，但他还是得在别人都放下筷子聊天时也放下筷子一个人走神，在他们互相碰杯时，也跟着装模作样地举起杯来小抿一口茶。王大庆不会喝酒，就只能以茶代替，剩下的时间礼貌地配合着点头或微笑。王大庆自己觉出了自己的拘谨和扭捏显得与气氛格格不入，他找借口出去透透气。

整顿饭吃了很久，原本刘伟光和姐夫都有晚自习，但他们都打电话向领导请了假。

他们就像一场日常聚会一样，自始至终都没将替考的事当回事，直到快接近结束时，胡道利突然对王大庆说：

“你就放心去考，不用太在乎、太当回事。以你的学历，考个成人高考绝对没问题。”

王大庆听着不爽：“呵呵，我尽力。”

“没事，肯定没事。也不用多高，你就每门考个八九十分，过了就行。”胡道利大言不惭道。

八九十分？连目标都定好了。王大庆心想，他觉得眼前的这个男人让他哭笑不得。他在心里嘲笑他的虚伪，说是自己不在意，你不在意还报名干吗？不在意还找人替考干吗？不在意还非要个八九十分干吗？王大庆想不通，这又不是高考，起着改变命运的重大作用，都已经工作了几十年，还考什么、争什么？你若真的有那实力也行。王大庆打心眼里瞧不起这样的人。他瞟了老胡一眼，接着就想到了田园。

刘伟光已经满脸通红，“小伙子，找对象没？”

王大庆不好意思地挠挠头。

刘伟光却接着说：“你留意一下办公室进门右侧的那个丫头如何？我觉得你俩挺般配的。她也是今年新来的老师。”

王大庆不喜欢别人问他这样的问题，尤其是刘伟光还是他师傅，这让他更不自在，王大庆突然心里有些厌恶起刘伟光来。倘若他之前只是不喜欢他，那么现在，他确实有点厌恶他了。他就找借口出去透气了，他一个人在酒店门口晃来晃去徘徊了很久。

在王大庆第三次找借口出去透完气，回来时令他没想到的是田园竟然出现了，和田园一同出现的还有顾老师。

本以为应酬已接近尾声，现在王大庆才看明白，似乎才刚刚开始。

顾老师也不喝酒，他喝茶。你一言我一语的，王大庆反倒端起了倒满了一杯啤酒。接着就是第二杯、第三杯……

顾老师出去接电话的时候，胡道利突然一把将田园搂了过去。借着酒劲，他问王大庆："小伙子，那你看我这外甥女怎么样？"

王大庆晕晕乎乎，一紧张，半杯酒洒在了桌子上。

姐夫也喝得差不多了："你们快别逗他了，我这弟弟可是老实得很！"

"谁逗他了，你别说，我觉得他俩金童玉女的还真般配。"刘伟光接话说。

一直没有响动的田园看了刘伟光一眼。

王大庆早就不高兴了。现在，他想到了刘伟光桌子上的那封信，有点火冒三丈，他低着头，强忍着。可并没有人注意到他，话题反倒有些认真起来。

"老胡老胡，你喝多了，可别乱说，人家还是学生呢！"姐夫说。

"胡说，我没喝多。学生个屁！就她那成绩——她爸明年就打算把她送进化工厂上班了。"胡道利说。

王大庆惊讶地看了田园一眼，她并没有要从胡道利胳膊底下挣脱出来的意思，也没看王大庆。她就像一个玩具一样，好像已经习惯了，透着一种王大庆无法理解的成熟。她显然是默认了她舅舅的话。

这时，顾老师已经进来了。他也被胡道利的那句话弄得不知所措，说自己还有事，先告辞了。

王大庆重重地将杯子摔在桌子上，追了出去。

在酒店门口，两个人都停下了。

“我真不知道今晚的主题是这样，早知道我压根不会来。”顾老师说。

“您误会了。”王大庆想跟顾老师解释什么，却并未说下去。

顾老师点燃了一支烟，突然问王大庆：“你觉得故乡是什么？”

王大庆愣了一下。

“我看了你的教案。”顾老师说，“谢谢你替我讲了《我心归去》。不过——我觉得你还可以就‘故乡’讲得更深刻一些。趁年轻，平时多读点书，文学的、哲学的、历史的都读读。”说完，顾老师将烟蒂扔在地上，用脚踩灭，向夜色中走去。王大庆盯着这个男人的背影，那背影是华丽的，华丽的背影消失在蓬头垢面的小城夜色中。

6

“你别想了就！你就是替考的，你赶紧给我下去。否则我报主考官了……你这小孩可真大胆。我跟你说，上回有个医学院的替考生被开除学籍了。”

“喂！喂！那个人，你考不考？不考就下来。不要站在走廊里。”

“他是替考的！”

“下来！下来！你赶紧下来！”

……

“站住！谁让你走了吗？你是哪的？”

“你知不知道你这是什么性质？现在的小孩子胆子不小啊！”

“说话！你叫什么？哪里人？哪个学校的？”

“说话！你哑巴呀？”

……

“你傻不傻？我不管你跟这照片上的人什么关系，你就到楼上随便走走，然后下来。回去就和这个叫胡道利的说监考不发你卷子不就得了？”

……

替考是以失败告终的。想起那天上午和下午的两幕，王大庆的心就像上了发条，他觉得自己就像个小丑，被人狠狠地抽了几个巴掌，一整天他的脸都是火辣辣的。尤其是上午他被监考官从考场轰出去，接着又被门卫拦着不准离开考区的那一幕幕，如同噩梦一般。心有余悸后，他意识到自己的实习差不多要这样宣告结束了罢，整个人就彻底放松下来。开始时他觉得那些考官和考生的无数双眼睛都在盯着他，他毕竟引起了轰动、成了焦点，恨不得找个地缝钻进去。后来，他又释然了，他一直渴望着被关注，就算以这种方式成为焦点又怎么样呢？他们都不认识他，他也不认识他们。他在一个陌生的校园里转悠着——这校园不是他实习的学校，也不是他读书的学校，他沿着操场上的跑道绕圈走，走着走着竟完全没了那种陌生的恐慌。他想起了有两次，他跟田园，他们在晚自习后的时间里也这么走过。那时，偌大个校园里空无一人，他们走在两条间隔一米的跑道线上，不说话。间或他问她一句什么，她就答一句什么，秋风迷离中，王大庆觉得那种场面真美、真青春。

那天，坐在胡道利的车上回县里，田园坐在副驾驶座位上，王大庆坐在胡道利身后。

“胡老师，不好意思！没帮到您什么忙。”王大庆既愧疚又轻松地说。说这话时他突然想大哭一场。

他在车镜里看了一眼田园。田园低头不语。

王大庆想起前一晚酒散后他送田园回家。在那个巷子口的电线杆子下，他终于没忍住，借着酒劲儿将田园抵到了电线杆子上，他盯着她的眼睛，狠命地吻了下去，想要将她吃掉一般。吻了一会，他自己停了下来，盯着她看，她是那么陌生，让他看不明白。

她还是个学生啊!

她在慌张过后赶紧整理好自己的衣服。

尴尬了好一会儿。后来，他们又有一句没一句地聊了很多，她说她喜欢南方。

王大庆说，那就好好学习，过两年考到南方来找我。

王大庆觉得自己的话很不靠谱，但他似乎从她的眼睛里看到了一丝笃定的东西。接着，他仿佛又一次看到了那些干燥的植物，那枯黄的麦田再次焕发了生机，那北方惯常的成片白杨树，正在汩汩河流的对岸野蛮地生长。

朋友睡吧

文 / 张敦

发表于《山花》2015 年第 8 期

我相信谁也不愿意在熟睡的夜晚被手机惊醒。凌晨三四点，你睡得正香，手机突然响了，一下子把你从梦中拉出来。这是一种粗暴的力量，不管你多么不情愿。你闭着眼睛不接，它会一直响下去。为了避免发生这种情况，睡觉之前，我会关机。关机的时候，我的手机上会出现一只蝴蝶，它抖擞着美丽的翅膀飞走，屏幕一片漆黑。我要睡个好觉，要不然第二天上班会没精神。我不想自己一副萎靡不振的样子。

那天晚上，我为什么没关机呢？最大的可能是我喝多了。我总是喝酒，一喝就喝多。没人陪我喝，我自己和自己喝。我对自己说，“干了吧。”我就把酒干了，然后我再回敬自己一个。这样一来二去，我就把自己灌多了。那天我十分高兴，因为我发现自己十分豪爽。你和一个豪爽的朋友喝酒，这真是一件快乐的事。我让自己多喝了一点，其实我还能再喝，但酒瓶空了，我只好对自己说：“对不起朋友，没酒了，明天再喝吧。”站起来的时候，头有点晕，我知道这是很正常的。我喜欢这种感觉。在这种感觉下，我写了两首诗。我有些困了，爬上床，脱去全部的衣服。我坚持裸睡。

酒总会让我忘记做一些事，比如把手机关掉。但幸亏那天晚上我没关手机，要不然我的朋友会很失望。谁打不通电话都会失望的。我的这个朋友是幸运的，他在凌晨四点给我打电话，一下就打通了。他叫项北，身在火车站，从承德来。他让我的手机像火车的汽笛那样响了起来。这种粗暴的力量赶走了酒劲儿，把我从梦中拽了出来。

我的眼皮像被暴徒撞开的房门，再也无法闭合。我只好坐起来，心脏狂跳。这段时间以来，我第一次在深夜接电话。

“喂——”

“张敦，我是项北，我来石家庄了，你现在住哪里？我要去找你。”

“哦，你小子来啦，我在西三教住，你打车过来吧，一直到村西，到后给我打电话，我去接你。”

“我的手机还不能用，深夜又不好找电话，怎么给你打？”

“你真笨，借出租车司机的电话不行吗？”

“好吧。”

我知道今天晚上的睡眠到此结束了。打开台灯，台灯很亮，照耀着我的眼睛，让我不得不重新把它关上。我不知道自己为什么要用一个这么亮的台灯。我坐起来，开始穿衣服。朋友要来了，项北，我的大学同学，当年他就睡在我的脑袋后面。他睡觉时有磨牙的坏习惯，那声音像老鼠在啃水泥，一次次把我从梦中惊醒，我往他的头顶扇一巴掌，他暂停一会儿，我重新睡着，他又重新开始。三年来，我们一直在重复这个游戏。但对于他来说，这个游戏是不存在的。他怎么会知道呢，这家伙一直处于睡梦之中。

四点半了，外面还很黑。我想，如果这时我跑到大街上去，会把我冻死的。我的御寒工具仅是一件皮衣。我想到了一句诗，“都护铁衣冷难着”。我的皮衣现在就冷得让我无法穿在身上。他可能还要过一会儿才到。我干脆在床上等他的电话吧。只要电话一响，我就马上冲出去接他。我又把被子盖在了身上。我和刚才醒来时的唯一区别就是身上多了几件衣服。

项北睡觉时爱磨牙，醒着时爱说谎。当年在宿舍里，他会突然对我说，“刚才有一个女生打来电话找你，你不在，她说晚上再打过来。”然后我就开始了美好的等待，结果他总是笑话我一通，然后告诉我那是一个谎言。当年我是多么希望有个女生打电话找我啊。这个愿望到现在也未改变。刚才打来电话的，如果不是项北，而是一个温柔的女生，我该多么幸福啊。我会毫不迟疑地冲出去接她，然后替她拎着行李走进我这简陋的房间。既然我们都困了，就躺在一起睡觉吧。

我开始琢磨项北的话是真是假。这家伙该不是一时发神经，通过电话向我撒了一个谎吧？他其实根本没来石家庄，还在承德。给我打电话的时候，他正舒服地躺在床上。他肯定喝多了，要不就是说谎的瘾犯了。他急切地想找个人，撒一个谎，所以他想到了我，我是最容易被他欺骗的人。此刻，他正在被窝里窃笑呢，他想到了我起来穿衣服的情景，连我坐在床边抽烟苦等的情景都想到了，他为自己的谎言兴奋不已。

我又看了一眼手机上的记录。项北刚拨过来的号码是座机号，没错，是石家庄的号。那么说，他确实来到了石家庄。这时他并没有在被窝里，而是在寒风凛冽的大街上寻找出租车。现在是凌晨四点半，不知道出租车是否好找。我亲爱的兄弟，你应该听说过《狼来了》的故事。这个故事是这样的，从前有一个小孩，每天去山上放羊……

作为一个儿童图书编辑，我本能地想到了这个故事。我躺在床上，眼前突然出现了一座高山，山上有很多羊，到底有多少只呢？让我们来数一数吧。一只、两只、三只……这时候，我体内的酒精还在发挥着效能。你能让一个贪杯的人随时保持清醒吗？我越来越不清醒了，我要睡觉。我先睡一会儿，再去接项北，这样不好吗？

等我再次醒来的时候，窗户已经发白了。我的手机始终没响。难道说项北真的没来石家庄？我掀开被子，系好裤子，决定去外面看看。外面很冷，我全身的酒气马上消解在这寒冷的空气中。我感到清爽无比。

刚下过一场大雪。街道两边肮脏的店铺被雪装点一新，维持不了太久，即回归了乌黑的面目。路边干净了一会儿，又被踩得千疮百孔。终于有人将雪堆在路两边，路面漆黑，混着冰碴子的污水泛滥成灾。

项北果然来了。他站在一堆雪上，面朝东方，像在等待旭日东升。我是通过他身上那件羽绒服把他认出来的。去年的时候，他女朋友给他买了这件羽绒服，他还在宿舍里炫耀了一番。而今，这件衣服显得有些旧了。我向那个背影喊，项北！他转过身，笑了笑。他并不激动，很自然地弯腰拎起了包。他一共有两个包，我过去帮他拎一个。我不敢问他等了多久，只是拍了拍他的肩膀。这个动作表示我们亲如兄弟。我开房间门的时候，他说：“我等了你两个小时。”

“你怎么不给我打电话。”

“我找不到电话，人家司机都不肯借给我。”

“我以为你是在说谎，所以没下楼找你。”

“以前你不是这样的，你很好骗。”

我们进了我的小房间。这的确是个小房间。一张床、一张桌子、一把椅子和一个箱子，除此之外，别无他物，项北又往里填充了两个鼓鼓的旅行包。我们坐在床边，谈论起各自的事。他告诉我，过年之后，他去北京的建筑工地干了很长时间。

我知道在建筑工地上干活非常累，但项北能吃苦，那点累对他来说不是问题。通过与沙子和水泥的交流，他增长了一些肌肉，平添了几分忧虑。他忧虑的是自己的将来。项北想的是，作为一名刚毕业的大学生，总不能在建筑工地上一直干下去吧。所以他就来找我了。好像他的将来就在我的手心里握着。我的状况是：一个人在过着郁闷的生活，每天去一家图书公司上班。虽然这样的生活并不如意，但项北十分羡慕，并且想要即刻拥有。

天光大亮。我不能再陪项北，我要去上班。如果我请假，就会失去一天的钱。钱对我来说非常重要。我把厕所的位置告诉了项北，把钥匙也留给他：“晚上公司有个聚餐，要晚一些回来。”

朋友到来的第一天，我白天不能陪他，晚上还要去和别人喝酒。这个夜晚用来喝酒是对的，但应该是我请朋友喝酒。我们应该坐在一起，一边喝酒一边聊天，像亲生兄弟一样。

那天晚上我是十一点的时候回来的。我已经半醉了，找到家门已经很不容易。我想项北可能已经睡觉，但又不得不喊了一声：“项北，钥匙！”我正要喊第二声的时候，项北的身影出现在阳台上，把钥匙扔了下来。

项北一直在等我，怕我打不开大门，没敢睡觉。我说话已经口齿不清，但装作很清醒的样子。明天他要去人才市场找工作。我对他的外表提出了建议。

我说："你去人才市场的话，就不要穿这件脏得要命的羽绒服了，你要精神一点，不能这么颓废。"项北脱下羽绒服，穿上西装。他说："这身西装是过年时大哥给买的，一直带在身边，舍不得穿。"他穿上西装，确实精神了些。他的头发长年未理，就像一堆稻草。我请他明天先去理个发，他表示赞同。

睡觉问题是这样解决的：我们合睡一张单人床，我在外面，项北靠墙。只有一床被子，我们合盖。虽然都穿着秋衣秋裤，但不让身体接触，拼命往两边躲，结果中间出现了很大的空间，透风撒气。我问项北是否还保留着磨牙的习惯。他微微一笑说："一会儿你就知道了。"过了一会儿，我却一马当先地睡着了——那么多酒不是白喝的。

六点二十，我醒了，项北还没醒。我想听听他磨牙的声音，但什么都没听到。他睡得很死。我起来穿好衣服，像往常一样。

我觉得有必要介绍一下我住的地方。石家庄有很多城中村，这是其中一个，叫西三教，当地人住在自家建的小楼里。这些小楼统一十分难看，大多是二层，也有少数是三层，一层自家住，二层和三层租给像我这样的外来人。我的房间在村西头一栋小楼的二层，楼下住着房东一家。这里常有盗贼出没，所以房东对每个生人都会严格盘问。

那天，我走了之后，房东盘问了项北。项北到来的时候，她还没起床，而我去上班的时候，也没碰见她。引起房东怀疑的还有一个原因，那就是项北的外表。数月的建筑生涯已经把他改造成了一个地道的民工。他头发蓬乱，皮肤粗糙，眼神充满羞怯，并隐藏着愤怒。房东问他是干什么的。他说是张敦的朋友。房东说张敦是谁。他说张敦就是住二楼的那个男的。房东说你是来偷东西的吧。他说你放屁。

晚上我回来后对房东作了一番解释。我说那真是我的朋友，他叫项北，脾气是大了点，但人本质不坏。老太太相信了我的话，问他什么时候走。我说找到工作后就走。

项北终于安定地住了下来。他的衣服和我的衣服一起堆在箱子上。我找了双拖鞋，让他洗完脚穿上。屋里的臭脚丫子味终于消散。我带他去澡堂洗澡——这是他大学毕业后第一次洗澡。我们仿佛回到了学校的澡堂那样，他给我搓背，他说我后背的泥土十分肥沃。我给他搓背，说他后背上的泥土可以植树造林。他还是那样瘦小，肌肉有所增加，但骨头依然历历在目。项北说："我前几个月吃的苦比你一年吃的苦都多。"他这句话没有撒谎，我相信。

我问他这一天是怎么找工作的。他说去了一趟人才市场，买了几张报纸，明天去几家单位面试。到了第二天中午，我给项北打电话，问他在做什么。他说正在找一家单位，怎么也找不到。我说你不是有地图吗。他说我就是找不到，要不你来找。我说你他妈的连人家在哪里都找不到，还应聘个什么劲儿？说完我就后悔了，意识到这可能伤了项北的自尊。我俩都悄无声息地挂断电话。

如果你要问项北有什么特长，告诉你，他唯一的特长就是能吃。与饭量相比，他的胆子特别小，主要表现在对很多事情的顾虑上。比如，他要找的工作，绝对不能是没有底薪的业务员。他想有一份稳定的收入，就像在工地上给人家干活一样，干完一天就有一天的钱。

晚上，为表歉意，我请项北吃饭。我二人吃了两大盘炒饼，喝了一盆疙瘩汤。他表示还能再吃，我又点了一盘饺子，他全部吃下。

以后的几天，基本上没有值得叙述的内容。早晨我去上班，项北去找工作，晚上我们就睡在同一张床上。终于在某个夜晚，他恢复了磨牙的习惯。

有一天晚上，我和项北对饮，下酒菜是一包花生米。我们打算喝完这瓶老白干就睡觉。项北不胜酒力，喝得比较慢，结果拖到十点还没喝完。突然，我的手机响了起来。这声音来得太过突然，我差点从床上跳起来。项北比较镇静，帮我把手机拿了过来。我一看，原来是牛力打来的。

"牛力，有事啊？"

"张敦，明天我要去石家庄找工作，先在你那里住几天。"

“好，你来吧，项北正好也在这里。”

“好，那我明天上午到。”

我对项北说：“牛力要来了，他来了，你们可以合租一间房。”

项北说：“嗯。”

牛力是我和项北的同班同学。毕业以后，他回了老家，不知都干了些什么。现在他要来找我，对我来说是件好事。他来后，这个小房间难容三人，他和项北势必要在附近合租一间屋子。届时我的睡眠就能恢复到从前的样子。这是我的如意算盘。现在，我特别想单独睡在一张床上。

我让项北明天把牛力接到这里来，然后再一起去找房子。项北明白我的意思，看来这些天他也睡得很难受。

第二天中午，我打电话给项北，问他们在做什么。我希望他们正在找房子。他却说正在吃饭。我问：“吃完饭去干什么？”他说：“先睡一觉。”我问：“睡醒了呢？”他说：“那时你就下班了，咱们见面再说。”

我对此非常失望。这俩家伙正无忧无虑地坐在饭馆里吃饭。吃完饭他们就回到我的房间睡觉，他们根本不考虑晚上的事。我忍不住给项北发了一条短信：快找房子呀！他回的是：正在找呢！我的心稍微平静了一下，仿佛又看到了希望。下班后，我满怀希望地走在路上。我确信他们正在我的房间里，我去推那扇门，却发现门从里面闩住了。

我敲了几下门，里面传来声音，“谁呀？”我说：“是我，还能有谁！”门开了，项北站在我面前。牛力正躺在床上，他看见我后，就坐了起来。屋子里一股臭脚丫子的味道。我问牛力：“你几天没洗脚了？”

我和朋友牛力见面的第一句话不是问好，而是问他洗没洗脚。我是一个对异味特别敏感的人，尤其是从人身上发出的异味。我看见他们两个都光着脚。四只鞋扔在我的床下，歪七扭八。

我问项北：“房子找好了吗？”项北说：“本来看好一间，但是刚才我们决定，先不租房子。”我大声追问：“那咱们三个人怎么睡？”

牛力胸有成竹地说：“我已经找好睡觉的地方了。”

按照牛力的说法，他今晚可以去高中同学马宁那里睡觉。目前马宁正在电视台实习，他在外面租了房子，牛力可以随时过去。我说：“好吧，但这根本不是长久之计。”牛力说：“我们想先把工作找好，然后再决定在哪里租房子。”我不耐烦地挥挥手：“好了，走，喝酒去。”这时候，我确实很想喝两杯。

找了一家饭馆，要了三个菜，我去旁边的小铺买了一瓶白酒。这瓶白酒正好能倒满三个杯子。起先，我们都不说话，但喝了几口酒后，话就多了起来。这就是喝酒的好处，它能让习惯沉默的朋友敞开心扉。牛力告诉我，他一毕业就在家做生意了。我问他做什么生意。他说收破烂。我说这生意肯定很挣钱。他说：“是能挣点钱，但不体面。”项北说：“我去工地当小工，也能挣点钱，但也不体面。”我说：“是啊，什么时候我们能体面一些呢？”

我喝得猛，恨不得一口把酒都喝干。这时牛力的手机响了，事情就此发生了变故。这个电话是马宁打给牛力的，他说今天晚上他那里没地方住，请牛力另想办法。接完电话后的牛力神情沮丧。我说：“牛力啊牛力，你要明白，有些朋友是靠不住的。”

目前，摆在我们面前的问题是，怎么度过这个拥挤的夜晚。我的建议是，三个人挤在一张床上。也只能这么办了。这张单人床，挤三个人，努力一下是没问题的。项北睡最里面，牛力睡中间，我睡外面。我们三个都穿着秋衣秋裤。我想起以前裸睡的日子，真是恍如隔世。

我们都侧着身子，恨不得变成一张扑克牌。每个人的动作都会引起一场动乱。对方说话，你能感受到他胸腔的震动。我们要说的话都被挤跑。也可以这么说，我们说出来的话都没地方放了。

这个晚上，我醒了无数次。他俩睡觉不老实，把被子霸占过去。我身上空空荡荡，我只好把被子拉过来一点。项北磨牙的声音又来了。我想用被子把他的嘴堵上，但又怕把他憋死。我万没想到的是，牛力也有磨牙的毛病。他磨起牙来，一点也不比项北差。

睡到五点多钟，我就起来了。我坐在椅子上，第一次发现坐着比躺着舒服。酒的原因，我的头有点疼。我洗了把脸，但仍不能解决问题。我抱着头坐在椅子上，样子很痛苦。牛力也醒了，他感慨地说："真是太挤了。"我说："我的头有点疼。"我希望这时牛力会说，"今天我们去找房子。"我真的不想下一个夜晚也这样度过。可是牛力什么也没说，该说话的时候，他却沉默。这家伙拿起床头的电影杂志看了起来。项北也起来了，什么也没说，看来他睡得很好。睡觉爱磨牙的人可能都睡得好。

我问牛力："今天想去做什么？"他说："先去人才市场看看，再说别的事情。"我说："你们去找个房子吧。"他说："好。"

真是疲惫的一天，我几乎要趴在稿子上睡着。中午，我给项北发短信，问他找到房子没有。他说正找着呢。我稍感欣慰。下班的时候，我坚定地认为今晚将是我独自一人睡在一张床上。

我来到我的房间外面，绝望地发现门又锁上了。我敲了好几下，他们才问："谁呀？"我说："除了我还有他妈的谁？"开门的是项北。躺在床上的仍然是牛力，他见我进来，说，"下班啦。"我说："不下班我能回来吗？"屋子里一股臭脚丫子的味道。我讨厌这种气味。

我问："房子找好了吗？"

项北说："找好了，押金都交了，可是牛力又不想去住了。"

我说："为什么？"

牛力说："我想等工作定下来再说房子的事。"

我说："那这几天咱们怎么睡？"

牛力说："没事的，我已经跟一个同学联系好，晚上我去他宿舍去睡。"

我心里极为不快，喝酒的时候，一鼓作气，两口把三两酒喝了下去。牛力因为还要赶到同学那里去，所以不能喝，他的酒全进了我的肚子。项北全力以赴，喝了满满一杯。我喝了酒，话就多了起来。我说："我知道你们不租房子的原因，第一是钱不多，第二是工作还没有着落。"牛力说："你说得很对。"我又说："我挣的钱也不多，以前我想用这点钱装个宽带，但现在我不想装什么宽带了，我要租一间大点的房子，够咱们三个一起住的房子。"

酒真是一种神奇的东西，它可以让一个满心不悦的人豪情万丈。我的话一说出来，连我自己都有些吃惊。我怀疑自己到底是不是真的这么豪爽。我的豪爽，也许只能在喝酒的时候表现出来。我敢确定，说这话的时候，内心充满了真诚，眼前浮现出我们三个人生活在一起的场景：那是三室两厅的房子，有厨房，还有卫生间，卧室都有门，只要关上门，就是独立的空间，可以在里面放心地裸睡。

他们也被我的豪情感染，激动起来。项北说："张敦，你真够意思，但我们绝不会让你那么麻烦的，找到工作后，我们一定去租房子。"牛力也这么说。我说："你们不用租，我已经决定了，宽带我不装了，我一定要租一个大点的房子。"他们不置可否，劝我不要再喝。

牛力要在十点之前赶到城市的另一端。他要找的同学是一个女生。他要通过这个女生的关系住到男生宿舍里去。我始终觉得这件事不靠谱。昨天马宁的事就是一个教训。于是我对牛力说："你不要把事情想象得太美好，万一不行的话，赶紧回来，咱们三个再凑合一晚。"牛力保持着一贯的自信："放心吧，没问题。"他背上书包，骑上我的破车子消失在夜色中。

黑暗笼罩大地。站在房间门口，看不见西边的菜地和民心河。哪里都是黑黑的。我在门口欣赏夜色，项北躺在床上入睡。我打来水，准备好好洗一个脚。躺在床上，疲惫的感觉却一下子无影无踪。我只好看电影杂志。我的床头放着许多电影杂志，说明在这张床上睡觉的人是一个影迷。我突然觉得现在的事就像一场电影。眼下的场景可以作为片子的结尾，一个长镜头——项北像死狗一样睡在我身旁，我安静地看一本杂志，等待睡意把我带入梦乡。

但事实上，故事还未结束。我的手机幽灵般响起，牛力的声音从那边传来：“张敦啊，这里不行，我得回去！”

牛力的去而复返让我无比沮丧。我把手里的杂志扔到一边：“牛力要回来了！”等了半天，没听到任何回音，却听到了磨牙的声音。项北没有醒来，好像死了一般。一小时后，牛力在下面喊我的名字。我出去，把钥匙扔下去。他带着漆黑的寒气来到屋里，坐在椅子上，不好意思地看着我。他曾经追过那个女孩，但人家看不上他。这次牛力找她，她确实想帮忙，来弥补当年感情的伤害。她根本没有办法让牛力去男生宿舍住，她对牛力说：“你去我们学校的宾馆睡觉吧，房间我来开。”

牛力断然拒绝了她：“我才不住什么宾馆呢，那么贵！”

我说：“她可能想和你一起睡。”

“她想和我睡？鬼才信！”牛力显得很伤心，往日的自信荡然无存。

有了昨天的经验，我们已经知道，三个男人挤在一张单人床上是多么难受的事。现在的情况比昨天更糟。项北不省人事，身体再也不能成为一张竖着的扑克牌。他的身体奢侈地摆成了一个“大”字。我费力地把他的身体恢复成一个“一”字，然后让牛力和他一起摆成一个“二”字。

牛力不肯上床：“你们睡吧，我不睡了。”说完，他在椅子上摆出一个坚定的姿势。他强烈表示，只要玩着电脑，可以一宿不睡。我知道牛力常去网吧包夜，擅长熬夜。面对一个这么有毅力的朋友，我能说什么呢？“好吧，我先睡，等你熬不住就叫我。”

我躺下来，很快入睡。我的打算是，睡两个小时就起来让牛力睡。这个晚上，我们要轮流睡觉。但我万没想到，自己这一觉睡到了凌晨四点。醒来后，我看着趴在桌子上的牛力，心中充满内疚。我责备自己，怎么能让朋友这样睡觉呢？我连忙起来，推醒了牛力。我让他赶快到床上去睡。在床上睡觉才是睡觉的样子。

疲惫不堪的牛力爬到床上，我在椅子上坐下来。电脑关了，我又打开。我想看一个名为《21 克》的电影。第一个镜头：一个男人夹着一根烟，光着身子蹲在床上。他身边趴着一个同样没穿衣服的女人。男人好像在思考问题，皱着眉头。女人睡得很熟，一动不动。如果我是那个男人，一定不会蹲在床上。我会老老实实地躺在床上，这样同样能思考问题。

天光大亮的时候，我把电影看完。他们还没有醒来。我来到屋外，舒展了一下身体。我胡乱运动了一下。我想让自己看上去精神一些。我像往常一样刷牙洗脸，刮去一夜之间长出的胡须。我故意把声音搞得很大，目的是把他们惊醒。项北首先睁开眼睛。他不舍地爬起来，看到牛力躺在身边，十分奇怪。我说："现在牛力该明白了，很多事情并不像他想象得那么美好。"项北来到地面上，舒展着身体："他什么时候回来的，我根本不知道。"我看了项北一眼，什么也没说。

我和项北商量了一下，做出了决定，今天不管发生什么事，一定要租一个房间。项北强烈表示，不能再这样下去了，这样将会让我无法工作。牛力醒来后，听我们一说，终于放弃了先找工作再租房子的想法。

今天是星期天，我不用上班。我们坐在冰冷的街边吃了早餐，然后走进胡同，寻找租房的人家。如果有房出租，房东会在大门口挂出牌子，简单的，只写"租房"俩字，详细的，则写明房间的数量和大小。项北和牛力决定租一间有两张单人床的房间，看了几处，都不合适。没关系，我们有一整天的时间，这样的房间总会找到的。

奔跑

文 / 雷默

发表于《花城》2015 年第六期

一

马良很少在走路的时候东张西望，因为他看到的世界是一高一低的。

那天他又来到了好朋友浩明的钟表修理铺，工作棚很小，里面只能装下两个人，转身也显得十分困难。浩明坐在小窗口前的高脚板凳上，右眼戴着一个显微镜，正在修理一块古老的怀表。马良一进门就抱怨："你这真像个鸟笼，长年待在里面不闷吗？"

"让我待外面才不习惯呢。"浩明瓮声瓮气地说，他冲马良甩了一下头，意思是让马良自己找地方坐。

"这哪有坐的地方！"

浩明指了指紧挨着门的木箱说，"那里不是能坐嘛，你把上面的钟拿掉。"

马良把挂钟拿了起来，又觉得无处安放，浩明伸出手说："给我，拿给我。"

马良看他坐在那里不动，上身像皮筋一样可以拉长，手臂一舒展，把那口挂钟挂到了墙上。马良坐下后，浩明继续埋头于他的钟表修理，只是脑子分了一半出来聊天。

"你应该找点生意做做。"

"我也想啊，能做什么呢？"

"你过来，到这来看看。"浩明把窗口的位置挪了出来，马良凑上去，看了半天也没看出什么门道来。

"这有什么特别吗？"

"猜猜前天我在这里看到了什么？"

"什么？"

"我见到一个人，怕费鞋底，光脚走路，两只鞋拎在手上。"

"谁这么吝啬？"马良又凑近小窗口，这回他果然看到对面的马路上一双双走来走去的鞋子。

“这不是个做生意的机会吗？你可以在我旁边开个修鞋铺。”

“那些行头得垫本钱啊，家里棉花都卖了也凑不齐这个数。”

“你先把棉花卖了，不够我借给你。鞋子每个人都要穿的，这个生意做不完！”浩明讲到兴起，把右眼上的显微镜摘了下来，那只眼睛因为长期戴显微镜，原先的单眼皮变成了很深的双眼皮。“照理说，像我们这样的人最不关心的就是两条腿，穿什么也好像跟我们没有关系，但做生意是赚别人的钱，他们缺什么就卖什么。”

“你真有经营头脑！”马良说这句话是发自肺腑的，他觉得一个人的脑子如果长期不用，真的会生锈，反而用得越多，灵感越会源源不断地找上门。这跟浩明修钟表一样，长期从事修理工作，让他拥有了一对异常灵活和发达的上肢。

他的身子其实像一株虚张声势的萝卜，从外表看，绿油油的，长势很喜人，底下却萎缩得很可怜。这也是浩明白天从不离开那个“鸟笼”的原因，有人曾经在星夜看到过浩明打烊回家，他们是这样形容的：浩明只有半截身子，用手走路，粗一看以为地里的庄稼活了，仔细一看那其实很吓人。

浩明选择在天没亮上班，天黑透才回家，可能有这方面的考虑，他担心自己的身体吓到别人，或者被别人讥笑。久而久之，这个习惯已无法改变，成了他生活的铁律。

马良看着浩明，有时候会有一种庆幸心理，这种感觉藏在心里，让他觉得自己有点卑鄙。他知道两个人走得这么近，好得无话不谈，都源于同病相怜，作为朋友是不应该有这种谁更幸运一点的比较的。每次这个感觉一露头，他就拼命地想浩明的优点，来压制心里那阴暗的部分。

马良对浩明的赞美也是由衷的，比如这次开修鞋铺的点子，很明显整个三七市只有浩明想得出来。如果别人想到了，早就开起来了，还轮得到他？马良说：“你这把火放大了，我现在身上的血要沸腾了，只想早点回家卖棉花去，收购棉花的朱八今年你有见到过吗？”

“等着别人来，你还不如自己主动点。”

“你的意思是让我去找他？那价格会压得很低的，这家伙算计得精。”

“你以前不是弹棉花吗？原材料价钱哪有成品卖得高。”

马良觉得浩明的脑袋真的神了，这几乎是一本做生意的百科全书啊，随便翻一页就能找到发财的秘诀，他说：“浩明，你怎么不早说啊，早说我可能现在是万元户了。”

浩明不屑地笑笑说：“这种事情也就跟你说说，你看过别人把赚钱的事到处说吗？跟亲兄弟都不会吭声的。”

这句话让马良听了非常感动，他说：“虽然我们不是亲兄弟，但我以后就把你当亲哥哥。”

浩明说：“这话太肉麻，我不爱听。”说着，他重新戴上了显微镜，继续埋头于他的钟表修理。

这兄弟间的一拉把，让马良从泥沼中挣脱了出来。那年气温也比往年冷，他弹的棉被销售得很火爆，一口气取代了朱八，把三七市所有农户的棉花都收购了。弹着弹着，修鞋铺的行头从那根好听的弦下生出来了。

修鞋铺落成之后的第一笔生意是浩明给的，他从“鸟笼”里翻出了两只鞋，丢了出来。浩明的嘴巴凑近了“鸟笼”的小窗口，他说的话像从喇叭中放出来：“补两块鞋底，练练你的手艺。”

马良从地上捡起了那两只鞋，发现鞋子很小，只有巴掌大小，鞋子的成色很新，但鞋底都磨平了，马良明白这是浩明的手“穿”的。

马良第一次使大头剪刀，觉得那家伙太笨重了。尤其在废旧橡胶上剪鞋样，感觉剪刀被橡胶死死地咬住了，拔也拔不开。浩明在“鸟笼”里看得哈哈大笑，他说：“这跟两条交媾的狗差不多，撵不开。”

马良有些丧气，浩明说万事开头难，补不好很正常的，做任何事都得先把自己心浮气躁的毛病修理好，人一有韧性，什么事都好办。马良想想也对，浩明俨然成了自己的授业恩师，总能讲出头头是道的东西来。

浩明也挺享受这个过程，虽然谈不上手把手地教，但他总把自己的经验告诉马良，他说穿皮鞋的人的钱最好赚，果然有很多穿皮鞋的人来找马良钉鞋钉。马良最喜欢给鞋子钉铁钉，二下五除二就把钉子敲进去，仿佛给鞋子上了一身盔甲，走起路来虎虎生威，响声能传出八丈远。

浩明看起来有点诲人不倦，每天都要跟马良喋喋不休地说上一通，马良在这样的熏陶下，刻苦钻研业务，不到一个月，竟然把修鞋的手艺练得精熟。马良觉得自己对修鞋是有天赋的，虽然之前一直不知道自己还能做这个，但仿佛命运注定他是做这一行的。他跟浩明说："如果前世可以查询今世的职业，我估计就是个修鞋匠。"

"你知道你为什么鞋子修得比别人好吗？"

"为什么？"

"因为我们应该对鞋子特别在乎。"

马良觉得浩明说得很有道理，越缺什么就越在乎什么。他修鞋子的时候仿佛带着一种信仰，特别虔诚，线头剪得干干净净，更不允许有一丝毛边，所以找他来修鞋的人也渐渐多了起来。

马良的头一直处于低着的状态，那就是一个看鞋子的角度。有一天，他的视野里出现了两个轮子，他抬起头看到了一个陌生小伙子，两个轮子原来是一辆车。马良后来知道那是猪肉阿三家的毛脚女婿，第一次来三七市。他把铁家伙往马良跟前一摆，马良疑惑地看着他，不明白是什么意思。

"轮胎扎破了。"

"这个我不会修。"

"找遍了大街，没有一个修车行，所以才来找你的嘛。"

"它是什么东西？"

"自行车啊，代替人走路的。"

“你说它会走路？”

“是啊。”

“怎么走？”

“人骑在上面，脚踩在这里，跑得飞快。”

“你是马戏团的吧？”

“不是啊，你没见过自行车吗？我们那里有很多人都骑自行车。”

“怎么可能？两个轮子，人坐上去不就倒了吗？”

“不会骑的人都这么想，等你会了，想倒还倒不下来呢。”

“骗人！”

小伙子急了，抓过自行车，骑了上去，骑出一丈远又摇摇晃晃地拐了回来，把自行车往后一拉，撅着屁股横在了惊呆的马良面前。

“现在相信了吧？”

“可……我觉得这是耍杂技！这里没人会骑，浩明，你说对吧？”

浩明一直趴在小窗户后面打量着，他没有吭声，只是一直盯着那辆自行车。好在这个时候猪肉阿三的女儿找来了，她穿着一条红得像鸡冠的大裙子，因为太招眼，走路的样子看上去很滑稽，仿佛已经自乱阵脚。她看到亮晶晶的自行车，眼珠子也变得亮晶晶起来。

“怎么？坏了吗？”

“轮胎扎破了。”

“我本来还想让你带我去兜风呢。”

“以后吧，你给我作个证，他不相信这自行车能骑，非说我是马戏团耍杂技的。”

“哎呀，他们都没看到过自行车啊，这是新式货，城里才有！”

马良看了看猪肉阿三的女儿说：“我认识你爹，你爹不是卖……”

“骗你是小狗，骗你死全家，这总该信了吧？”

“可我是修鞋的，这个东西真的不会修。”

小伙子说：“你只要把轮胎翻出来，找到破洞，用胶水胶上就可以了。”

马良犹豫了起来，猪肉阿三的女儿开始了担忧，她扯了扯她对象的衣服说：“要么算了，万一修坏了该怎么办？”

“总得找地方修，不能骑自行车，难道让我走回去吗？四十多里路，走得脚底翻白了。”

马良看他们着急，说：“工具我可以借给你们，你自己修。”

小伙子就在旁边蹲了下来，他手忙脚乱地开始卸螺丝，马良实在看不过去，就过去帮他。

“你告诉我怎么弄，我帮你卸，不过得先说好了，修坏了不能怪我。”

“行。”

轮胎破洞是找着了，但没有打气筒，补完那个破洞，装上零件后，小伙子也没敢骑，他小心翼翼地推着，车把手上挂着两袋礼品，晃得很厉害，猪肉阿三的女儿风光无限地一路抖着鸡冠红的裙子，引得周围的人纷纷停下来看热闹。马良觉得这自行车推着也还是招摇的，那是大宗家产，仿佛在诉说他家显赫的身世。

意外修理了自行车以后，马良做生意的心思好像从修鞋铺逃走了，他向猪肉阿三打听起了自行车的价格。猪肉阿三说，那很贵的，一般人买不起，怎么？你也想买一辆骑骑吗？马良不好意思地笑笑，没有回答。

马良做什么事都担心被人瞧不起，没有把握的事情他一般不轻易松口，他只跟浩明提起过自行车的事。

“这家伙骑上去真的会跑，从小到大，我都不知道奔跑是怎么一回事。”

“所以你也想买一辆骑骑？”

马良点点头。

“这是大家具，不能一时冲昏头脑，你得考虑成熟，万一买回来，你骑不了呢？”

“阿三家的毛脚女婿不是说了吗？他们城里很多人都骑自行车。”

“可我们不同于普通人，我们的腿有毛病，你确定能骑？”

马良就不说话了，他心里有点不太舒服，他的腿跟浩明的腿还是有区别的，他只是短了一截，那条短一截的腿不是废腿，是有力气的。

马良不说话，浩明也不说话，那气氛就尴尬了起来。最终还是浩明退了一步，他说：“你要买自行车，总得先把修车铺搞兴旺了，没钱怎么买自行车？再说，自行车买来，也不一定非得会骑，这东西摆着看看也是好的。”

马良觉得这话听起来还是不怎么舒服，这有点诅咒他骑不了自行车的味道，他说：“要么不买，买来肯定要骑的。”

马良从此开始起早摸黑地做生意，几个月过后，他亲眼看到有人骑着自行车从他修鞋铺前飞驰而过。骑自行车的又是一个年轻人，后座上还捎着一个姑娘，一路响着铃铛，后座上的姑娘一直笑着，笑声也跟铃铛一般脆。马良抬起头来，感到一阵风从右脸刮过左脸，等他反应过来，自行车已经骑远了。

马良拍了拍身旁的“鸟笼”说，“那人你认识吗？”浩明说，“那小子他爹我认识，百货商店的王百强。”

两辆自行车都跟年轻的姑娘有关系，马良就把自行车和找对象画上了等号，仿佛只要有了自行车，找对象这个老大难问题也会迎刃而解。这一点他没有跟浩明说，只在自己心里默默地想，想着想着，他还会偷偷地笑。浩明看见了就说：“发神经了？”马良本来还偷偷地笑，笑是被一层薄膜包起来的，这一说，那层薄膜也破了，笑容密密麻麻地爬上了脸，他说：“我好像看到了以后的日子。”

“神经病！”

二

马良的愿望在几个月后终于实现了，他走了十多里路，才把自行车推回了家。区公管所还发了一本小小的证给他，相当于自行车的出生证，从编号上推断，他这辆自行车是全区第二十三辆。马良所在的大西区一共有三个像三七市一样的乡镇，也就是说在广袤的大地上，他的自行车只有二十多个同类，这让马良有点得意。

自行车在家门口一摆，全村的人都过来看热闹。尤其是那帮孩子，趴在地上，捏外包装上的泡沫纸，那些小气泡一捏就破，有点像点鞭炮，让他们玩得乐此不疲。那些小孩的家长在旁边喝止，说："别摸了，油漆摸坏，要赔的。"

马良方方正正地坐在旁边的椅子上，他笑呵呵地说："没事，让他们摸。"

自行车摆在那里，马良能明显地感觉到自己尊贵了不少，以前从来不跟他打招呼的人也变着法子找他套近乎，他们问的问题都很业余，马良有点懒得搭理他们。也奇怪，越不把他们当回事，他们越觉得马良已经今非昔比。

马良自从买回那辆自行车，家里仿佛成了展览馆，每天都有络绎不绝的人上门来参观。马良觉得不能再这么展示下去了，这样展览产生不了效益，而且把自己的手脚困住了。买回自行车以后，他的睡眠也浅了，夜里老鼠出来活动，脚步声他都听得一清二楚。白天也不敢出门，只要自行车一离开视线，他就心跳加速，惶惶不可终日。

他推着自行车去了修鞋铺，浩明一看到自行车，有点不太敢相信。

"你真的把它买回来了？"

"这有什么？想到了就去做。"

"你会骑了吗？"

"还没学，这几天正琢磨这事，无论如何得驯服它。"

"你真有意思，它又不是一匹马。他们只管卖，不管教吗？"

"忘了问了，付完钱，办完证，就推回来了。"

"这得找个会骑的教你，自学我看太难了。"

"你有认识的吗？"

"找王百强去，让他儿子教你。"

"王百强我知道他，可他不认识我啊，这事要拜托你了。"

"放心放心。"

几天以后，浩明跟马良说："王百强的儿子答应了，不过要收教学费。"马良说："包会吗？"浩明说："那要去问他，他说只要在地球上走路的人，一般都学得会。"马良说："那好办，只要教会我，出钱都是小事情。"

浩明愤怒地看了一眼马良说："你好像还没有财大气粗到这个份上！"

"总得有代价，谁叫我喜欢。"

浩明提醒马良说，"这小子嘴上毛还没长齐，你也别全信，他后来牛越吹越大，说凭他的智商，只要有人教他开飞机，他也学得会。这是人说的话吗？当时王百强也坐着，一看儿子离谱得厉害，走过去就是一个脑刮子。"

马良听糊涂了，他说："那到底靠不靠谱？"浩明说："只能让他先教教看，目前据我们知道的，三七市就他一个人会骑自行车，也只能找他了。我是这么跟王百强说的，教学费应该付，先付一半，等学会了，再把余款结清。"

浩明在说的过程中，马良频频点头，毫无疑问，他又做了一件漂亮的事情。

马良第一次跨上自行车的时候，他才意识到为什么需要付钱。王百强的儿子扶着自行车的后座，那简直在牵一头又大又笨的铁牛，往死里拉也没用，还没开始蹬脚踏板，马良就歪歪斜斜地倒地了。

"你笨死了，那么慌干吗呀，顶多是个摔倒嘛。"

马良对小师傅唯唯诺诺，他担心小师傅失了耐心，撇下他不管了。他爬起来自己校正了一下车龙头，然后附和说："有点体会了，学这个首先不能慌。"

"那就对了，接着上呗。"

晒谷场上看热闹的人很多，马良用笑脸冲他们打招呼："我还不太会，你们退后点，我怕撞着你们。"人群自动地往后缩了一圈，小师傅说："有我把着，你撞个屁人啊。"

马良又踉踉跄跄地骑了上去，他只要身子一斜，就会引来人群的一阵惊呼，这种惊呼让马良的心忽上忽下的，他听到背后的脚步声也是松一阵，紧一阵，小师傅的音量不大，骂声绵绵不绝。马良有一阵觉得自己成了干农活的蛮牛，一点不敢怠慢，生怕那皮鞭从背后抽过来。

"歇一下，牵得累死了。"小师傅在背后气喘吁吁地说。马良却不知道怎么让两条腿停下来，小师傅又骂上了，"刹车不会刹啊，那又不是装饰品，笨死了。"马良才反应过来，手底下还有两个刹车。

马良最终花了两个月时间学会了骑自行车，到学会的那天，王百强的儿子后悔得直跺脚，他说："这么个东西别人两天就学会了，你能学两个月，这也算人才了。"马良知道他说这话的意思，多费了工时应该多交钱。他当即把学费一分不少地交给了他，交完学费，他跨上自行车就消失得无影无踪。

马良回到修鞋铺，像脱胎换骨换了个人，神采奕奕地去敲浩明的门。

浩明笑嘻嘻地看着他说："一看就知道功德圆满了。还好吗？这东西难学吗？"

"我应该早点领悟到，这东西越怕越骑不好，其实它就是个胯下之物，让人骑的，我应该早点摆出主人的气势来，说不定早会了。"

"哦，事后诸葛亮！不过能学会总是好的。"

"骑上它，我才明白为什么形容一个人跑得快叫'风快'，耳朵旁边就是风声，呼啦啦头发全往后扬，你看看我的头发，跟理发店吹出来似的。"马良揪了揪头顶上的"鸟窝"。

"那是今天风大，我棚外的牌子也被刮下来了。"

"改天树叶不动，我骑给你看，能骑出毛主席的发型来。"

“就是比走路快这么一个优点？”

“快好啊！眼睛看出去，远处一个蚂蚁大的黑点，我想看清楚点，脚下蹬两三下，黑点就到跟前了，哦，原来是谁谁谁。”

“你说的是望远镜。”

“对，它就是望远镜！你看过风吹起波纹的湖面吗？一层层朝你滚滚而来，骑自行车就是这个感觉，不同的是湖面那是虚幻的，这里看到的是实实在在的，远处的路、稻田、村庄、妇女、牛、小狗，等等，扑面而来。”

“我理解的，你新鲜劲还没过，一个月过后，你就不会再这么兴致高昂了。”

“你太没劲了，专泼冷水。”

“我是应该泼泼你冷水，你懂不懂玩物丧志是什么意思？前前后后，买车学车耽误了你多少生意，再这么下去，你的修鞋铺可以关门歇业了。”

马良没有再聊开去，浩明说的句句在理，在自行车上他确实赔进去不少精力，只是玩物丧志的说法，马良并不认同，这是圆自己一个梦想，开修鞋铺最终的目的不就是为了生活吗？

这时候，马良又开始“卑鄙”了，他觉得浩明的义正词严中也包含着复杂的私人因素，当初他就觉得自己不可能学会骑自行车，而偏偏自己又学会了。本来大家都在同一个档次上，现在有了自行车，两个人毕竟还是不同的，而浩明的腿显然是永远骑不了自行车的。所以，讲述得越美好，对他来说越容易心理失去平衡。

如果那天换一个聊天对象，马良能讲一整个下午，他都备好了五口搪瓷杯的凉茶，准备给机关枪似的嘴巴降温，结果这五杯凉茶并没有派上用场。整个下午都在一种奇怪的氛围中度过，他不停地给人修鞋，浩明也不主动探出小窗口跟他聊天。

本来在天堂快活，一下子掉回人间，原来现实很残酷。马良愤愤地想，一颗老鼠屎坏了一锅好粥。

三

马良不骑自行车的时候是个修鞋匠，骑上自行车大约会变成一个诗人。那天回家，他突然发现村里没有一条好端端的路，很多石头在路上埋了悠久的历史，露头的部分被磨得像鹅卵石一样光滑，自行车骑过去，五脏六腑都快被颠出来了。那时候，马良就决定给村里修一条像样的路。

起这个念头还有一个原因，马良跟谁都没有说，他觉得这是早晚的事。他觉得只要把自行车骑得炉火纯青，他那个生理缺陷是可以被掩盖的。要掩盖生理缺陷，他就不能离开自行车，那就需要一条“条条道路通罗马”的路，这样看来，修路就非常有必要，甚至可以说是必须的。

马良开始愚公移山似的修路，让村里人惊讶不已，他们猜到这源起于那辆独一无二的自行车，但大家异口同声地称赞说，这是马良在为大家做好事。只有上了年纪的老头老太太看到马良在平整门前的路时，显得很不好意思。给他端一碗热茶，或者送一条擦汗的毛巾，以缓解内心的不安。

马良足足修了一个月，这一个月他一天也没去修鞋铺。等工程告一段落，回到修鞋铺时，马良发现浩明一个月前生的气还没消除。

“你这一个月去哪里了？我都快被修鞋的人问瘫痪了。”

“做了一件好事，无偿给村里的路平整了一遍。”

“好端端的修路干什么？这路又不是你一个人的。”

“我心疼我的自行车。”

“我看你已经病得不轻了，真后悔当初给你出了这么个馊主意。”

“我知道你为我好，我能有今天，仰仗的全是你。”

“我以为我不会看错人，看来还是我错了。三七市历来是个做生意的地方，你去看看，哪个做生意的跟你一样？开业一天，歇业一个月，你有没有职业道德？”

"你说得太严重了，这一个月我又不是游手好闲去了，不是修路去了吗？"

"你为来为去就是为了你那辆自行车，你敢说不是玩物丧志？我看你比王百强的儿子还不如。"

"自行车还了我尊严，有什么不好的？我开修鞋铺不就是为了日子能好一点吗？你好像见不得我好啊！"

马良一说完这句话，就开始懊悔，但这句话好像在他心里憋了很久，感觉一张口，它就会溜出来，以前是自己牢牢地看守着，现在心火一大，就跟开闸泄洪一样，它面目狰狞地自己跑出来了，把马良吓了一跳。

浩明的脸转了颜色，他发达的手臂微微地有些颤抖，尴尬的静默之后，他重重地把手里的钟表摔在了桌上精密的零件堆里，又是长时间的沉默。那阵子，马良虽然站在"鸟笼"外面，但他好像也听到了"鸟笼"里各种各样钟表发出的秒针走动的声音。

马良站了一会，随后低着头张罗修鞋铺的开张，他突然听到了这么句话："道不同不相为谋，你去爱你的自行车吧，这个修鞋铺我看也别开了。"

修鞋铺的主意确实是浩明出的，但行头都是自己弹棉花弹出来的，无非在浩明的工作棚旁边占了一小块地方，凭什么他说不开就不开？马良之前的愧疚像玻璃上的水珠，经过太阳一烤，"嗖"的一下没了踪影，马良感觉自己还添了一肚子的气。

"鞋子我可以不修，以后我开修车行去，反正自行车会越来越多，我不相信开修车行能饿死人！"

"争下去没有意思了，你走吧。"

两个曾经好到无话不说的人，翻起脸来竟然比翻书还快，这是马良没有想到的。不欢而散后，马良迅速收拾了行头，骑上自行车往回走。一路上，他想到前一天还打算有机会捎上浩明，让他也感受一下奔跑的感觉，眼下两个人却分道扬镳了，不禁鼻子发酸，风"嘶嘶"地叫着，吹着吹着，把他眼泪也吹出来了。

那天，马良骑着自行车驶过了自己的村庄，他大约也怕熟人看到自己哭的模样，就一直往前骑，把自己的村庄远远地甩在了身后。后来有人说起了这个事，说在马路上看见了一个男的，骑着自行车，一边骑一边“嗷嗷”地大哭，动静搞得很大，他们以为是报丧的，还特意目送了很长一段路。

马良那天一直骑到了万家岭，万家岭有两个差不多六十度的坡面，坡顶上有一条石头砌成的天桥，从远处看像一条横着的长颈鹿脖子。按理说自行车是骑不上那个坡面的，距离太长，很考验脚力，但那天的马良身上被一团火包裹着，歪歪斜斜地被他一直撑到了坡顶，到了坡顶，他整个人已经虚脱，就放任自行车往下坡滑行。

自行车越滑越快，从自行车变成了脱缰的野马，后来又从野马变成了飞鸟。那时候马良慌了起来，他不知道在这样的情况下自行车是不能急刹的，尤其不能刹前轮的刹车，随着一声轻微的爆炸声，马良从车上飞了出去，最终他像只蜷缩起来的动物，滚了好几十米，滚到一堆乱石中才停了下来。

马良被人送到卫生院的时候，里面的医生吓傻了。他浑身上下被血浸泡透了，人处于昏迷的状态，掐人中也不管用。卫生院不敢接，通知了县里的医院，一辆拉着警报的救护车把马良接走了。

马良经过抢救，捡回了一条命，但他那条完好的腿没保住，伤口主要集中在大腿的动脉，大量失血过后它已经坏死了。马良在医院里躺了三个月，然后拄着拐杖，拖着一条空荡荡的裤腿出院了。

出院后，他做的第一件事就是把那辆被好心人送回来的自行车送人了，送给谁，大家都不知道。至于是送的，还是低价转让的，一直在大家的嘴里反复争论，最终也没人敢问马良，这成了一个谜团。

之后，仿佛一夜之间，三七市的马路上多了很多自行车，那些自行车长得也一模一样，一个比一个骑得快。大家说，马良的那辆自行车肯定也在里面。

村里人很少看到马良，只有姜太婆偶尔给他送一碗面去，姜太婆说，这是个好人，修完路以后不能忘记他。附和的人很多，但真正像姜太婆一样做的人很少，他们从姜太婆的口中得知，马良用一条半身高的板凳当拐杖，失去一条腿后，他看上去矮了一大截，仿佛跟修钟表的浩明差不多高了。

浩明在某一天去敲了马良家的门，他在门外敲了很久，也不见人来开，一推发现那扇门虚掩着，推开门，发现里面窗户全关着，黑得很厉害。他冲黑暗中喊了两声马良，也没见回应，他以为马良出去了。走进去，他才发现马良一个人坐在灶台下，马良的眼神有点痴呆，看到人来，他仿佛才反应过来，立刻惊慌了起来。

“是我，浩明，我是浩明！”

浩明看到马良镇定了一下，然后像个孩子似的哭了起来。

四

这之后，那个“鸟笼”旁边又出现了修鞋铺的行头，是浩明从他的“鸟笼”里搬出来的，搬完了修鞋的工具，浩明又从“鸟笼”里拿出了很多双鞋子，那些鞋子大部分都是崭新的。

等一切摆完以后，人们把目光投向了马路的尽头，那里仿佛随时会出现一个奔跑的身影。

蓼湖饭店

文 / 夏烁

发表于《上海文学》2015 年第 9 期

斋月第二十七天的晚上，一场大雨降下，夜色加重了。马宜怡跪在大殿一侧，闻到尘土泛起的味道。想象着郊外的田野上，硕大的雨滴被干渴的大地迅速吸收，她的心也润泽起来。礼拜后，她跟在母亲身后走出大殿，在连廊上等待父亲。

母亲一边避让着人群，一边看向大殿中央："和你爸爸站在一起的那个人，是他叫我们来吃开斋饭的。"

站在父亲身边的男人，穿着一身洁净的白色衣裤，是殿内所有人中个子最高的。马宜怡看不清他的长相，但觉得他与堂皇庄严的大殿很相称。等到他们一起走过来时，她看出这个人和父亲年纪相仿，瘦削精干，低头谈笑间显出不一般的神气，连和他说着话的父亲，仿佛也神采奕奕起来。

"他和我们是老乡，他们家在教门方面是大家的榜样啊。"母亲低声对她说道。

她点点头，没有回应母亲，在"教门好"的同胞面前，她总会感觉到压力。母亲怎么想，她不知道，也从来没有问过，但等到这位张伯伯在连廊上侃侃而谈，父母却显得唯唯诺诺时，她仿佛听出了这种压力。

终于，在意料之中的，他们谈到了她的事。

"对象找了吗？"

"还没呢！"父亲抢着回答。

"那要抓紧了啊。"张伯伯嘱咐般地对父亲说道。

父亲连连点头，像是听了什么金玉良言。对于这个话题，父亲今天的热心很是难得。

"你家儿子也二十九了吧？我记得是比马宜怡大两岁。"

"是啊。"

"抱孙子了？"

"没有。"

张伯伯回答得很干脆，没有再说下去的意思。父亲却来了兴致，又追问着：“结婚了？”

马宜怡脸上一热。

“没有呢。”张伯伯苦笑道。

父亲也附和地笑了，看着对方，等待他再说些什么。但张伯伯只是笑，末了，很为难似的说了一句：“孩子的事情，现在我们大人也不太好插手啊。”

虽然并不是自己找来的没趣，马宜怡却羞愧得抬不起头来，礼拜时心中聚集起来的安宁荡然无存了。但父亲毫不会意，又叹了口气，若有所思了一会儿，继续说道：“我们很早就跟着爸妈到城里来，那么早离开老家，教门方面，做得和你差远了。以后应该多到寺里来……”他停顿了一会儿，像是真心在忏悔，又清清嗓子说：“不过，最基本的东西，我们一直在做，我们马宜怡也一样，这孩子，还是很听话的……”

马宜怡背过了身去。

“雨停了，再不走，就赶不上回去的公交车了。”

母亲说话了。

一走出清真寺的大门，马宜怡就把盖头扯了下来，动作太大，连带着扯下了几根头发。她皱起眉头，忍住没叫疼。

“这么急干什么！”父亲走到她身边轻声训斥道。

马宜怡不说话，只是低头快步朝前走，一边走一边仔细地把头巾叠起来放进包里，仿佛是希望它知道自己并不是在对它表示不满。

“确实有些过分了。”

她听见身后的母亲埋怨了父亲。

“过分？”

“怎么不是？那么殷勤，孩子一定觉得没面子，我都觉得不好意思……”

“别说了妈！”马宜怡转过头去冲母亲喊道。

母亲立刻不作声了。马宜怡意识到自己没忍住脾气，其实她很感激母亲今晚为她说的话。她退回到母亲身边，两人都沉默了。

父亲却无法体会到女人的自尊和互相理解，又絮絮地说道："圈子太小，能找的人太少。他家张悦州难得还没结婚，他们是家好人家，孩子也是好孩子……"

夜风微凉，路灯下，马宜怡看见母亲一脸悲戚地摇了摇头。一瞬间，她又觉得对不起母亲。

只有这种愧疚感会让她想到"要抓紧了"，但她知道只是那么一小会儿而已。

她有一个发现。她很想把它告诉母亲，作为补偿，但还是忍住了。

蓼湖中各色肥壮鲤鱼游作一群接受喂食，和岸上一样热闹。马宜怡挤在人群中，趴在围栏上看着它们。她平时不爱凑这种热闹，也觉得这些鲤鱼过于壮硕，显得笨重，实在不美。但她不希望张悦州过来的时候看见她在那里无所事事地等待。

这是他们两个第一次见面。早晨，他打电话来约她的。

她本以为前天会遇见他。

前天是开斋节。

这些天，她和父亲之间很冷淡，但她还是跟着父母又去了市中心那家清真寺。大学毕业回到家之后，她心里慢慢清楚，既然不可能全然背叛，那她必然是会做回一个穆斯林的。虽然，飘荡在周围的油香的气味和赞词的声音，都让她感到陌生而紧张。

她希望能在那里碰到张悦州。那天，她意外地从父亲口中听到他的名字时就开始这样期待了。

他们已经认识半年了，一开始是在网上，后来是短信、电话。

她猜，真要见了面的话，自己一定手足无措，又觉得怀着这样的期待到寺里来太不庄重了……但是如果能碰巧在这里遇到的话，就轻松多了。可是他并没有出现。

清晨，他打来电话的时候她还没有起床。接电话之前，她清了好久嗓子。但还是被他听出来了吧。

她猜他是早起做晨礼，和她父母一样。之前的一个月，她也每天早起，但开斋节一过，她就没有每天礼拜的打算了。今年她和朋友们说好一起封斋，但她只是把它看作一种尝试，而不是功修。

早起和忍耐，她并不认为有多难。她觉得自己喜欢忍耐。也许坚忍是天生的呢。

这样想，算是自大吧?

身边的小孩子尖叫着将鱼食撒向湖面。马宜怡怔怔地想，如果把这些告诉张悦州的话，他会说什么呢?

他们谈到过信仰。她感觉到他在这方面博学并且虔敬。但让她不至于有压力的是，张悦州身上颇有点“独善其身”的味道，和那些热心教门的人不一样，她会跟那些人保持距离。她觉得或许有一天她也会开始每天做五次礼拜，但并不是因为任何人的劝导或者压力，而是因为她感受到了什么，或者悟到了什么。总之，是为了信仰本身。

每次这么对自己说的时候，马宜怡又会接着想到——这样算是自大吧，这样自大的借口。

也许，他会像平常那样，说：托靠安拉。

可是，连开斋节，他都没有出现在清真寺……

张悦州到的时候，马宜怡已经目光游离，对着一池的湖水想了很久的心事，突然看到他，有些发窘，只怕心事都写在脸上。

“你好，”张悦州说，“我来晚了。”

他眼里都没有一丝探询，好像确信眼前的就是自己约的人。

马宜怡也觉得，此刻站在面前的这个人，和自己想象中的并没有什么两样。虽然在这之前，她仅仅是凭借网上的一张照片才对他的面貌有了模糊的构想。

“早上把你吵醒了吧？”他看着她，问道。

他的眉目算是周正却很收敛，和电话里一样，不会让人觉得不自在。

“是我睡得晚……你起来做礼拜吗？”

“嗯，这几天早起习惯了。”

“平时呢？”

马宜怡很惊讶自己会主动问起这些事。

“这两年都尽量早起呢，不过也会有几天懒惰的。”

他淡淡地答道，没有回问她。

张悦州提议去植物园，马宜怡喜欢这个提议。她喜欢他对她说——那里的一株华盖木开花了。所有他说过的话，都让她心存希望，尽管她也知道，这种心存希望的感觉是多么不可靠。

“本来就应该我主动一些的，这么久才约你，你别介意。”

路过废弃的蓼湖饭店时，张悦州突然对马宜怡说。

马宜怡正仰头看着被拆剩下的主体墙，它耸在那里，残壳上支棱出扭曲的钢筋。她从报纸上读到后天它将被拉倒，正想说些什么，却听见张悦州先打破了沉默。

之前，她确实因为他们之间的关系止步不前而忍不住感到焦虑，现在这种焦虑被人点破，她有些慌张。

她本可以说“怎么会啊，我可没有急着见面”，但她发现，在羞赧之外，她心里更多的是喜欢他这样的坦率。

于是，她什么也没说，微笑着朝他摇了摇头。

“斋月里，我还是想静下心来……”他像是在对自己说。

马宜怡想起了那些疑问。

“我这个星期去了两次清真寺，都遇到了你父亲。”

“诶？”

“我父母和他是老乡，提到你了。”

说完这句，她的脸红了。

“噢……”

“你怎么没去呢？”马宜怡问道。

“我去纺街清真寺，离你去的府城清真寺有些远，我都在那里做礼拜。纺街清真寺你知道的吧？”

“不知道呢，”她觉得应该对他诚实一些，“其实，我对这些并不是很了解……”

“你想了解的话，可以问我。”张悦州对她说，仍是淡淡的。过了一会儿，他又补充了一句：“不过，我自己做的也不够……”

“嗯。”马宜怡心里略微有点沉重。

“那座蓼湖饭店，”她朝刚才来的地方指去，“后天，就要完全被拆除了。”

张悦州也停下脚步来看马宜怡所指的方向，他觉得这个走路走了一半会突然转身的女孩很可爱。

“报纸上说，这座饭店的设计者拒绝来到拆迁现场。因为当时他是按照使用期限一百年来设计的，可它只用了三十年。”马宜怡仰望着蓼湖饭店说道，表情十分认真，报道中的这个细节给她留下了深刻的印象。

“我小时候跟着爸爸在那里吃过几次饭呢……”

她又感慨道。

这片废墟被施工队用蓝色的隔离带和周围新生的一切隔绝开，成了一座孤岛。周围还有其他停下脚步的路人，一个穿着白色套裙的戴眼镜的女人正拿着手机给它拍照。马宜怡站在那里，和驻足的人们之间那种共同的情谊使她觉得既感伤又安宁。然后，突然地，她意识到自己说错话了。

也许是为了表示信任，她跟他提到了父亲，也许是虚荣心作祟，她提到小时候就在这里吃过饭。但总之，她说错话了。

“爸爸有时候会有外地的朋友过来，要找个像样的地方请他们吃饭……”

马宜怡感觉到自己那点虚荣心暴露无遗了。

“但从来不会吃不该吃的东西，客人也都跟我们一样……那是小时候的事情了，现在我们都不会再去那些地方吃饭了……”

这样无谓的狡辩，她懊悔不已，没有去看张悦州的反应，索性抱起胳膊，不出声了。

“报纸上说什么时候拆除了吗？”

“早上六点。”

“你想看看吗？”

在报纸上读到那条新闻的时候，马宜怡就希望能来看一看。这座曾经在自己眼中高大气派的建筑，将要彻底地消失了。在她的想象中，清冷的空气，骇人的巨响，刺鼻的烟尘，这些总能带给自己一些刺激。有时候，她觉得身上这种麻木的感觉已经停留得太久了。

但她知道她不会去看，她觉得自己越来越懒惰了。张悦州的提议让她有些兴奋，却让这件事变得复杂了。

“起不来吗？”张悦州看出马宜怡正在犹豫。

“没有，我也想来看看呢。”

“那后天早晨五点半在这里见面吧？”

“好。”

马宜怡点头答应了，她不想给他留下吞吞吐吐的印象。

放下电话，马宜怡就后悔了。

随时可能会结束的事情，不说出来的话，还可以当作完全没有发生过……但还把张悦州的名字告诉了朋友……回到家后，她坐立不安，白昼好像太长，她又无所事事……她很失望自己没有想象中那样的沉稳克制。这个城市虽然不小，圈子却不大，兜来转去都是认识的……

可这样做，就是希望能从别人那里听说一点他的事情吧。毕竟，到现在为止，她只从他本人那里了解到他。

有这样的担心的话，干吗不去相亲呢？她默默自嘲道。

幸好告诉的是最好的朋友，没有什么后顾之忧，况且，不管是什么事情，她都不会泼冷水的。

她原本相信自己对这个人已经很了解了。这个人本身，还不够吗？难得有这样的一个人……

还是不够坚定啊。马宜怡轻叹了口气。

傍晚的时候，朋友打电话来，她说，她那刚出生的孩子换上了马宜怡送的衣服，很合适。

“那就好。”

马宜怡忐忑起来，电话那头是暂时的沉默。朋友是直率的人，只是，也是最不愿意伤害别人的人。

想到这个，她抿着嘴无声地笑了。真是不该说出来，她对自己说道，有些事情，不知道也好啊。

“马宜怡，我老公认识你说的那个人。”

“嗯……”

“嗯……只要我知道的就告诉你。”

“你说咯。”

“我老公的朋友跟他是高中同学，好像是挺上进，挺能干一个人！”

她好像知道了朋友要说的是什么样的事情，心渐渐沉了下来。

“有件事，怎么说呢，既然我知道了，就告诉你。”

他大概，是有过什么无法磨灭的过去吧。

“他有过一个汉族女朋友，好了很长一段时间吧，家里不同意。他们分开了有两年了。好多人都知道这事。”

朋友停了一会儿，马宜怡没有出声，静静地等待着。

“闹得最厉害的时候他们搬到一起住了。”

朋友压低了声音。

“因为这样，他和他父亲像是彻底闹翻了，和回族的朋友也都疏远了……虽然他常去清真寺做礼拜，教门上的事情，也懂得多……不过，那样的事，你也知道的，名声不好。”

马宜怡很想告诉她——对于我来说，这不是名声的事。但她感到无力开口。

她意识到朋友并没有给出什么意见，心里很感激。

那个女孩，是无法磨灭的过去吧。

路上行人寥寥无几，偶尔有出租车飞驰而过，马宜怡独自走在清洁的街道上，眼前的这座城市跟白日里相比宽阔了许多。

他没有再跟她确认见面的时间，她也没有。她决定要去，不管怎样。她相信所有事情都会出现突然的变化，由于各种原因，也可能仅仅由于“世事无常”这个原因。

尤其是这样的事，马宜怡对自己说。然后，她觉得，不管是什么样的状况，她都已经准备好了。

见面那天晚上，临睡之前，她收到他发来的短信。

马宜怡，见到你很高兴。

见到你很高兴，她默默重复着。

也许，一切都已经过去了。

一切都会过去的。马宜怡对这一点深信不疑。这句话总在她有所遭遇时给她带来及时的安慰，但随着每次痛苦悲伤的不了了之，她渐渐变得麻木了。

她知道自己可以乐观地把这种麻木称为理智，在张悦州的身上，她也感受到了这种理智。

但是出生在他那样的家庭，却做了如此决绝的事情，马宜怡想象，换作自己，是绝没有那样的勇气的。

也许，不是勇气，而是决心，或者，仅仅是一个办法，为预想中的未来破釜沉舟……

即使是这样，一切也都过去了。

绕出大片灰色的居民区，她来到大马路上，走进一阵扑面而来的晨风，清早的寒气渗进了她的心里。他是否站在她将要前去的那片废墟下，她一点也猜不到，也并不觉得重要了。

当意识到心中的凉意并不是出于和自己有关的原因时，她顿时觉得轻松了。尽管，她又转念想到，如果再交往下去，恐怕就没有这样的心境了。

为了不让这份悲观破坏现在的轻松，马宜怡想起了前定，她想，还好这些事情都不会按照我的意愿开始或者结束。

“如果真主意欲的话。”默念完这句之后，马宜怡转过一个街角，那座孤独而固执的高墙出现在了不远处。天空微微发亮，晨光将会出现在它完结的时刻。

蓼湖饭店对面，地铁施工地的围栏下，站着张悦州和一个陌生人。大概是他的朋友。他们两个都高而瘦，穿着深色的上衣和牛仔裤，面朝着那座突兀的主体墙。陌生人摆弄着手上的相机，张悦州什么都没干，只是微驼着背站在那里，注视着前方。

第一次见面的时候，马宜怡就觉得张悦州和他父亲长得很像，却很不一样，但她说不出是哪里不一样。现在，望着那个冷冷的人影，她终于清楚地感受到，他没有他父亲身上的那种神气，确切地说，他显得有些漠然。

从什么时候开始的呢?

她朝他们走过去。陌生人先看见了她，他推了推张悦州，朝马宜怡走来的方向指了指。

张悦州站着没动，只是转过头来张望着。他似乎有些近视，眯起了眼。等到马宜怡再走近些，他才微笑着朝她打了个招呼。

陌生人拿着相机穿过马路。

三根紧绷的钢绳连接着主体墙和两架挖掘机。马宜怡不懂摄影，但也觉得这画面又冷又硬，颜色和线条都素净好看。

“我还以为你起不来。”

“不会。”

她是礼了晨礼再出来的，但她不想告诉他，她喜欢把它完全当作一件私事。

晨曦从远处密集高大的建筑间穿射过来，她觉得身上没那么冷了。

“我朋友也才过来，他喜欢拍照。”

“哦，是吗。”马宜怡和他并排站着，轻快地回应道。

她像是突然口拙，不知道该说些什么好。

站到张悦州身边之后，她想起了他和那个女孩的事。她很想摆脱这个念头，但无能为力。这件事仿佛挡在了喉咙口，让她不知道该怎么绕过它说点别的。她希望张悦州能知道她已经知道了这件事，否则，她总觉得接下去的交流都是不平等的。

她担心自己显得很无趣，却也只能微笑着。

突然，对面的人回过身来，朝着他们按下了快门，然后，若无其事地摆弄起相机，像是查看了刚才拍的照片，又抬头寻找新的画面了。

马宜怡不知道他拍下的是不是自己惊慌的脸。她尴尬地转过头，却看见张悦州一脸无所谓的笑容。

“你要不要站前面去让他给你拍张照留作纪念？”

“哦……不用了，那种画面，太伤感啦。”马宜怡确实这么觉得，况且，她也不知道应该在镜头前摆出什么样的姿势。

“也是啊……”

“你来了很久吗？”马宜怡问道。

“没多久，我礼了晨礼之后出来的。”

“听说你在教门上做得很好呢。”

“没有，”张悦州迟疑了一会，“我还有很多做得不好的地方。”

她故意用了“听说”这个可疑的词，她还打算着和他谈一谈他的父亲。但他好像并没有在意她善意的提醒，如果再说下去，自己倒真像是在试探什么了。

他的话是在指那件事吗？当这个猜测不可避免地出现在她脑中时，她更觉得自己先前通过朋友来打听他十分可鄙。

对面工地上，陆续有戴着橙色安全帽的工人从围栏中走出来。围栏里面，一切都停滞了，像一幅凝固了的图画，再也不会发生改变。但她知道，轰然倒塌的时刻将要来临，而她却无法投入到这场告别中去。她觉得自己很扫兴。

“我想跟你说件事。”

张悦州突然说道，声音仍是淡漠的，脸上却分明有几分凝重。

“我觉得应该把这件事先告诉你。”

她猜他要说了，就是那件事。她很想说：“我已经知道了。”因为她能想象，他此时的停顿并非出于犹豫，而是，在另一个人面前，开口说出这件完全属于自己的事情，确实很难。

但她没有说话。她等待着，有些紧张，周围那些声音刚才还在耳边低低地响着，现在全都消失不见了。这时，她才感觉到正在经历着的事情是那么真切。

终于，他还是说了。

“我以前交往过一个汉族女朋友。”

“我已经知道了。”

张悦州疑惑地看着她，但并没有问她，而是继续说：“我和她住在一起过。”

“嗯，我朋友都告诉过我了。”

如释重负的神情只在他脸上停留了一小会儿，也许是想到别人仍在议论自己的这件事，他苦笑着摇摇头，看向了别处。

“就是说这件事？”

“嗯，要不然都不知道怎么跟你接触下去……我是说不管是朋友还是……”

和我想的一样，马宜怡心中又出现了那种希望。

“嗯……”

而他好像是说完了想说的话，低下头沉默了。

“我倒是不在乎别人怎么说。”马宜怡看着他说道。

“不是别人怎么说的问题。”张悦州抬起头来看着她说。她看到他的眼神中闪过一丝厌恶，她能想象他经历过的事情。

“你和家里是因为这样……”

张悦州摇了摇头：“我每天都祈求真主慈悯我的父母。但可能……我们都不太习惯亲近了。”

“嗯……”

“你会不会，觉得我很虚伪？”

“嗯？”

“我还总是跟你说礼拜之类的事情，自己却……”

马宜怡一时不知道怎么回答，她没有想到过这个。她以为他接着会解释什么，但他并没有。她很欣慰，他能跟自己说这些话。

“人都有做错事情的时候嘛。”

她知道，如要是要安慰他，她完全可以说——没有人是完美的，但是，她故意说——人都有做错事情的时候。

果然，张悦州并没有对她的话表示认同。他像是思考着什么，渐渐地，脸上流露出痛苦的表情。

这是他第一次表现出强烈的情绪。

“我当然是要忏悔的，”他停住了，又继续说道，“对信仰和对感情，都要忏悔，可每次忏悔……不就是再次背叛它们吗？”

他突然用质询的目光看着马宜怡，像是极度渴望她来宣判他有罪。马宜怡听懂了他的话。她不知道要怎样去回应他，她很想知道，现在他希望她说些什么。但她只能微蹙着眉回望着他，眼里充满了深深的同情。

“我说得太多了……”他的声音略微平静了一些。

“你不用，不用说什么，不需要，”他摇了摇头，“我已经不需要什么安慰，也不需要什么解释了，谁都没有办法……真主了解这一切。”

他渐渐地转过头去，看着对面的废墟说道。马宜怡意外地感觉到眼眶里涌上了温热的眼泪。

她也向着蓼湖饭店的残壳望去，他们之间的街道更空荡了，四周都更空荡了，只有让她涌上热泪的东西，正实实在在地包围着她。

她知道这样的时刻稀有而易逝。她没有哭，她听到自己的身体完全地沉默了下来，泪水在眼眶中，被风悄然吹干了。转眼，晨光将照耀大地，这样的时刻就要过去了，于是，她决定由她来将它打破。她清楚地意识到一切还将继续，既然如此，她问了一个自己确实想问的问题。

“你们现在还有联系吗？”

“没有。”

“那她现在怎么样了？”

张悦州摇摇头。

“结婚了吗？”

“没有吧……”

马宜怡更想听到的就是这个答案。她不希望张悦州是因为心灰意冷才找到她的。

“不过我已经死心了。”

他的脸上，又是那种淡漠的表情。

陌生人走了回来，对他们说："要拆了，我们走开吧。"

他们三个退到街边的树丛里。马宜怡本以为会有什么告别仪式，但似乎不会有了。只听见机器启动，发出低鸣，接着是一声巨响。她感觉到自己脚下的土地正在震动，眼前一下烟尘弥漫，整个街道都像是掉进了一场浓雾里。马宜怡忍不住捂住口鼻，闭上了眼睛。

图书在版编目（CIP）数据

时光记得告诉你 / 唐朝晖 主编. — 北京 : 东方出版社，2016.4

ISBN 978-7-5060-9015-5

Ⅰ.①时… Ⅱ.①唐… Ⅲ.①中国文学—当代文学—作品综合集 Ⅳ.①I217.1

中国版本图书馆CIP数据核字（2016）第088731号

时光记得告诉你

（SHIGUANG JIDE GAOSUNI）

主　　编：唐朝晖
策 划 人：张　杰
产品经理：陈丽娜
责任编辑：陈丽娜
责任审校：周　沫　张海静
统　　筹：吴玉萍
责任营销：何　遥　010-85924690
投稿信箱：tougao@rmdf.cn
出　　版：东方出版社
发　　行：人民东方出版传媒有限公司
地　　址：北京市东城区东四十条113号
邮政编码：100007
印　　刷：鸿博昊天科技有限公司
版　　次：2016年7月第1版
印　　次：2016年7月第1次印刷
印　　数：1—5000 册
开　　本：710毫米 × 1000毫米 1/16
印　　张：14.5
字　　数：175千字
书　　号：ISBN 978-7-5060-9015-5
定　　价：32.00元
发行电话：（010）85924663　85924644　85924641